U0524143

你也很累吧

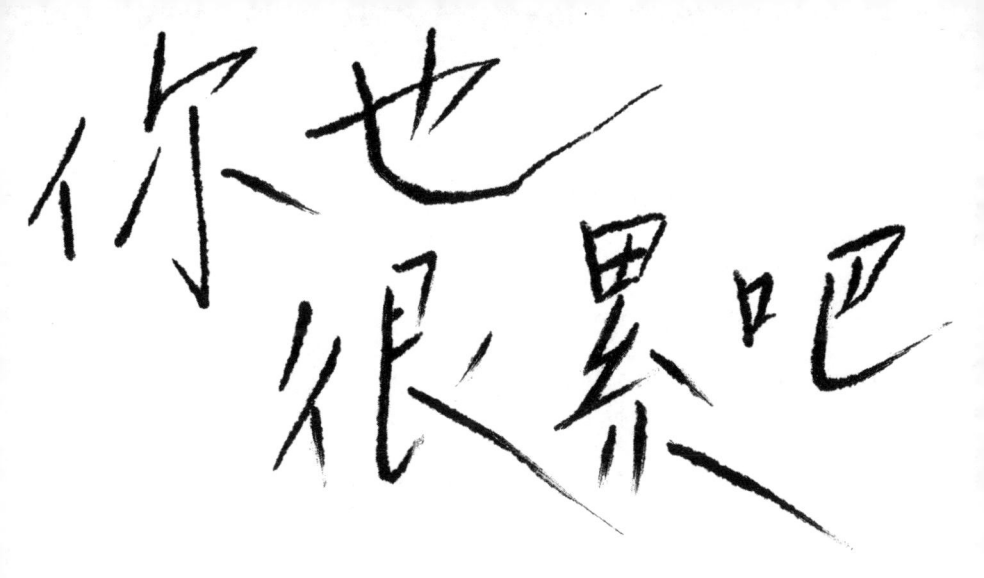

黄伟康——著

SPM 南方传媒 花城出版社

中国·广州

图书在版编目（CIP）数据

你也很累吧 / 黄伟康著. -- 广州：花城出版社，2023.3
ISBN 978-7-5360-9826-8

Ⅰ.①你… Ⅱ.①黄… Ⅲ.①短篇小说—小说集—中国—当代 Ⅳ.①I247.7

中国版本图书馆CIP数据核字(2022)第247718号

出 版 人：张 懿
项目统筹：肖 恋
责任编辑：郑秋清
选题策划：肖 恋
特约编辑：徐 洒
责任校对：梁秋华
技术编辑：薛伟民　林佳莹
装帧设计：昆 词

书　　名	你也很累吧
	NI YE HEN LEI BA
出　　版	花城出版社
	（广州市环市东路水荫路11号）
发　　行	后浪出版咨询（北京）有限责任公司
经　　销	全国新华书店
印　　刷	嘉业印刷（天津）有限公司
开　　本	880毫米×1194毫米　32开
印　　张	8.75
字　　数	220,000字
版　　次	2023年3月第1版　2023年3月第1次印刷
定　　价	55.00元

后浪出版咨询（北京）有限责任公司　版权所有，侵权必究
投诉信箱：copyright@hinabook.com　fawu@hinabook.com
未经许可，不得以任何方式复制或者抄袭本书部分或全部内容
本书若有印、装质量问题，请与本公司联系调换，电话010-64072833

目录

001 弹幕的品格

023 鞋生

036 邋遢男保护法

056 头顶太阳的女人

073 一粒北京

096 聚又散的云

111 蜉蝣

124 我在时间旅行里吃饱

147　今晚的月色真美
163　双　喜
184　空巢青年消消乐
201　今天也是想当咸鱼的一天啊
222　厕所是爸爸的天堂
239　哪　吒
256　晚霞中的红蜻蜓，你在哪里

弹幕的品格

今天是大风天,天上是没有云的。

天空原本应该什么都没有,只能有一片蓝。可是下班后,华花郎走出银行,抬头便看见天空飘过一行字:"快停下!别往前走,不然你就会死!"

华花郎停住脚步,她皱起眉头,诧异地看见天空飞快地刷过一排字——

"她要死了吗?好惨一柜姐。"

"全剧终?23333。"

"谁在线观看,赞我!"

华花郎以为自己数钱数花了眼,她下意识地后退了一步,天空顿时齐刷刷地挤满了四个字:"前方高能!"

下一秒，一块巨型招牌从天而降，在华花郎跟前砸了个稀巴烂。华花郎一声尖叫，还没缓过神来，同事们闻声跑出银行，纷纷被眼前的场景吓了一跳："这也太危险了吧，要砸死人的！"

只有德明走到华花郎身边，轻声关心问，你没事吧？华花郎惊魂未定地摇了摇头，风还呼呼地刮着，她指着天空说："你……你们看！"

大家顺着她指的方向望过去："看什么？什么都没有啊？"

华花郎却清晰地看见天空稀稀拉拉地飘过一排字："傻柜姐，只有你看得到，别人看不到的啦，哈哈。"

华花郎慌了。

说起来，今天是大风天，也是华花郎的生日。可是她心想，现在除了大风刮过她的人生，她什么都没有。

主管杨姐当然知道今天是什么日子，部门里都有备注员工生日的，只是一个小时前，就在大家下班清库时，华花郎发现自己在工作上出了纰漏："杨姐，清算结果短款了四千元。"

最近杨姐诸事不顺，她老公夜不归宿，儿子在学校惹事，妈妈身体抱恙，又加上华花郎不小心看到杨姐正在服用的激素药物，她知道杨姐的更年期提前到了，最好避而远之，少惹为妙。

谁想到老天爷给了华花郎这么一份生日礼物，她们翻看监控录像，发现华花郎在办业务时，输入的现金金额出错，导致多付给客户四千元。本就赶着下班的杨姐暴跳如雷，将华花郎臭骂了一顿："你是猪吗！打电话给客户道歉追回，追不了你赔！"

"我……我不是故意的。"华花郎回想，当时客户两个账户来回切，她也不知道自己怎么就晕头转向地犯了马虎。

"你当然不是故意的，谁还想故意赔钱？你就是笨。"杨姐没好气，以往短款一百两百也就算了，一下子少了四千，干了这么多年，她还没见过哪个客户多拿了钱还会送回来的。

华花郎赶紧给客户打电话，果不其然，客户搪塞两句就挂了电话。尽管她赔了自己大半个月的工资，但更令她伤心的是杨姐的话："你已经不是一次两次了，我当初就不应该听你叔叔的托付把你招进来！不想数钱就别数了，整天魂不守舍！"

华花郎委屈得掉眼泪。

大家的时间都很宝贵，特别是下班时间。她知道耽误别人的下班时间，真是该千刀万剐的。但更该千刀万剐的还是没用的自己。所有同事都一声不吭，只有德明帮华花郎跟杨姐劝了两句，杨姐才哑了火。

德明虽然只是客户经理，但他父亲是支行行长，杨姐自然给德明面子。杨姐这才沉下气来，安慰华花郎："好了，我刚才话是重了点儿，你别往心里去。今天你把钱补上，客户都要慢慢劝的，你时不时给客户电话，软一点儿，说不定人家就还给你了，知道不？"

因为耽误了大家那么久的下班时间，杨姐也就没说起今天是华花郎的生日，聚餐的事自然也不再提了。

华花郎想，今天真是倒霉的一天。但倒霉归倒霉，她觉得自己数错钱都没数花眼，还不至于哭花了眼吧？天空上那飘着的一排排字是什么玩意儿？人间弹幕？只属于我华花郎人生的弹幕吗？

我华花郎的人生被围观了吗？

你们又是谁在围观我的人生？

华花郎出神地望着天上的弹幕，满心困顿。德明拍了拍她的肩膀，华花郎回过神来，德明又问，你还好吧？这时，她才发现自己的脸皱巴巴的，之前在脸上的泪痕已经风干了。接二连三的糗事被德明撞见，她现在就想逃跑。

"不要难过，今天你捡回了一条命，不是吗？"德明腼腆地扬起笑脸，又给她打气，"加油！"

华花郎盯着德明的脸，心想这男人真温柔啊，之前怎么都没注意到他。或者说，华花郎从来都没在上班的时候注意过周遭的一切，她对自己的工作和生活提不起劲，甚至可以说是漠不关心。唯一有印象的，就是不小心看到杨姐那瓶用于更年期提前的药物，之所以有印象，也是因为觉得那便是自己的未来。

"谢谢，我没事。"华花郎朝地铁的方向小跑而去。临走前，德明暗暗地指了指华花郎的包，示意华花郎记得看一眼。等进了地铁，华花郎在包里摸索，才发现德明不知道什么时候在自己的包里偷放了一支口红，上面用贴纸写着：生日快乐。

华花郎终于笑了。

回到家，华花郎恐慌地查看天花板，发现天花板上没有弹幕，她又跑到窗前，发现弹幕只存在于天空上。华花郎觉得自己最近一定是太累了，所以才会出现幻觉。但仔细一想，平时的日子不也是这样过的吗？累是累的，但也就那样，何以擅自将程度拔升到"太累了"？——很没有来由。

那到底是哪里不对劲呢？华花郎冥思苦想，只觉得这几天，越临近二十八岁的生日，她的身体里，她的心里，就越出现一种感觉。那感觉很怪异，她不知道那种感觉是什么，但能察觉到它的力量，能察觉到它仿佛在骨头和心脏处上蹿下跳，没完没了，甚至逐渐生长，像要冲出来。

这是她人生第一次有这样的感觉。

以往的人生里,她就像一只河流上不带桨的小船,河流带着她向前走,不让她停留,她就跟着向前。这不难的。

可是现在找不到答案,很多个难题摆在她面前。

华花郎重重地躺在床上,又重重地叹了口气。她甚至不知道今晚要吃什么,算了,就点个外卖吧。她正在外卖的备注里,让卖家给她加个蛋,因为今天是她的生日。可是,华花郎不小心瞄了一眼窗外的天空,看到一句弹幕说:"生日都没人庆祝?你也太惨了吧!"

从小到大都不在意过生日的华花郎,本不觉得不庆祝生日有什么不妥,此时心里竟然松动了起来,觉得自己怪可怜的。

"要你们管!真讨厌!"华花郎爬起来,生气地关上了窗。

不想理睬归不想理睬,可是心里仿佛被埋下了一颗种子,它就像铆在心尖上的一颗螺丝钉。等到吃过晚饭,晚上十点多,房门被敲响了。华花郎开门,郑重地从外卖员手里接过一个包装精美还打着蕾丝边爱心结的蓝莓蛋糕。

她妥协了。

华花郎用刀叉叉起一块奶油就往嘴里送,虽然也没什么滋味,但心里总归好受了些。还没吃上第二口,她突然腻了。这时华花郎的妈妈便给她打来了电话。

"花花啊,你说这都是些什么事!"妈妈咆哮。

"什么事?"

"你弟要娶一个狐狸精!彩礼要十万,还说必须买房不然不嫁,我一个老太婆能有什么钱,我去卖血行不行?还没过门,就能耐得很!"

"嗯……"

"你怎么不说话?"

"你想我说什么?"

电话里叹了口气,华花郎也叹了口气,然后妈妈又叹了口气,这下华花郎沉默了。"你觉得你弟这女朋友怎么样?你也不劝劝你弟!"妈妈又问。

"我不知道。"

"你不劝你弟跟她分了,房子的事怎么办?"电话里的妈妈看来是抓狂了。

"我不知道,你得去问问他怎么想吧?"

"你啥都不知道!什么主意都没有!我要被你们气死了!"妈妈说完便愤怒地把电话挂了。

手机里只剩下闷响,华花郎掐断电话,刚放在桌上,妈妈的电话又打了过来:"算了,你今天工作怎么样?"

华花郎本来想说不怎么样,或者还是那样,但一想到刚才妈妈的怒火中烧,顿时不知道说什么好。

几年前,华花郎刚毕业那会儿,面试了几个岗位都失败了,也不知道自己想做什么。从小到大,别人家的孩子弹钢琴,她也去弹,别人家学画画,她也去学,但都是半途而废。唯一说得上喜欢的是跳舞,但也仅限于喜欢。要是让她把跳舞当成人生理想,又还没到那个份儿上。

所以,她听妈妈的话,托叔叔帮她介绍到银行里当柜员,说是比较稳定。"稳定好啊,女孩子稳定就很好。"但华花郎偶尔也会觉得自己的生活太像平静的湖面,没有涟漪,少了点波纹。

"你今天二十八了吧?早就到该结婚的年龄了,你谈没谈?"看来妈妈还记得她生日。

"什么叫到年龄了?"

"什么年龄做什么事,这不是很正常吗?你有没有存钱?如果你不结婚,实在不行,你先拿点儿,帮你弟把房买了。"

"我没钱,我要睡了。"

华花郎没有生气,她一直都是没什么脾气的人。像她在杨姐面前委屈地流眼泪,就已经是最大的脾气了。还没等妈妈叹气,她就已经平静地挂了电话。

华花郎开了窗,望着天上的弹幕,发现大家也都兴致乏乏:"不想看这种婆婆妈妈的戏码,不喜欢。"

"什么时候进正题啊!节奏太慢!"

华花郎不禁疑惑,正题?后面还会有什么正题吗?她又莫名想起今天被风刮落的招牌,后知后觉自己今天差点死掉。

万一有一天自己真的突然就死了,该怎么办?想到这,华花郎将自己的银行密码写在一张纸上,跟自己的银行卡和存折锁在一起,以免自己死了弟弟买不了房,娶不了那个狐狸精。

华花郎以为自己好好睡一觉,弹幕就会放过她。可是几天过去,天空上的弹幕仍然没有消失。每一天一起床,她就望天,然后疑惑,为什么这些弹幕总是阴魂不散,到底是谁在监视她的生活?当然最重要的,是这些弹幕要怎样才可以消失?

今天,华花郎决定去看心理医生。她觉得一定是她有病。有病的人才会出现幻觉。医院里,华花郎挂完号就坐在医务室外面的长凳上等。她默默听着医务室里的对话,眼光不知所措地投在凳子下。结果她看到了一张被遗落的医疗单,捡起来一看,华花郎吓了一大跳——心理咨询可真贵啊!

她侧耳偷听医务室里的对话,医生温柔地说着:"你闭上眼睛,让一切杂念都清除,重新睁开眼睛,你一定会看到真实的世界。"华花郎悟了,准确来说,她也心疼钱,毕竟刚被扣了大半个月的工资,囊中羞涩。她现在没什么资格让别人去窥探她的内心,窥探内心走不了医保,成本太高了。

华花郎叹了口气:"这就是穷人有病的麻烦,没钱!"

于是,华花郎决定自我治疗,她跑到了走廊尽头的窗前,盯着天空上的弹幕,那些弹幕无比戏谑地说:"她想要清除我们吗?控屏?清屏?不要啊!"

华花郎嘴角扯起一个笑来,她十分虔诚地闭上了眼睛,想让一切杂念都清除,三分钟过后,她轻声祈祷:"真实的世界,回来吧。"

华花郎缓慢地睁开了眼睛——

天空空了。

什么都没有。就如同天空原本的样子。

华花郎差点哭了出来,她成功了,没想到省了一大笔钱。她笑靥如花,谁知道下一秒,天空齐刷刷地飘过满满的"哈哈哈哈哈哈哈哈哈哈"。

"她还真的信了啊?我们整你的!"

"大伙,可以出来了,不用躲了!"

华花郎从没见过"网友们"如此齐心协力,她感觉受到了冒犯,指着天空臭骂道:"你们这些王八蛋!"

华花郎放弃了。

她愤怒地扭头想走,结果撞上了从医务室里推出来的行动床,一个趔趄,华花郎摔了个狗吃屎。她重重地坐在地上,拎起高跟鞋一看,鞋跟断了。

"很好。"

"花花？"正在泄气之际，华花郎抬头迎上了德明的目光，德明笑笑，"没想到在这里也能遇到你。"

十分钟后，华花郎坐在医院外的凳子上，德明在附近的商场里给她买了一双高跟鞋。

"给。"德明在她身边坐下。

华花郎不知道该如何感谢德明才好，嘴上说着："多少钱，我还你。"

"这个不急，"德明又是笑笑，"我一客户下午要来行里，我听说客户最近头疼，就来医院拿点儿药。"

华花郎心里想，德明真是体贴，同时又觉得客户真的是上帝，再之后又觉得客户经理真不好当啊。

看时候不早，他们得回去了。德明又掏出了两张创可贴，递给了华花郎："我看你后脚踝有点儿破皮，刚才顺道去超市买了，给。"

华花郎吃惊地望着他，接过了创可贴，德明也守分寸，并没有帮她贴上，只是恰到好处地笑了笑。

华花郎抬头看天，只见弹幕们都疯狂地尖叫起来——

"这就是缘分吧！又碰到了！"

"这是什么玛丽苏剧？玛丽苏走进现实！"

"他应该喜欢她吧，又是解围，又是买鞋，又是创可贴的！"

"啊啊啊啊啊！期待两人发展！"

直到德明先走了，华花郎呆坐在凳子上，弹幕们还不消停。华花郎心里起了涟漪，她想冷静下来，于是又给上次让她短款的客户打了一个电话，让客户还她钱。

客户继续说道，再约时间。华花郎不敢生气，只是想起杨姐的话，多跟客户磨磨。是的，为了工作，连德明都去帮客户买药呢，她应该知足了。

怎么又想到了德明？

华花郎望着自己脚踝上的创可贴，心里又起了涟漪，没来由地，突然蹦出一个念头——喜欢他。

华花郎第一次不带憎恨地抬头望天，问："我该怎么办？"

"表白！女追男才好看！女追男隔层纱，支持姐妹！"弹幕们说。

"会不会太快？"华花郎摸不着头脑。

"不会，表白！"

第二天，华花郎做了一袋饼干。午间，好不容易见到了德明的身影，结果德明只是忙碌中朝华花郎灿烂一笑，匆匆而过。

"花花，他是不是喜欢你啊？"同事小莉见到了这一幕，谄媚地撞了一下华花郎的肩膀。

"别乱说。"华花郎不知如何是好。

"上次他都帮你说话了，谁敢惹杨姐啊？他这么做还说不是喜欢？"小莉给华花郎指点迷津，"你喜欢他不？女追男隔层纱！"

其实我觉得太快了。华花郎本想说什么，但最后只是尴尬地笑笑，不再回应了。

临近下班的时间，德明才回到行里。华花郎犹豫再三，终于将那一袋饼干递给了德明，一通支支吾吾之后，华花郎继续说："明天周六，要不要出来喝个咖啡？"

"喝咖啡？"

"嗯，咖啡。"华花郎加重了语气。

隔天中午,华花郎精心戴上了新买的耳环,打扮整齐地出门。

当她走在路上,天空的弹幕们开始指指点点:"牛仔裤配雪纺上衣也太丑了吧?约会合适吗?"

这哪里丑?华花郎本想反驳,低着脑袋,不要再看弹幕,不想受它们影响。结果出门还没走远,她还是咬咬牙扭头折返,换成了一套连衣裙。

约会地点是在一家网红咖啡店。

华花郎正寻找德明的身影,德明喊道,这边!华花郎扭头看过去,欣喜地看见了他,同时也看见了德明身边的女人。

"花花,这是我女朋友,艳娜。"德明笑笑。华花郎不知道,为什么德明还笑得出来。

华花郎盯着涂着一口艳丽口红的艳娜,也笑笑,跟她握手。她突然明白为什么德明还笑得出来了,因为此时只能笑笑。

"你好,我是德明的女朋友,我爸是总行营业部总经理,你以后有什么问题也可以联系我哈,别客气。"

听着艳娜毫不客气的话,望着她红色的嘴唇,华花郎顿时觉得自己的耳环毫无光泽。她听出来了,他们男才女貌,华花郎不配。

"花花,你要找我的业务问题是什么?"刚一落座,德明的眼神有点恍惚,迟疑了一会儿才问了华花郎。

"啊?"华花郎慌了,她马上反应过来德明的意思,开始硬着头皮胡说八道,"是这样的,我弟弟要结婚买房,这钱我寻思着放我们行里……"

这场约会终究让华花郎如坐针毡,不管德明是有意为之还是无意之过,华花郎都不想再去猜了。

她厌倦了成年人的游戏,或者说暧昧的游戏,以及她对待暧昧的冲动。

直到中途，德明去了一趟洗手间。华花郎还没来得及反应，艳娜突然伸手扇了华花郎一巴掌。

"你别以为我不知道你什么心思！"艳娜直勾勾地盯着她。

面对毅然变得强势的艳娜，华花郎傻了，她委屈地想掉泪："对不起，我不知道德明有女朋友。"

"你们整个办公室都知道，就你不知道？你们小莉是我闺密，要不是她提醒我，我还不知道你！"

华花郎恍然大悟，原来小莉之前不是在鼓励她，而是在试探她。同时也在懊悔，她不应该整天魂不守舍，没心没肺到连德明名花有主都不知道。

熬到约会结束，德明和艳娜走了，华花郎坐在卡座里，眼泪哗啦啦往下掉。她继而冲出咖啡厅，看见天空上的弹幕是那么幸灾乐祸："哈哈哈被打脸了吧！"

"看来现实还是没有玛丽苏！打脸好疼！"

华花郎的眼泪变成了瀑布，她声声控诉说："明明是你们在怂恿我！现在为什么都来看我笑话！为什么！你们是不是早就知道！"

哭泣是没有用的。

华花郎只得到了不负责任的一句："是你自己要听的，现在反而怪我们？"

华花郎心灰意冷，她算是明白了，没有人真的会为你的幸福指点迷津，大家只是随口说说，到头来，没人会为你的选择承担后果。

只是，她醒悟得晚了。

这时候，包里的手机响起，华花郎一看，是那个欠她四千块的客户。是的，此时愤怒的她格外硬气，竟然在心里用起了"欠"这个词。

她觉得她被全世界亏欠，更别说那个客户至上的男人。

"喂！你什么时候还我钱？"华花郎语气不小。

她完全没想到自己会失态，也没想到对方只是轻描淡写地说："我周一会去办业务，到时找你。"

华花郎终于见到了那个欠她四千块的男人。

柜台的透明玻璃对面，男人定定地盯着华花郎，问她，你不认识我了吗？华花郎迟疑了好一阵，脑海里突然蹦出一个名字，这个名字让她害怕。

"晖……晖仔？"

"嗯，林鸿晖。我在你这办了好多次业务，你都没认出我来？"

华花郎哑然，眼前的晖仔其实是她最不想回忆起来的人。华花郎还在读初中时，小透明的她为了不被排挤，经常跟在两个叫美妮和菲菲的大姐大身后。晖仔则是班上经常被欺负的倒霉虫。一天，美妮和菲菲把晖仔逼到了一堵残垣上，美妮使唤华花郎说，把他推下去。

华花郎害怕得摇头。

美妮说，要你推你就推，你是有什么主见？还想不想跟我们做朋友？

华花郎还是摇头。

然后，华花郎就把晖仔给推了下去。

这么多年过去，华花郎和晖仔置身于一家普通的牛腩面馆。华花郎按捺住一肚子的愧疚，问晖仔："你还好吗？"

晖仔反而给华花郎递过去一瓶醋："挺好的，就是腿不太方便。"

华花郎知道，当年她那一推，晖仔瘸了。

两人沉默了下来，晖仔掏出四千块，递过去给华花郎："还你，四千块。"

华花郎刚要接过，手指捏在钱上，晖仔却突然不松手。华花郎望着晖仔，心想他不会想赖账了吧。

晖仔收回手，点了点钱，将三千块先递给了华花郎，又自己攥着一千块："我能欠你一千块吗？这样我就可以经常约你出来了。"

回家的路上，华花郎一直想起刚才晖仔的话。晖仔说，他喜欢她，所以自从有一次办业务认出是华花郎之后，便隔三差五地来银行找她办业务。说这些话时，晖仔跟喝了酒似的，一脸红润。华花郎慌乱地拨弄着碗里的面条，一会儿面就坨了。最后，华花郎鬼使神差地没取回那一千块。

她完全不知道该怎么办。她只说，让她考虑一下。

晚上十点钟，华花郎的妈妈再次给华花郎打电话："你弟弟的房子，妈知道你辛苦，但你借妈一点钱！"

"我说个不好听的，我白天帮别人数钱，晚上我还帮我弟弟数钱？我没钱！"华花郎无奈。

"既然这样，那我也说个不好听的，你还记得你的同学不？你以前一起玩的那个刘梅，她妈跟我说，她要结婚了。别人都有对象，就你没有。别人都结婚了，你呢，你落单了，就一剩女。"

"你！你毫无逻辑！"华花郎气得撂电话。

华花郎不明白，曾经的她跟妈妈的关系很融洽，她也算迁就妈妈，妈妈让她学什么她就学，让她来当柜员她就来当柜员。怎么现在要彼此恶语相向，难道只因为她无法避免地年龄增长，她不再年轻？

华花郎一夜都没有睡好。

第二天，银行开门，华花郎没想到晖仔是第一个客户，早早地等在门口，并在开门第一时间坐在了华花郎的对面。

"林先生，你好。"华花郎说。

"你好，存现金。"

晖仔递进去一沓钱，全是零钞。华花郎正在点钞，晖仔问："你点清楚了吗？"

"稍等，我再点一遍。"华花郎的眼神里全是闪烁，但碰上晖仔的目光之后，两人都脸红了。

"你慢慢点，我可以等。"晖仔轻轻说。

"稍等，很快。"

"点清楚了告诉我。"晖仔的语气还是轻轻的。

华花郎就坐在里头点钞，一遍一遍地点，很慢很慢地点。如果杨姐查监控，杨姐一定会发现，那是华花郎此生中点钞点得最慢的一次。

傍晚清完库，晖仔在银行外等华花郎。华花郎出门，竟然撞见了德明和艳娜，心里蹦出的却是妈妈的那句"别人都有对象，就你没有"。

华花郎一时语塞，她仓皇地打过照面，然后奔向晖仔，挽过了他的手臂。

在那之后，华花郎便恋爱了。

只是恋爱后，华花郎经常梦到初中的她将晖仔推下残垣。一天夜里，华花郎在梦中惊醒，她将噩梦告诉了晖仔："对不起，我当时听美妮的话推了你，我真的很后悔。"

好在晖仔只是捏了捏她的脸说，傻瓜，我不在意。随后再将华花郎抱在怀里。

华花郎侧头看了一眼窗外，天空的弹幕又开始发牢骚："节奏又慢了！"

华花郎心慌，难道还有什么变故？

但更让她心慌的是，她突然有种眩晕感，她甚至有点恍惚，自己抱着的这个男人是谁，自己是谁，以及自己为什么会抱着他。

几天过后，华花郎给一位中年叔叔办现金业务，叔叔递给了华花郎五千块，却说自己明明给的是五千五百块，反复强调自己已经数过很多次才来存钱的，最后开始破口大骂，说是被华花郎偷拿走了五百。

晖仔在等华花郎下班，二话不说上前争执："你骂谁呢？老东西！"

华花郎没有生气，这种客户她见多了。只是最后虽然查出华花郎没有犯错，但杨姐还是让华花郎给客户道了歉。

晖仔却生气了。

当晚，晖仔跟华花郎吵架，指责华花郎为什么要道歉——"你知不知道你很普通，长得普通，工作也普通，你甘心一直这样被别人欺负吗？我们什么时候才可以出头？"

华花郎受伤了，但她转眼想，晖仔一定是在为他们的未来着想，她不应该往心里去。但晖仔的话却比挂在天空上的弹幕还狠，它夜夜都在她的心里飘过。

华花郎决定要提升自己，让自己变得更好。她想重拾下语言，去报个语言班，却不知道是要读英语还是日语。最后，也只能先买一本时尚杂志，打算先改变自己的外表。

又过了几天，老同学刘梅在老家办喜酒，给老同学们都发了喜帖。华花郎心里不情愿，但看到别人都去参加，她咬咬牙，还是跟晖仔一同盛装打扮出了席。只是，酒席上的同学会一派祥和，但当晚晖仔却喝醉了酒，回家便质问华花郎："你很高兴？"

"你不高兴?"华花郎问。

"别人都买房了,我们呢?你还高兴得起来?真有你的。"

"你怎么了?晖仔,你醉了?"华花郎觉得眼前的晖仔很陌生。

"我恨我自己没用。我要不是个瘸子,我不会是这样的人生!"

"没人恨你。"

"我恨!我们一直这样下去,我们永远都无法出头!只因为我是瘸子!"

晖仔的话跟刀子一样,句句在割他自己,也在割华花郎。华花郎想求他,别说了。"我可以帮忙,我有点存款。"华花郎万般无奈,将晖仔扶到沙发上。

晖仔推开华花郎的手:"你能赚什么钱!你那点死工资,根本就不够!"

可是我能怎么办呢?

华花郎自责,是啊,她似乎帮不上忙。"是,我确实没有办法。"她喃喃自语。

"不,你有办法!"晖仔醉醺醺地坐了起来,握紧华花郎的手,"有个事只有你能做!"

"怎么说?"

"我去抢银行,你别按警铃,假装把钱给匪徒,怎么样?"

晖仔话音刚落,华花郎便双腿一软。

她心脏突然撞个不停,她咬牙切齿地望了一眼窗外,只见天空上一片狂欢——

"刺激!"

"高潮终于来了!"

弹幕们如是说。

当晚，晖仔一直劝说华花郎。最后，他们的对话以晖仔的一句"我过成这样也有你的责任"结束。

几天过后，就在晖仔抢银行的头一晚，华花郎又做了一个梦，梦里的她把晖仔推到了一片海里。华花郎醒来，发现自己的枕头是湿的。

华花郎如常地去上班，然后掐着时间，如同等待命运的宣判——她不知道，她为何走上了这条路。

她不知道晖仔何时会进来，她只能坐在柜台里，魂不守舍。

"别发呆！"杨姐见状，突然拍了一下她的肩膀，"我知道我一直对你很凶，但其实我是怕你不知道自己在干什么，人一定要一直知道自己在干什么，才不会老出错！"

华花郎听懂了杨姐的话，心里五味杂陈，嘴上却也只能说，谢谢。

可是一切已经来不及了，这时，华花郎看到晖仔的身影，他戴着帽子和口罩，穿着黑色夹克，取了号坐在大厅里等候。

"花花！"突然有人喊了她一声，她看向刚坐在她对面的客户，竟然是妈妈。

"你怎么来了？"华花郎慌了。

"我不来你能听话吗？你弟弟结婚的房子钱，你到底借不借！"

"这里是工作的地方！你快走！"她望了一眼大厅里的晖仔，晖仔的手插在夹克兜里，她快急哭了。

"我不走！"

"你去我住的地方，在卧室里的柜子里，你有我钥匙，你快走！"

"哼！算没白养你！"

华花郎的心快要跳出来了，眼看妈妈走出银行，她才松了一口气。可是她不知道晖仔作何打算，晖仔似乎也很忐忑，他过号了。但过了十分钟，晖仔又再次去取了号。

华花郎一直在流汗，直到晖仔坐到了她的对面。晖仔假装不认识她，只是拿出一张纸，写上：把钱拿出来，我兜里有枪。

晖仔将纸扔了进去，然后扬了扬他的夹克，口袋对着华花郎。华花郎发现自己动弹不得，只是平静地流着泪。

"你好！取钱！"晖仔突然瞪大眼睛，警告华花郎。

"先生，跟你说个事，我以前是个没有目标的人，但我现在有了，我想跟我的男朋友一起好好生活。我只有不出错，才能好好地过日子。所以你能不能去其他地方。这里没有钱。"

华花郎说完，隔壁的同事小莉发现了不对劲。

"妈的！这里没有钱，哪里有钱！"晖仔突然大笑起来，继而大喊，"你以为我爱你吗！我都是骗你的，我恨死你了，要不是你给了我这条腿，我不会这样！好不容易骗你到这了，结果你给我煽情！老子要打劫！"

"这里没有钱！"华花郎泪流满面，按下了隐藏警报器。

随后，银行里一片混乱，保安冲进来跟晖仔扭打在一块——晖仔其实没有枪。

在尖叫声中，华花郎抱着脑袋跑了。她跑上楼梯，一层又一层的楼梯。不久，她便泪流满面地站在天台边。

华花郎很久没这么近地接近过天空了，天空上的弹幕们在互相打架，有的在让她止步，但更多的是在让她跳下去。

"跳下去！跳啊！"

"被PUA了，好惨一柜姐！"

"看进度条，就这么完了吗？"

"别想不开啊，没什么大不了！"

风朝华花郎吹过来，她望着那些弹幕，她的身体里，她的心里又出现那种感觉了。

她之前不知道那感觉是什么,不知道为什么越临近二十八岁,那种感觉就越强烈。如今,她终于知道它是什么,也正因为它,弹幕才会找上她来。

那感觉是茫然。

本以为忙忙碌碌地活着很累,没想到,漫无目的地活着也很容易疲倦。

她也不敢再怪天空上的那些弹幕,不敢怪弹幕背后窥视她人生的人。因为自己随波逐流,从来没有自己的主见,反而都不能怪罪自己轻信了那些话。

"并不是世界要对我指手画脚,而是我从未看清过自己,也不知道我该走向何处。"

华花郎惨然地笑了笑,想起刚才判若两人的林鸿晖,她心里反而好受了点,因为此时的她才发现自己根本不爱他。

华花郎挪了挪脚,这时,裤袋里的手机突然响起,将华花郎从迷思中拽了回来。

"花花啊,你别想不开,我以后再也不强迫你了!"电话里妈妈哀求道。

"你在说什么啊?什么想不开!"华花郎不解。

华花郎没想到,妈妈只是想拿到她的银行卡和存折,结果看到了放在一起的写着银行卡密码的纸,以为华花郎早已经想不开,早就做好了自杀的打算。

"我再也不强迫你了,你想干什么就干什么!"

"我没有想不开。"

"你还在银行吗？我来找你！"

从警察局里出来，已经是晚上十点多了。临走前，华花郎见了晖仔最后一面，她想好好告别，可是晖仔却只是低着头。华花郎想了好多话，但不知如何说起，最后只是说："那一千块你留着，我以后不欠你的了。"

华花郎跟妈妈坐在街边的马路牙子上，沉默了好久，妈妈又说，我以后不强迫你了，你想怎么活就怎么活。

"妈，你以前为什么要给我起这个名字啊？华花郎。"华花郎望着天空。

"华花郎就是蒲公英的别名嘛，想你跟蒲公英一样，无拘无束，自由自在。"

"但你不觉得，自由自在久了，也很烦吗？"

"什么烦不烦的，我看挺好。"

华花郎苦笑一声，跟妈妈一起去坐末班地铁。"你先回去，我想自己待一会儿。"她打算跟妈妈反方向走，妈妈不再多言。

"行。"

"你之前不是问我对弟弟的事有没有想法吗？我现在有了，就是你还是得去问他，那是他自己的事，他自己说了算，而不是问别人。没有人会为他负责。"

地铁来了，妈妈先行上了反方向的地铁。

"你去哪个方向啊？"妈妈问。

"不知道。"

华花郎不知道去往哪里，她又在地铁站里晃悠，随后坐上了另一辆末班地铁。

地铁呼啸着往前飞。

此时的她任由地铁带她走。起初她最想知道的答案是,为什么那些弹幕会出现在她的生活里。而现在的她在心里问那些弹幕,呵,我的人生有什么值得看的?

我不知道我要做什么。不知道我喜欢什么。不知道我接下来该走到哪去。我什么方向都没有。我只感到空虚。

华花郎不知道,此时外面的天空飘过一行字,正是她想要的答案——

"没有方向的人生,才具备更多方向的可能性,才更值得看。现在开始,一切都不晚。大家晚安,拜拜啦。"

末班地铁的最后一站到了,华花郎不知道自己在哪里,她在地铁站里随便找了个角落便睡了过去。

第二天,当她在吵闹声中醒来,在众人奇怪的目光中,她迷迷糊糊地穿过早高峰的人群,走出了地铁口。

她抬起头,发现天空空空如也。

如同经过了一个大风天,她终于看到了生活本身,白茫茫一片,真干净。

鞋　生

今天的早高峰迟迟没有过去。

上午十点钟,十三号线,地铁又一次呼啸着进站,就像一罐传送带上的鱼罐头。嘀嘀嘀三声过后,车门一开,车厢里的人挤挤挨挨得像被紧紧包裹在腹部里的鱼卵,而车厢外的人像巨浪,汹涌地往上涌。拍打着,冲洗着,咬牙切齿。

梦娜要疯了。

作为站务员,听着车厢里传来的尖叫声,梦娜喊哑了嗓子:"让里面的人先下来!先下后上!先生!你慢一点!"

"我们要迟到了!前面的搞什么啊!快上去!"

梦娜不知道世界上还有哪些劝解会比在早高峰上的地铁更无效。在一阵推搡中,梦娜只能奋力拉下车厢上的一名女士,再吃力地把眼前的乘客往车里推。车门撞击着他们,夹在乘客的屁股上又弹开,梦娜用手肘拱他的后背,终于,车门合上了。

地铁犹如吃撑了的不明生物,打着饱嗝,一路向前。剩下的人继续怨声载道,眼神里除了疲倦,还有透支了的愤懑。

今天的早高峰到底还要多久才能过去?

梦娜纳闷地问对讲机另一边的同事,今天怎么回事啊?可是对方没有答应,只听到那头也是叽叽喳喳。到了十点半,人流稍微有点少了,才听对讲机里叹了一口气:"唉,上行前几站有人自杀了,都上了热搜!"

"女的,有什么想不开啊,在地铁里轻生。还偏偏是早高峰,这不是给别人添乱吗?你看微博上都骂成啥样了?"同事继续补充道。

梦娜心里犯咯噔,她想起几年前,她二十八岁那会儿刚生完铭铭,铭铭动不动就发烧,随后她莫名丢了工作,爸爸又进了ICU,可以说是诸事不顺。一天,她去医院看望爸爸,在车厢里她睡着了,奇怪的是,她醒来发现自己的眼角挂着泪。她非常震惊。那泪水不是痛,也不是矫情,它来得猝不及防,随着车厢摇摇晃晃,更像是一种领悟。她感受到,坐上地铁,你会觉得自己的人生正在向前。

那是从天而降的感悟,她说不清楚。但是,她后来当上了地铁的站务员。因为她希望别人的人生也能向前。只是当上了站务员后,遇过几次因事故而引发的地铁故障,她才明白,人生汹涌,但有时候总是要停的。如果偶尔地铁停了,那一定是有一些人的人生掉落在了轨道上。

"等等,自杀?"

梦娜突然想到，十三号线的站台都有屏蔽门，不可能有人能跳下轨道呀。梦娜刚想问问同事，这时地铁进站，一名乘客下了车厢后，突然走过来小声跟她说："那里，有个女的不对劲！"

梦娜循着方向看到了那个女孩。梦娜警觉起来，马上按通了警务室的对讲机："赵哥，有情况，过来。"

"几车厢？"

这时，车门嗒嗦地响了起来，梦娜说，来不及了。随即她在车门关闭前侧身冲上了车厢。车厢里的人盯着梦娜，梦娜的目光锁定那个女孩，跟随女孩的背影，朝前面的车厢走去。

女孩扎着马尾，年纪不大的样子，穿着灰色的运动开衫和洗得褪色的蓝色牛仔裤。她双手插在兜里，兜里似乎正揣着什么东西。她向前走去，一路左顾右看，偶尔弯腰，鬼鬼祟祟。

梦娜不知道她想做什么。

就在地铁即将到达下一站时，女孩扭头察觉到了梦娜，她怯怯地扫了一眼梦娜的制服，两人对视了一眼。梦娜缓缓朝她走过去，不料女孩二话不说，拔腿就跑。

"别跑！"

车厢里尖叫四起，女孩跟跟跄跄地推开乘客，梦娜奋力追去，刚抓住女孩的胳膊，女孩便反手将她甩开，朝正打开的车门跃出去。

"抓人！"

梦娜一边追一边喊，地铁里的人见状，一个猛汉二话不说拖住了女孩，梦娜跑过去按住了女孩。"姐，我什么都没做！"女孩求饶。

"那你跑什么？"梦娜又按下对讲机，"赵哥，你在哪儿？"

警务室里，女孩坐在桌前把头埋得很低，梦娜在旁边守着。赵哥问她:"你叫什么名字?"

"李亚男。"

"几岁了?身份证带了吗?"

"二十五,没带。"

"身份证号念一下。"

"我真的什么都没干!"

梦娜看着眼前这个叫李亚男的女孩,她委屈巴巴地跟梦娜对视,像在求救。梦娜说:"你别慌,没事不会拿你怎么样的,你在车厢里干什么,为什么见我就跑?"

李亚男沉默了。

"你兜里拿着什么?"梦娜又问。李亚男一听,缩了缩胳膊。梦娜再次问道:"你藏什么了?"李亚男这才支支吾吾地说:"我……我再也不敢了。"

她掏出一块亚克力牌子,上面印着一个二维码。

"这啥?"赵哥问。

"公司让干的,公司比较小,所以让我们出来扫码,做做地推。"

"那你跑什么?"梦娜不解。

"啊?"李亚男迟疑着,恍然大悟,"原来地铁扫码不犯法?不犯法吧?"

"看你做什么了!"赵哥呵斥道,"也有犯法的,微商的不算,你们是不是搞'注册辅助验证',还是手机木马病毒下载网址?"

"没有,就是地推,加加公众号而已。我也不想啊,我做运营的怎么来搞地推。"她急得快哭了,赶紧掏出手机给赵哥和梦娜看。

梦娜直接问了:"我看你在车厢里走来走去,你想干什么?"

"我在找我的鞋,早上被挤掉了。"

梦娜这才看到，李亚男左脚穿着一只黑色的平底鞋，右脚只穿了袜子。她看到梦娜盯着她的脚，她的脚趾动了一下，随即将右脚藏在了平底鞋后。

梦娜松了一口气。

是的，她反而松了一口气。她知道世道艰难，她并不想眼前的女孩真的犯了什么错。赵哥见状，跟梦娜对了一下眼神，随后问了李亚男几个问题，普及了在地铁做地推的风险，在给了她警告后，便放她走了。

梦娜跟李亚男走出警务室。梦娜回到了站台前，准备等同事过来接班，突然看到李亚男并没有离开，而是踌躇地在站台前来来回回走动，东张西望，绕了一大圈之后，孤零零地坐在休息凳上。

梦娜佯装没看见，但最后按捺不住，走到她身边心有不忍地问："你怎么了，还不走？"

"我在找我的鞋。"李亚男的声音显得委屈，"早上太挤了，我当时几乎是挂着被往前推的，架着的，脚都悬空了，然后有人下车，我的鞋子掉了。"

梦娜苦笑一声，继而说，那估计是找不回来了。

李亚男眼神有点落寞，她说："我知道，但……那只鞋对我很重要。"

梦娜又看了李亚男左脚上的平底鞋一眼，不是很老旧，也不是新鞋，当然，也不是什么名贵的牌子。

"你是怕没鞋回去，脚疼？"

"不是，呃，就是……这鞋是我男朋友送的。"她抿了抿嘴，像是不想再说了。

"你在哪丢的鞋？"

"上一站,哦不,是上上站。我记得我回去找了,然后又过了两站,然后被你抓到,所以应该是上上站。"

"车厢里还是车厢外?"

"不清楚。"

梦娜本可以表示惋惜,然后就此离开。但她跟李亚男一聊,心里突然就松动了起来——

"你住哪儿呢?地铁可以直接回去不?"

"公司在朝阳大悦城那边,但我住在天通苑。"

梦娜知道,"天通苑"这三个字几乎是所有北漂年轻人的噩梦,早高峰第一班地铁的排队长龙叹为观止。这三个字,也等同于上班族的"要人命"。聊到住址,李亚男放松下来,还跟梦娜聊到她早上五点半出门,先是骑车到终点站前四站的地铁口排队上车,这样才有机会上得了地铁。

"我现在是工作时间,不能回去。"李亚男怅然地勉强一笑,"不说了,我得去找鞋子。"

"我带你吧,帮你问问那边的同事。"

梦娜跟李亚男来到了站点,梦娜领着她找到欣妹。寒暄过后,梦娜问:"今天早上你收鞋子了吗?"

"收了啊,还收了条皮带和一袋早餐,里面还有油条。但早餐我扔了。"欣妹笑。

梦娜有点郁闷,但事实就是如此。地铁有时像一片海,潮来潮往,总有东西留下来。至于潮水退散后会留下什么东西,又像开盲盒。

梦娜说明了情况,欣妹便去站务室取鞋子。李亚男松了一口气,她扬起眉,仿佛看到希望一样跟梦娜说了声,谢谢。

然而，欣妹拿来了一双运动鞋。

"唉！"梦娜叹了一口气。

是啊，人太多了，平时掉的鞋子就不计其数。听过海底捞针，还没听过地铁里捞鞋呢。李亚男脸色沮丧，欣妹看了眼她的平底鞋说："要不，你凑合一下，我给你找一双差不多的，你就可以先穿回去了。我们这里什么没有，鞋子最多了，一箩筐呢！"

李亚男欲言又止。

"哎呀，说什么呢！"梦娜打断欣妹，"这是有人从车厢里扔出来的吗？"

"不是啊。"

"那有人从车厢里扔出来吗？或者踢出来的。"

"我想想啊……还真有印象，小龙好像跟我提过一嘴，说他那边的车厢里有人扔鞋。"说完，欣妹马上给小龙打电话。

李亚男见状，跟梦娜相视一笑，她嘟囔道，太好了。

"小龙刚吃完饭，他现在把鞋子拿过来！"欣妹笑嘻嘻的。就在他们等小龙的时间里，欣妹又闲聊道："对了，你早上也很忙吧！我要被挤死了，不是有人出事故了吗？太可怜了，被夹在了屏蔽门里！"

"什么？屏蔽门？不是自杀？"梦娜吃惊。

"不是啦，好像是太挤了，硬上车，然后不知道怎么的，就被夹在了屏蔽门和车门中间……紧急刹车后也没用，当场没了。啊，小龙来了。"

梦娜还没从欣妹的话中缓过来，小龙就提着一个塑料袋跑过来了。"是这个吗？有人扔出来的，但好像没有人要！"小龙提起一双黑色的平底鞋。

大家都看向李亚男的左脚的鞋——很像，但不是。

"真的不是吗?"欣妹傻里傻气,明知故问。

"真的不是,因为我经常跑,为了防止磨损,我在鞋底贴了鞋贴。"

"那你的鞋子应该还在原先的车厢里,可能也被人挤着给踢走了,到了其他站也说不定。"

"我可以看监控吗?"

"如果要看监控,还得回去找赵哥,得警方调取。而且,现在还看不到,得今晚地铁运营时间结束之后才可以调取。"小龙跟李亚男解释。

梦娜先带李亚男离开了。

两人站在站台前,梦娜看了看时间,已经十一点半了。她惋惜地跟李亚男说:"你可以关注地铁运营公众号,上面有失物招领的。或者,如果你真的要看监控,我就陪你走一趟,需要填写一份资料。"

"具体要填什么?"

"就是提供准确时间,确认车次,然后填写靠站停靠时间之类的,今晚地铁运营结束之后,就可以调取了。"

李亚男不说话了,倏忽难过地蹲在了地上。

"你没事吧?"梦娜看得出来,她非常委屈,再次像要哭出来。梦娜安慰她说:"你给你男友打电话,他应该能理解的。"

"不是。"

"以后小心点就好了。你男友能理解的。"

"我没有……"李亚男突然说漏了嘴般,停了下来。

梦娜皱起眉头,定定地看着眼前的这个女孩,她感到匪夷所思——"你在骗我?"

见李亚男没有说话,梦娜的身体里腾起一团怒火,继而又惊讶又不解地后退了一步。她的理性在告诉她,赶紧走,别多管闲事了。可是就在她下定决心之后，李亚男却说："我要填资料。"

梦娜咬紧了下嘴唇，平复了心情说："行！但你要跟我说，你为什么非得要那只鞋？"

李亚男站了起来，梦娜看到，她眼眶红了，但没有泪。她欲言又止，又挠头又来回走。梦娜知道，她不想说，或者，她说不出口。

"算了，走吧。"

"没什么，只是这双鞋陪我走过了很久的路。"李亚男喃喃自语。

梦娜知道她在说谎，但又觉得她没有说谎——因为，她说的这双鞋，可能不仅仅是她穿着的那一双鞋。

人可能都会对自己的鞋有感情。梦娜心想，是，一个人走过多少艰难的路，只有鞋子知道。鞋子就像是一个人的一生，承载了一个人的理想和力量，不停歇地走在路上。

这让梦娜想起了她曾经的，让她在睡梦中掉泪的那趟地铁。

"你知道吗，一双鞋掉在了地铁里，就和你跟一些人走散了一样，找不回来了。"梦娜无奈又耐心地解释道，"我只能尽力帮你找，但可能不一定会有，你得有心理准备。"

梦娜和李亚男又来到了赵哥的面前。赵哥皱眉："所以是怎样？她又扫码了？"

梦娜跟赵哥解释了一通，赵哥怒不改色，将梦娜拖到一边，低声埋怨她说，你是闲得慌？

"我能怎么办？她向咱们寻求帮助，不能不管啊。"

"哪怕就一只鞋？"

"就一只鞋。"

"调监控？"赵哥一副你们都有病的样子看着梦娜，"别胡闹了！如果她没法准确地指出掉鞋的时间和车厢,你知道我们还要费多大的精力查监控吗?"

说完,赵哥招呼李亚男过去。

"姑娘,你刚来北京吧?我跟你说,地铁掉鞋什么的,没多大的事,长个教训,买双新的吧。"

李亚男沉默地点点头,仍然是朴实的脸、胆怯的神色。

赵哥长久地盯着她,突然"唉"了一声,扭头跟梦娜说:"这样吧,你先拍一张她的鞋给我,我发到群里,问一下大家有没有见到这只鞋!没有的话,再填个表。"

"对,有群!我怎么不知道!"梦娜拍脑袋。

"你又没在里面!"赵哥嗤地一声冷笑。

"你最好了,赵哥!"

梦娜二话不说,将李亚男的鞋子拍给赵哥,随后赵哥便发到了群里。之后,赵哥眯着眼睛盯着手机,一会儿在打字,一会儿皱眉,一会儿又在打字。

半晌,赵哥悠悠地说,嘿,还真有!

"哈!"

梦娜破口而出,喜笑颜开。李亚男也笑了,赵哥也是摇摇头笑在喉咙里。他们就在原地等,十分钟之后,一名警务人员拎着一个袋子过来,忙不迭地问:"赵哥,你要这鞋子干啥?"

警务人员掏出鞋子,只见鞋子套在一个透明的塑料袋里,他们一看,发现不对劲——这鞋子竟然是左脚的鞋。

这也太巧了!

李亚男吃惊地接过那只鞋查看,是一只一模一样的黑色平底鞋,她正在细看,突然听到警务人员说:"早上的事故,现场处理了之后,全部都送走了。但刚才好像在地铁里还找到了这只鞋,正准备送过去呢。"

"啊!"

李亚男一声尖叫,将鞋子扔了出去。突然,她哇的一声,蹲下去号啕大哭。大家被吓了一跳,只听她说:"这是美琳的鞋!我们年会上抽到的,她一双,我一双,她早上跟我一起挤的地铁,也是十三号线!上面有个创可贴,是她的鞋!"

梦娜宛如被一股电流穿过了后背,不由得打了个冷战。

"怎么会这样?早上还好好的,一起去做地推。"李亚男被吓到了,大家也被吓到了。

"我不找鞋了!我不找了!我要回去!"李亚男泪流满面,她挥动着手臂,示意梦娜别跟着她,随即她脱掉了鞋子,随手一扔,失魂落魄地跑开了。

梦娜呆在原地,望着地上的那两只鞋,久久没缓过来。

午休期间,梦娜一直出神,吃不下饭。

恍惚间,她听到自己的手机在响,一看,是儿子铭铭幼儿园的座机电话。梦娜接听,听到铭铭软绵绵的声音:"喂,妈妈,午休我偷偷给你打个电话。"

梦娜幸福地笑了:"铭铭啊,有没有好好吃饭啊?"

"妈妈,我早上被罚站了。"

"什么?为什么啊?"

"因为迟到了。"

梦娜一听,按捺怒气安慰铭铭,直到挂了电话,才生气地给老公打电话:"我早上不是嘱咐你别迟到的吗?你怎么老是送铭铭去幼儿园就迟到!"

"路上堵啊，怎么办啊，堵啊！车子还没油了！"

"下次别开轿车了，开个电动车去。"

"那我不用上班？怪啥？怪我们没有学区房咯！"

又来了。

因为迟到的事，他们已经吵过无数次。梦娜已经泄气了，末了，她说："算了，下午我跟同事倒个班，我去接铭铭放学，你下班了记得去加油。"

随即，梦娜挂了电话。

下午四点，梦娜在幼儿园门口接到了铭铭。他们坐地铁回家，一路上，梦娜的脑海里一直想起李亚男的那只黑色的平底鞋。

梦娜探头看了看车厢，想寻找她。可是，车厢里早已经没有了扫码的身影。不知道怎么的，梦娜又想起她跑开时那没穿鞋子的背影。

挥之不去。

晚上十点，梦娜在哄铭铭睡觉。"好孩子要早睡早起，不然明天又要迟到了。"

"妈妈，你给我讲故事书。"

"好，妈妈给你讲《打瞌睡的月亮》。"

"妈妈，以后的车子会飞在天上，像月亮一样，像云一样，这样就不堵啦。那我每天上学都不会迟到。"

梦娜本想回他说，那到时天空只会越来越堵。但她顿了顿，还是笑着说，是啊，以后一切都会飞，都不堵了。

随即梦娜翻开了故事书，温柔地给铭铭念着，直到他睡着。

梦娜给他盖好被子，走到窗前望了一眼夜空。北京的夜晚是活的，但比白天安静了不少，至少，总有人在安稳地入睡。

梦娜突然想到，夜深了，地铁也该停站了……不知道那只没找到的鞋到底在哪里？它究竟有什么特别？梦娜在意起来。

夜间接近十一点，地铁的末班车上，七号车厢，两个女孩正在说笑，其中一个女孩看到了座位底下的一只黑色平底鞋。

"那里怎么有一只鞋？"她用手肘撞了撞另外一个女孩。

"好恐怖，不会是什么鬼鞋吧？"

"啊，好恐怖，别吓人！"

下一站到了，两个女孩嬉笑着下了车。只见车厢里的一个小男孩，看到了那只鞋，朝他奶奶叫道："奶奶，你看，那里有一只鞋！"

小男孩冲过去，趴在地上，拎起了那只鞋。奶奶惊慌地喊说："哎呀，不要乱碰别人的东西！晦气！"

奶奶跑过去扯过小男孩，小男孩将鞋子抛在地上，像踢足球般，用力地将它踢到了座位下的角落。

随着嘀嘀嘀的声音，地铁靠站了，奶奶牵着小男孩下车。车厢里响起了提示声，终点站到了。于是，所有的车厢都空了。

几分钟后，一名保洁大叔拎着扫帚上了地铁，他四处查看，清扫着零零散散的垃圾。当他走到七号车厢，他看到了那只平底鞋。

鞋子躺了整整一天，还是孤零零的一只，不知道它从哪里辗转而来？可能是从不同车厢，从不同的路线过来也说不定。

保洁大叔知道，按照惯例，它已经成为无人认领的垃圾了。

他拎起那只鞋，刚准备将它放到垃圾桶，忽然察觉到了鞋子的内里。他将眼睛眯成一条缝，凑近看，突然笑了一声："这年头，怎么还有人把钱藏在鞋子里？"

他用手抠了抠，从暗缝里掏出了钱，数了数，一百元的数额，有八张，共八百元。

遢遢男保护法

520号房传出一声尖叫。

黛绿发疯地冲进厨房，操起一把水果刀，扭头仇视着追上来的耀辉。她的眼神里写着疲惫，又爬满了怨气，血丝像一朵朵殷红的昙花绽然开放。耀辉难以置信地盯着黛绿，惊慌地退了一步，那一刻，他竟然后悔自己没有买人身保险。

当初说彼此知道世间的爱情苦，但吃得苦中苦，方为甜蜜胶。天知道，才两个月光景，两人竟以这种局面，对他们的爱情缴械投降。

不是，说好的持久战呢？

"去你妈的！"黛绿又一声嘶叫，冲了上去。

一切都是从那一天开始的。

黛绿记不得具体是哪一天，只记得那天她很累，在公司里发送完公众号文章，还没吃上一口饭，下楼的时候已经十点半了。

要说那天有什么新鲜的，应该是黛绿在走出电梯时，不知从哪里蹦出了一只泰迪。泰迪叼着一个大鸡腿，眼巴巴地望着她，然后滑稽地抬起右脚在距离她一米远的角落里撒尿。声音咕噜噜的，泰迪眉眼舒展，像是憋了挺久。

黛绿生气了，她可是一口饭都还没吃！

人累成狗都是对狗的羞辱，狗不仅不累，还很自由！她像是受到了挑衅，愤愤不平地踩着高跟鞋离开。

到了家，开锁，进门，黛绿踩到了一片橘子皮。她捡起橘子皮，包还没放下，又踩到了一只臭袜子，于是她又捡起臭袜子。她悲恸起来，目光毒辣地顺着地板望过去，玄关处凌乱地堆着各类物品和垃圾。她习以为常地默数着那些玩意儿，橘子皮、臭袜子、球鞋、皮鞋、空瓶子、胶带、废弃的快递箱……

"好样的，王耀辉。"黛绿笑得比哭还难看。换作平时，黛绿会告诉自己要秉持好妻子的品格，再故作坚强地拖着自己已经被生活碾成残骸的身躯，一一收拾，将该死的垃圾放进垃圾桶，将该死的衣服放进衣柜，物归原位，再扬起笑容等心爱的耀辉回家。

但她今天什么都不想干，只是孤零零地趴在桌子上等，起初她不知道自己在等什么，直到耀辉开门那一瞬间，她突然明白了，她不过是在等一个答案。

"宝贝，你怎么了？"耀辉被她吓了一跳，眼看一地的垃圾也没有收拾，察觉今天的黛绿不对劲。

"我们离婚吧。"黛绿轻描淡写。

"哈？"耀辉以为自己听错了，转瞬又被黛绿招呼过去，乖乖就位。黛绿勉强挂起一个笑，循循善诱："是这样，耀辉，你和我今年都只有二十七岁，英年早婚，我们过早结婚，还没来得及知道什么是爱情，更不知道什么是婚姻。早点儿分开，未来还有的是机会，遇到适合自己的人。"

这其实是黛绿的真心话。

要是十年前，二十七岁的女人就是剩女，她还可以着急一下。但现在不是，时代在进步，二十七岁的女人干什么不行，非得结婚呢？管他什么剩女不剩女的！

当然，也不是说二十七岁结婚就有什么不妥，只是黛绿跟耀辉闪婚得太快，当初两人一拍即合，觉得彼此找到了天命之子，相识三个月便领证结婚。如今黛绿后悔得只想溜，时刻都想溜。

"什么玩意儿？你是说我不知道什么是爱情？"耀辉问。

黛绿摇摇头。

"那你是说我不适合你？"耀辉是做律师的，最擅长文字漏洞游戏了，"这不成立！"

"我变了，你也知道女人多烦，女人很善变的。"

"宝贝，我们刚结婚半年不到，好不容易组建了这个家，你突然说离就离？"

"你看看这个家，像家吗？就一狗窝……"黛绿看了一眼凌乱的客厅，突然想起那只泰迪，结巴起来，无奈地改了措辞，"一鸟窝！"

"你到底怎么了？不要怄气，有什么事不可以商量？"

"跟你商量有用吗？跟男人商量有用吗！"

"今天的你毫无逻辑。"耀辉困惑得要抓狂了，"你还不如说你不爱我了。直接说理由！"

黛绿一笑："是吗？亲爱的，还不是因为你邋遢。"

非得把话说到这份儿上，耀辉就是个生活无法自理的超级无敌邋遢男。

黛绿还记得，当初她认识的耀辉，是一个风度翩翩的极品绅士。耀辉出身金融世家，又是名牌海归，对黛绿百依百顺，会在约会就餐时温柔地为黛绿拉椅子，会在情人节准备玫瑰花和马卡龙，注重任何爱情细节，干净纯良又心细。嫁给耀辉这个天使实在是没毛病的一件事。

直到同居以后，黛绿在每天的垃圾堆中醒来，终于发现了一个事实，耀辉太邋遢了。

黛绿不相信人模人样的耀辉在同居时的人设竟然如此不堪。随处可见的纸巾、袜子、打火机；无处不在的烟蒂、外卖盒、脏衣服；洗澡不会干湿分离，以及永远不会干净的马桶，永远不会带走的垃圾袋。

它们是黛绿在疲惫生活中的全部。

她收拾它们，仇恨它们，对抗它们，说服自己接受它们，但终究无法让自己被它们拖累。

"我每天要工作，加班，回到家还要洗碗、拖地，不停歇地收拾。耀辉，这不是全部，我累了。"

"我可以改。"耀辉说。

黛绿温存地摸着耀辉的脸说："哦，算了吧。"

因为这件事，他们已经吵过很多次架了。黛绿知道，他改不了，每次他都会原形毕露，邋遢也是毒品，一沾上就完了。

也因为这件事，黛绿算是明白了两个道理。一个是，那些说好男人会将最好的一面留给心爱的女人的，纯属屁话——好男人只会将婚前最好的一面留给心爱的女人。

另一个是，不要劝男人去改变，除非你想自虐。

那天晚上，耀辉坐在桌子前一动不动，像在沉思，黛绿不知道他在想什么，难道是在反思吗？男人怎么那么喜欢反思呢？

黛绿临睡前把离婚协议放在沙发上，跟耀辉说："记得签一下，你如果觉得有问题，再拟定一份也行，毕竟你是律师，比较专业，晚安。"说完，黛绿就去睡了。

第二天，黛绿起床时，耀辉已经出门了。家里突然变得一尘不染，看来耀辉打扫过了一遍。

"这有什么用呢？"黛绿感到可笑。

刚同居那会儿，耀辉的邋遢初露端倪，黛绿满腔温柔，选择包容，甚至还亲密地给耀辉起了一个外号——老板。每天上演着耀辉说他口渴，黛绿便"好嘞老板，我这就去给你倒茶"的甜蜜戏码。

黛绿是付出过努力的，她极力想融入这个家——她学会换灯泡，学会组装椅子，学会如何把盘子洗干净，学会不抱怨，不朝像死猪一样四仰八叉地躺在沙发上的耀辉发脾气。她甚至还教过耀辉最简单的步骤，在家里四处都摆放上烟灰缸和垃圾桶，只为了他可以轻易地扔烟蒂和垃圾。细心地列过收纳清单，如同在教一个幼儿园的小屁孩如何自理。

她已经努力了，可是耀辉就是不改。她感到失望，为什么只有她一个人努力，她都快被生活淹死了，而耀辉心里只有他自己。

直到有一次，她下班后收拾完客厅，开始洗碗，碰上那天生理期，她疼得弯腰伏在水池边，没来由地，一股委屈感洞穿了她的身体。那时的她心里才委屈起来，我到底在干什么？我为什么在过这样的日子？

那一刻，她才恍然她心甘情愿照顾着耀辉，却俨然成了耀辉的附属品。

黛绿把黛绿的人生丢了。

或许，错就错在当初给耀辉起外号叫老板吧，毕竟老板就是来让人恨的。

黛绿站在客厅中间，心里感到一丝落寞。但她还是给耀辉发了一条微信提醒说，记得签字。

今天是个艳阳天。黛绿整理心情出门，在出小区时被物业的一个大妈拦住了。"姑娘，扫一扫加群！"

大妈解释说，物业接到女生举报，说前晚在西门的花坛边，出现一个露阴癖色狼，看到晚回家的女孩就脱裤子。虽然物业已经加强了巡逻，但还是让黛绿加一下女生互助群，如果一个人晚回家，就群里喊一声，看有没有人顺道一路，确保安全。

"好，谢谢。"

黛绿看时候不早，扫过码便匆匆走了。

上午在公司开过选题会，到午间两点，黛绿才有空吃饭。但忙归忙，黛绿恍若又找到了活着的感觉，她可以再战十小时！

黛绿是新进职员们的偶像，没人知道，其实她家境并不好，大学毕业后选择留在城市打拼，身为女生，孤身一人摸爬滚打，终于当上了现在的内容总监，其中的艰辛只有她自己知道。

但自从跟耀辉同居之后,黛绿在杂乱的家中根本写不出稿子来,也想不出选题。她文思枯竭了!文字创作者都有自己的创作习惯,整洁才能让她思考。她唯一能做的,就是越来越晚回家。

是时候结束这一切了!

"哇,黛绿,你有花。"黛绿正在吃饭,突然被前台叫去取花。黛绿一看,是她最喜欢的野兽派。

一定是耀辉,黛绿并不想领情。谁知道,黛绿被拍了一下肩膀,竟然看到了身后的林哥。林哥是耀辉的兄弟,他尴尬地笑笑,黛绿顿感不妙。"黛绿,你有空吗?我们聊聊。"

耀辉这个猴子,还敢找救兵。

黛绿带林哥到办公室,林哥环顾四周说,哇,这是你办公室?真不容易,一个人这样不孤单吗,感觉还是多个人照料比较好。黛绿直翻白眼,心想到底谁照料谁呢,她又能得到谁的照料?魔鬼的照料吗?

"黛绿,你要原谅耀辉,实不相瞒,他不是故意的,他是生病了!"林哥着急。

"什么意思?"

"耀辉其实一直都在看心理医生,他得了一种奇怪的病,真的是怪病。他有病!"

"有多怪?"

"他……无法辨别垃圾桶!他识别不了哪些是垃圾桶,垃圾桶在他眼里就是类似雪花状的放射形,有时又很模糊,所以他才会乱丢东西。你可能不相信,但这是真的。他已经很努力地在改邋遢的毛病了,他努力过,但他病了。"

黛绿差点笑了出来。这也太离谱了!

"你不信是吧？有录音。"林哥掏出手机，说是附近三甲医院的沈医生跟耀辉的治疗录音。

"沈医生，我不能再这样下去，我不想让我老婆那么累，我……我爱她……"黛绿听着医生跟耀辉的对话，伴随着耀辉的哽咽，她的心瞬间沉了下去。

耀辉这个傻瓜！

"黛绿，我真的不想看你们分开，耀辉和你多好的一对。"林哥临走前安慰黛绿。

黛绿呆坐在凳子上，待到她缓过来，她才发现自己红了眼眶。这么说，是她错怪了他，耀辉还是那个耀辉，还是当初那个她认识的绅士又干净的天使！

黛绿想快点见到耀辉这个笨蛋。

傍晚，黛绿早早地回了家，默契的是，耀辉已经在家里等她了。黛绿就知道，耀辉总是那么懂她。

"王耀辉，我要把你杀了。"一见到耀辉，黛绿红了眼，喉咙里黏糊糊的，娇憨地埋怨道。

耀辉从沙发上弹起来，面对黛绿的拥抱，他亲昵地摸着黛绿的脑袋："你……都知道了？"

"为什么不跟我说！一定可以治的！"黛绿快哭出来了。

"你还想跟我离婚吗？"

耀辉盯着黛绿，两人对视了一会儿，又默契地破涕为笑。"你好烦！"黛绿朝耀辉的胸口捶了过去。

晚上，黛绿让耀辉早早躺下休息，但狐疑的黛绿还是将一个垃圾桶端到了床边，轻声问他，你真的不认得它了吗？耀辉摇摇头说，非常模糊,就像光谱下的黑洞。

黛绿倒吸一口冷气。唉,既然是病,当然是选择原谅他。她叹气,怜惜地摸着耀辉的脸:"没事,你不用刻意去改变你自己,做你自己就好了,让我来适应你。这才是爱情原先的样子啊。"

这句话,黛绿觉得耳熟,想了想,原来她曾经跟耀辉讲过——在他们刚同居的时候。如今再讲一遍,黛绿才想起曾经他们两人对待爱情的原则,是自己中途叛变了,原来她才是爱情的叛徒。

黛绿懊悔不已,是她忘记了爱情的初心。

耀辉温柔地亲吻了黛绿的额头:"谢谢宝贝,我会尽量改的。"

黛绿使劲摇摇头说,不,你别改了。黛绿坚信,不就是累一点嘛,她可以重新操持起这个家,改变自己对同居的观念,平衡自己的人生与家庭的天平。

话虽如此,一周之后,眼看耀辉又开始像脱缰的野马,发挥他无所不能的毁灭本性,黛绿肠子都悔青了。

每天推开家门,等待她的又是堆积如山的垃圾、莫名其妙出现的袜子和纸巾,以及无法属于自己的夜晚。

不得不承认,黛绿每天都不想回家,黛绿甚至怀疑,这个世上已经没有让她心灵栖息的地方了。

后来一天凌晨,黛绿下班后站在十字路口,迟迟不肯打车。一阵风吹来,黛绿突然绷不住,蹲在原地号啕大哭。哭得太用力,哭到想吐,黛绿才忽然意识到,她可能得了抑郁症。

"你不可以就这样被打败!"

成年人的崩溃是世上最没用的东西之一,黛绿是明白的。她心狠地擦掉自己的泪水,利索地打车,眼看过了夜间十二点,黛绿在女生互助群里喊了一声，看有没有人顺道陪同。

回应她的人早在小区门口等她，是一名轻声细语的新婚孕妇，叫莉莉。

"你才下班啊？工作很辛苦吧？"

彼此寒暄下来，黛绿才知道，莉莉怀了双胞胎，但丈夫是程序员，经常不在家，现在都怀胎八个月了，所有家务还是得莉莉操持。黛绿替莉莉不值："你幸福吗？感觉到累吗？"

"幸福啊，但……我的生活就只能这样了。"莉莉没有说太多，只是摸着自己的肚子，支着幸福的表情，但语气却又有点不安。

"上帝为你开了一扇门，一定会为你关上一扇窗。这就是爱情。"两人一同走着，越走越慢，从工作聊到人生，从爱情聊到家庭。

"唉，虽然这样说挺不好的，但跟男人相处呢，其实就跟养狗狗差不多。你养过哈士奇吗？养过你就知道了。男人就是这样，生殖冲动，逆反，可爱，破坏力十足，非常简单的生物。"莉莉无奈地打趣道，"对待哈士奇，你哪还有什么道理可讲呢？"

不知不觉到了楼下，临别之际，莉莉又提醒黛绿："明天我去产检，你陪我吧？顺便，你可以去看看医生，你已经有点抑郁症的迹象了。"

黛绿欣然应允。

长期以来，黛绿都自认是个懂事的女孩。她不打算跟耀辉提起自己抑郁症的事，耀辉也是个病人，她不想给他添堵。

第二天，黛绿陪莉莉产检完，两人去挂心理医生的号。黛绿顿了顿，问护士说："今天沈医生的号还有吗？"

"沈医生？谁？这里没有姓沈的，所有医生的号都在这了，"护士从窗口递出册子，"你到旁边看去，选好了再来挂。"

黛绿接过册子，从头翻到尾，脸色铁青。妈的，上当了！莉莉问她，你怎么了，这么不淡定？

黛绿合上册子："莉莉，你说得对，男人都是狗！"

"王耀辉，我要把你杀了！"

黛绿气势汹汹地回到家，朝耀辉身上甩过去一份离婚协议。黛绿河东狮吼，现在就给我签。

"你又怎么了？"面对她的怒火，耀辉不悦。黛绿撸起袖子，指着他的鼻子一顿骂："你这个骗子，我都知道了！什么沈医生？你不觉得你很荒唐吗？想出这种主意，你当我是白痴？"

耀辉沉默片刻，恍然自己被揭穿了。先是支支吾吾，索性强词夺理，一身正气："但是你相信了不是吗！"

"你不可理喻，离婚！"

"你够了啊！有完没完！我这不是为了你吗？因为爱你。"

"为了我，就把我当傻×是吗？你不仅邋遢，你自私到爆炸，离不离！"

"我邋遢？我自私？好，是你逼我的！我还怀疑你想骗婚，跟我结婚半年就想离婚，房子都贷款了，你是想分我的钱是吗？"

"谁骗婚，我至于吗？我是这种人？你不可理喻！"

"你说你一个乡下来的，你至于不，你至于！"

"啊！"

黛绿一声尖叫，争吵戛然而止。黛绿不敢相信，耀辉竟然会对她这般恶语相向，此刻她的心碎得稀巴烂。

"你不觉得你很可笑吗？"黛绿凄然地笑了。

"你也很可笑，因为一个男的邋遢就想离婚，黛绿，全天下哪个男的不邋遢？男的都这样，你为什么要跟男人的天性作对！既然你想玩，我就奉陪到底，我要让你离婚了分不到我的半分钱，在此之前，想离？休想。你不会得逞的，我会让你后悔，等着瞧。"

耀辉职业病上身，语气冷漠，恍若正身处法庭，在打一场别人的离婚战。说完，他头也不回地走进卧室，砰的一声关上门。只剩下黛绿，还有那些没来得及收拾的垃圾。

黛绿不知道耀辉的葫芦里能卖什么药，此刻的她才意识到耀辉骨骼惊奇，脑洞炸裂。

她重整旗鼓，决定求助于离婚律师，当务之急预约了明天见面。没想到，第二天黛绿就被放了鸽子，一通打听，才知道耀辉利用人脉资源，在行业圈子里散布消息，让律师朋友们禁止和黛绿合作。

"靠！"

黛绿火冒三丈，匆匆回家，一时忘记此时已经是晚上十一点了。当她拐到东门的时候，突然一个黑影从花坛中蹦了出来。黛绿吓了一大跳，只见对方笑嘻嘻地望着她，然后迅速地脱下了裤子。

不知道为什么，黛绿突然想起那只吃着鸡腿恍若告诉她的生活究竟有多失败的泰迪。

黛绿想大声叫喊，但是她傻了，一时喉咙竟发不出声来。待她回过神来，她握紧拳头，冲上前就将包甩到他身上，拳头和脚双管齐下，一顿暴打。"我叫你欺负女生！臭变态！"

男人被打得嗷嗷叫，提起裤子，跌跌撞撞地跑了。

黛绿拔腿跑回家去，刚关上门，就蹲在了玄关处。她心跳加速，后知后觉地害怕起来，手指都在颤抖。谁又是天生的铁娘子呢？她其实怕得要命。

"你怎么了?"

这时,耀辉正在吃夜宵,端着一盘煎饺,怔怔地望着她。黛绿猛地抬起头,两眼通红却没有泪水,她直勾勾地瞪着他,咬牙切齿:"王八蛋,都是因为你。"

"什么啊。你不用去找律师援助了,我说了,要让你后悔。这才刚开始呢,我们律师最会的就是持久战。"

"都是因为你!"黛绿绝望地大叫,起身朝耀辉踢了一脚,随即冲进了卧室锁上门。

"好痛……你现在后悔还来得及啊,别离婚。"

"滚!"

黛绿对这个爱过的男人失望透顶,她不信耀辉还能使什么花招,她不信她会输给他,她也绝不能输给他。

只是,她不知道耀辉的脚步会这么快。

第二天是周六,一大早,莉莉就来敲黛绿的门。"黛绿,王耀辉是不是你老公?"

"怎么了?"

"我老公一早就出门要去物业大堂,我问起,说是有一个免费的法律讲座,说是要促进男性解放,在小区建立男性邋遢日。"

"什么?男性邋遢日?"

"开讲座的是你老公。"

黛绿和莉莉赶去大厅,大厅里挤挤挨挨的男人,只见耀辉站在台上,气宇轩昂地蛊惑说:"男人们,现在男性的地位是不受重视的,你看你们辛苦养家,还不能一周挑一天出来,想干吗就干吗,想邋遢就邋遢,还得看女人的脸色?女人可以保持天性爱美买美妆,男人为什么不可以解放天性邋邋遢遢？甚至……"

耀辉瞄到了黛绿的身影，顿了顿，咧着嘴笑说："甚至，还有女人会因为这个原因嫌弃你，说不堪家庭重负，想跟你离婚！"

黛绿听傻了。

如此荒唐、离奇、奇葩！"男性邋遢日？王耀辉是不是疯了？"

但耀辉不仅没觉得疯，还愈演愈烈。几天过后，黛绿在小区里看到了张贴的海报，还有四处都有男人兴奋地厮混在一起，有大有小，都在商量那个男性邋遢日。

真是不可理喻！

黛绿回到家门口，盯着房门上的房号——520。曾经，黛绿跟耀辉你侬我侬时，两人因为搬进这个房号的家而欢呼雀跃："老公，我们的房号竟然是520！"

这不就是爱的号码牌吗？盯着这个美好至极的号码，彼此都觉得那是上天垂青，给他们的礼物。

如今，最后一个数字"0"的一头螺钉掉了，所以倒着掉了下来，虽然仍然是一个数字0，没变，但多少又不一样了。

黛绿懒得扶正它，开了门，看到地上一堆废纸，其中还有男性邋遢日的海报打样，耀辉挑衅般地盯了她一眼，嘴角上扬，沉浸在自己的胜利中。

那个笑，彻底燃起了黛绿的战斗之魂。

两天后，黛绿在女生互助群里洋洋洒洒地说了一通，解释她们已经受到了男性的挑衅，她们必须做出反抗，阻止这场闹剧。但群里始终无法统一，大部分婚后女性唯唯诺诺，生怕自己的老公生气，并不想参与进来。

"我们这些拖儿带女的，本来地位就不高，还能怎么样呢？一切为了孩子。"

"你们为什么总是那么看轻自己！"黛绿义愤填膺。

"你没有孩子你又懂什么呢，说什么风凉话。"

几番劝说未果，黛绿哑口无言，她累了。她忘了自己不是律师，没有那么大的煽动性。正当她心灰意冷之际，莉莉又敲开了她的家门，还带来了一堆女人。

"你是写东西的，文字就是武器，时刻记住你的职业，你也不输！"莉莉安慰道。

原来，莉莉调了小区里的监控给女人们看，大家看到是黛绿打跑了露阴癖男，是黛绿保护了她们，于是纷纷选择了相信黛绿。只有黛绿可以帮她们了！

"我们都听你的，跟那些臭男人斗到底。"

"对！"

黛绿带领一群妈妈，轰轰烈烈地去跟男人们谈判。物业大厅里，夫妻们各站阵营，对视着骂骂咧咧。

黛绿和耀辉各自站在队伍的前头，面面相觑，眼神里都激荡着胜负欲。耀辉不羁地笑起来："现在谈和已经来不及了，因为我不仅要成立邋遢日，我还要为广大男性说话，我要提倡邋遢保护法！"

"什么，邋遢保护法？"黛绿眉头紧蹙。

"邋遢是男人的天性，我们要建立邋遢保护法，让邋遢得到法律保护。如果女人因为男人的邋遢而受不了，以此为理由想离婚，那男性的财产就会受到保护，女人一分一毫都拿不到，不能实现财产平分！"

"你……你说什么？"黛绿吃惊。

"我说过要你后悔的，你还不信。"耀辉邪恶地笑了笑，随即带领着男人们离开。

"黛绿,这可怎么办?不会是真的吧?"莉莉跟女人们都着急了。

"他们不可能得逞的!耀辉是海归,那是国外的那一套,国内的体系不可能这么随随便便就立法,不可能!"

黛绿信誓旦旦地跟大家打包票,这种荒谬的事情不可能会成功。什么邋遢保护法,笑死人了,小说都不敢这么写。

女人们松了一口气,谁听到这个法律不害怕呢,谁都受不了自己的男人开始释放天性变成哈士奇,这简直就是灭顶之灾。

但没想到,不到一天的时间,耀辉便公开了一份他撰写的邋遢保护法条例,小区里出现了"邋遢保护法推崇签名处",男人们都起哄着排队。

随即半天不到,巡逻车架着喇叭和横幅,开始在小区附近的大街上巡游号召。次日,附近各小区以迅雷不及掩耳之势,也都纷纷设立了签名处。

女人们瞠目结舌,此时的男人们竟爆发出前所未有的团结力和组织力。一场浩浩荡荡的战争就此打响了,没有一丝硝烟,却掀起了狂风巨浪。

黛绿慌了。

她挑选了几个同仇敌忾的姑娘,手忙脚乱地带领着她们开始做反邋遢法的海报,四处张贴。为了团结女性免受其害,黛绿决定也利用自己的职业优势,没日没夜地写公众号文章。几天过后,她的一篇《我把你当老公,你和你妈把我当保姆》刷爆了朋友圈,斩获了一个"10万+"点击。

当晚,黛绿走过小区里的签名处,看到几个大妈怒气冲冲地上前一通拆卸，把棚子架都扔到了垃圾桶里。随即又听说，附近小区的签名处也都被女人们强行拆了。

黛绿带领着大家想标语，经过集思广益，一句"扔垃圾之前，先看看自己是什么垃圾"应运而生。很快，标语就占领了各个小区。周末到了，大家还发动了"邋遢男丢自己"活动。

黛绿和耀辉已经冷战多时，每天在家里都是大眼瞪小眼，步步为营。夜晚，一些家庭也会响起男女的争吵声。但黛绿和耀辉各自沉浸在自己的战斗欲中，丝毫都没发现，他们已经都疯魔了。

"邋遢保护法的男性签名人数已经达到了五万人。"在对耀辉的旁敲侧击中，黛绿知道了这个事实。

黛绿当机立断，开始发动女性反邋遢法线上签名。经过一天一夜的奔波，黛绿整个人都蔫了。

夜晚，黛绿和莉莉走进了末班地铁，两人气喘吁吁地坐在了车厢里歇息。她们胸前挂着一个印有二维码的牌子，车厢里零零落落的几个女生正奇怪地盯着她们。

"同学，扫码吗？"是的，谁都别想逃过。

"干什么的？"

"反对男性邋遢，保护女性权益。"

女生露出匪夷所思的表情，扭头不再看黛绿，嘴上却小声地骂骂咧咧，分明在说，神经病。

黛绿打了个激灵，那名女生的表情，像见了鬼，也像是见了一件匪夷所思的荒唐事。

是的，自己怎么这么荒谬！

"不好了，黛绿，你看！"莉莉艰难地挺着一个大肚子，撞了撞黛绿的胳膊，黛绿凑近看莉莉的手机。

"公众号被男人们举报，被封了，说是涉及挑拨男女对立情绪！"

"完了，这公众号是我公司的，不属于我个人。"黛绿的声音是飘的。

"那你会不会丢工作啊？"

话音刚落，莉莉的手机又响了起来，她接听完，手一颤抖，手机就摔到了地上。"黛绿，怎么办，听说小区里来了警察，你老公被带走了，一堆人都被带走了，说是审问。我老公也是！"

莉莉慌张地握着黛绿的手，突然一声哀号，黛绿低头一看，莉莉羊水破了。

"啊……"

"莉莉，莉莉！"

随着一声尖叫，车厢里的乘客瞬间都弹起来，纷纷侧目，慢慢围了上来。地铁呼啸着往前奔着，黛绿紧紧地握着莉莉的手，脸色惨白。

"莉莉，莉莉，你别怕，你别有事，莉莉！"

"黛绿，我好怕。"

"地铁快到站，快到站！到哪儿了？"黛绿大叫起来。

乘客们看了一眼路线，说，下一站翻身站。有人举着手机，难以置信地说："天啊，这是要生了啊！"

第二天，从医院回到家之后，黛绿关闭手机，睡了一个很长很长的觉。梦里头，她还给莉莉的女儿起名了。

等到黛绿惺忪地醒来，浑身不对劲，她感到酸痛，心里又有一股空虚感。恍若一切都那么不真实。她走到客厅，看到耀辉也已经回家了。他坐在沙发上看了黛绿一眼，相对无言。

黛绿把手机开机，看到了自己被辞退的消息，同时也看到了她和耀辉的事上了当地的新闻。视频里，小区里的海报被撕下，路人们在记者的采访中高谈阔论，阵阵发笑，说这场闹剧很滑稽。

黛绿放下手机。

"我输了。你也是。我们都输了，两败俱伤。我早就说过了，什么邋遢保护法，不可能会有这种法律。"

耀辉却突然笑了起来，慢慢地笑，然后是捧腹大笑。黛绿望着他，瘆得慌。

"我输了？哈哈哈，我没有！我本来就知道这不会通过，我做了这么多，只是为了让观点存在和传播，只不过是为了让邋遢是男人天性的想法植入大家的大脑，植入人心。让以后的男人耀武扬威，让女人无法抵抗。黛绿，世界上最可怕的战争，从来不是纸上和拿枪的，是这里，"耀辉指了指自己的脑袋，嘴角上扬，"存在即正义，无法被消除的心智，才会真正折磨人，这才是真正的成功。"

黛绿丢了魂般，呆若木鸡地盯着耀辉。

耀辉一字一句地宣布战果："是你输，我赢了，宝贝。"

空气凝固了，半晌，黛绿发疯似的发出了一声尖叫。她崩溃了！

黛绿起身冲进厨房，耀辉追了上去，只见黛绿操起一把水果刀，恶狠狠地仇视着耀辉。

"你干什么？"

"去你妈的！"黛绿冲上前去，耀辉吓得往后躲，折回客厅。黛绿握着水果刀，跑到客厅，朝墙上的婚纱照一刀又一刀地捅着、划着，声声大叫。

婚纱照上的他们，都被割烂了。

黛绿崩溃地大哭起来，痛彻心扉地瘫坐到了地上。身后是目瞪口呆又不知所措的耀辉。

"耀辉,你知道我为什么那么讨厌你的邋遢吗?我曾经告诉过你,我从小地方来到这里,一步步往上走,只是为了活得体面一点。我不想再回到以前破破烂烂的日子,我不想再活在过去,你知道吗?可是你,无时无刻不把家搞乱,无时无刻不在把我往回拽,提醒我,我就是在一个破烂的地方长大的孩子,我不配!我只是想活得体面一点,有这么难吗?!我其实跟你求救和央求过无数次,你有给过我一次回应吗?"

黛绿声嘶力竭,号啕大哭。

耀辉怔怔地望着她的背影,良久才开了口:"我们离婚吧。"

与其说爱情这海浪将他们的光鲜浪淘之后,他们终究不合适,黛绿已经不是那个万般宽容的女生,他已经不爱黛绿了。不如说,他终于肯承认,他输了。

一个月后,黛绿正在打包最后的箱子,中介带着一对年轻的情侣上门来看房了。

"哇,房号是520!"女生欢呼雀跃,一边撒娇地挽起男朋友的手臂。他们兴奋地开始参观房间。

黛绿知道,多少情侣在决定同居的那一刻,就已经注定,他们要开始通过一个"家"去寻找爱的真谛了。

她跟耀辉说过,他们还年轻,搞不懂爱情,更搞不懂婚姻。但就在此刻,黛绿忽然开始懂得一点爱了。

我们是一株盆栽,爱就像一场雨,被雨淋过的盆栽,没有什么特别,只是长大了。

只是雨咸咸的,似泪水。

黛绿望着情侣幸福的背影,临走前想说点什么,欲言又止,最后不忍打扰,只是悄悄地带上门,搬了出来。

头顶太阳的女人

林晚笑的男朋友要跟她分手,收到分手通知并吵完架已经凌晨十二点半了。她想哭,但想了想,明天还要上班呢。

原本她想质问男朋友:我这么拼,不都是为了我们的未来,你以为我为了什么?

但她删掉对话框里打完的话,重新发了一句"先这样吧,我要睡了",便草草结束了对话。留给她睡觉的时间确实不多,男朋友挺缺德的,吵架不选个周末?以为都市丽人那么容易当?明天如果要不被扣钱,她得六点半起床。最近她又睡得少,脸上经常爆痘,一爆就是四个。她想哭,但还是得赶紧睡觉,再怎么想哭还是明天再哭吧。

她飞快地在手机备忘录里写上：找时间哭一下。然后倒头睡去。

大家都说，林晚笑是个像太阳的女人。

她爱笑，笑得炽烈，浑身充满正能量，从没见她哭丧过脸，从没见她被什么打败过，可谓乐观积极，热情洋溢，打不死的小强。她已经忘了，大家是什么时候开始这么评价她的。只记得她妈给她起名字时，就寓意说无论经过什么挫折最后都能笑得出来，换言之，一生做笑到最后的女人。名字可能给了她积极的力量。从小，大家说这个小女孩真爱笑。上班后，大家说这个女人真元气。人的语言也给她积极的力量，让她觉得自己就是个正能量的人，并一如既往。

但她今天真的想哭，太他妈想哭了！昨晚还没哭呢！她只是在醒来的那一阵在心里恍惚了这么一下，一看时间，六点四十了。她鲤鱼打挺，马上起床洗漱出门，骂骂咧咧，都怪男朋友！

眼看上班就要迟到了，哭的事情就往后放一放。

今天的天气像她的心情，倾盆大雨。倾盆大雨的深圳水泄不通，湿漉漉的地铁要挤破头的，她决定打车好了。于是，经过了一番漫长的等待，最后她又堵在了路上。司机倒是看上去心情不错，嘴里哼起了歌，又索性玩起了短视频社交软件，视频里是海绵宝宝的声音："今天的不开心就止于此吧，明天依旧光芒万丈啊，宝贝！"

司机哈哈哈笑起来。

她心急如焚地看了看前方的红灯，又看了看窗外，窗外的世界像极了她的心情，水泄不通。她重重地叹了一口气："师傅，我就到这吧。"

到头来，还不是得去坐地铁。

林晚笑狼狈地朝地铁口跑去，拐下楼梯，有一个人身穿廉价的布偶服，打扮成一只咧嘴大笑的棕色狗熊，正在努力地发传单。那狗熊拦住了她，她走，那狗熊纠缠住，塞给了她一张，她盯着狗熊的笑脸，那头套看着实在是重，她过意不去，只能匆匆地收下。但她一眼没看，而是走过了好长一段距离，过了安检，才礼貌地把传单扔进了垃圾桶。

林晚笑最后还是迟到了十分钟。

平时无论刮风下雨，林晚笑都雷打不动，笑容满面地提前抵达，是办公室里的劳模。今天看她被扣薪，迟到大户潇姐响亮地大笑，嘴里"哎哟喂哎哟喂"的。林晚笑赔笑，心情跟潇姐的声音很像，意外尖脆。

但她不计较，她心想倒霉的事多一点也无所谓，正好给她多了一层想哭的理由，增加心里的负重。是的，别等她找到机会，她将哭给全世界看。

然而，在早会上，林晚笑却得到了一个好消息。组里的成员们都在，直属上司枫叔一上来就说："先跟大家说个事，双十一的项目有点小变动，综合考虑，现在由林晚笑接手。晚笑，你好好干。"

林晚笑猝不及防地听到自己的名字，以为听错了。一直以来，枫叔都不怎么喜欢自己，这她是知道的。曾经她也想过离职，但工作难找，她不敢冒险。

同事们齐刷刷地看着她，她才恍惚过来，这项目原先是由周姗迈负责的，究竟发生了什么事？她看了一眼周姗迈，只见她一脸不悦地抱着她的保温杯，一言不发。

等到会议结束，同事们纷纷跟她道喜，说她很快就要升职了。紧接着枫叔便给林晚笑指派了任务："关于这个项目，你明天给我一个一千万的营销和投放方案。"

林晚笑傻了，她心想，一千万？明天？又不是十万的投放！

还没等她追问，枫叔就不容置疑地说："你可以的，我相信你的能力，辛苦加个班。对了，你现在手头国庆的项目，运营计划做好了吗？下班前给我。"

此时此刻，林晚笑并没有察觉异样，她不得不应允下来。她先是去找周姗迈要项目数据，结果周姗迈端坐在电脑前，头都没抬地说，没有。林晚笑好奇："你不是已经进行两周了吗？只要一些合作方和调研的数据就好。"

"没有，我做得不好的啦，你去做好了，"周姗迈撇着嘴，"你能力那么好，很强的，这些东西对你来说，肯定就是小 case 啦！"

周姗迈这么阴阳怪气，林晚笑犯愁，她到底招谁惹谁了？

无奈之下，按照轻重缓急，她只能先把自己手头的运营计划做好。她知道下班前是无法交工的，只能先列出重点和运营思维，排出简纲，好跟枫叔交差，再争取拖延点儿时间。

同事们都在喝咖啡，刷热搜，她忙碌了两小时，赶在午饭前把电子稿发送给了枫叔。没一会儿，枫叔便从他的办公室里探出头，呵斥般喊她："林晚笑，过来！"

她众目睽睽之下走进办公室，还没站定，枫叔就劈头盖脸一顿臭骂："你交的是什么东西？是用脚想出来的吗？一个运营计划都写不好，垃圾得我都没眼看，太让我失望了！你这样，双十一的新项目给到你怎么行？我不是打脸吗？"

枫叔撂笔，双手抱头往后靠在椅子上。

林晚笑犯嘀咕，从没见枫叔这么大火气，至于吗？仿佛是为了给她难堪，此时办公室外的同事们都盯着他们看，议论不止。她斗胆问："这……主要是哪一些出了问题？"

"还需要我说吗？你自己看不出来？我告诉你，你白混了！"

听枫叔这一席话，林晚笑噎住了。此时此刻，她觉得自己就要哭了，是时候哭了，没有什么时候比现在更适合一泻千里。但这不是她的做派。她知道枫叔讨厌软弱的人，枫叔经常说，北上广不相信眼泪，深圳也是。如果她哭了枫叔会瞧不起她，那以后该怎么混呢，枫叔都说了，不能白混。而且不是说，干得好就能升职吗？现在哭还不是时候。

她忍住了。

林晚笑瞬间调整情绪，她尝试说："我想我应该先跟合作方对完，再找你，时间推进安排得可能不是很有条理？"

她压根不知道是什么原因，但貌似很奏效，枫叔看着像消了气："嗯，看来还是没白混的。"

"那我马上去办，调动一下团队。"她重整旗鼓。

"这就对了。不错，你还是很成熟的，很靠谱，我果然没看错人。以后我这位置就可以放心给你了。"

林晚笑出了办公室，顿觉不对劲，这份运营计划明显没什么问题，而且彼此的对话都模棱两可，不着重点。她是不是得罪枫叔了？她想，入职以来，她从没有像这样被枫叔 PUA（精神控制）过，一会儿骂一会儿喂糖的。可这项目不是枫叔自己选她做的吗？她没争没抢，为什么要这么对她？

她实在摸不着头脑，只能自认倒霉。"没准枫叔今天心情不好呢。"林晚笑只能回到工位上，跟周姗迈的搭档小雅要双十一项目的营销简纲，小雅装愣说，没有，没做完呢。

"上次你们不是开过会了吗？"林晚笑拉下脸来。

"被否了啊。"

林晚笑走到小雅身边，想用点手段，跟她说是枫叔指定她来拿的。谁知道，小雅突然失控说："林晚笑你干吗这样啊，你走开！"

"我怎么了？我……"

"你为什么要针对我啊！你在我旁边我压迫感好大！我压力好大！你走开！"小雅突然抱头，失声叫了起来。

大家纷纷盯着她们，只见小雅一脸苦楚，一边抱着头一边流着泪，喔唧一声就冲出工位，跑了。

林晚笑傻了。她蹙着眉头，轻声问了旁座的同事，她怎么了？大家却瞪着她，有人指责她："你不知道她有抑郁症吗？知道还这样！"

"只顾着自己想出头呗，她哪管别人？"周姗迈幸灾乐祸地应和。

听着同事们无端的冷嘲热讽，林晚笑后知后觉，事有猫腻，她成为大家群攻的对象了！

午饭期间，组内的两名同事在吃饭，有说有笑。林晚笑想去套近乎，试探究竟怎么回事。可是她刚走过去，同事便都不说话了，跟她客客气气寒暄几句，然后逃之夭夭。

正当林晚笑陷入僵局，公司的商务总监陈姐突然坐到她对面。"这里有人吗？"陈姐问。

林晚笑微笑摇头，陈姐坐下，利索地打开她的沙拉："我记得你，你名字很好记。看你平时也非常努力，常常加班，没什么抱怨。"

"为了讨生活嘛，没办法。"她苦笑。

"你很正能量，照耀了一部分人，但也威胁到了一部分人吧？"陈姐意味不明地笑了。

"哈？"林晚笑不解。

"你现在成为公敌了。"陈姐直言不讳。

林晚笑吃惊地看着陈姐,陈姐继续吃饭,慢悠悠地说:"昨晚我和你上司跟老板开会,田枫被老板骂了。双十一的项目做得很差,反倒是你给老板留下了印象,老板说你很积极正能量,说田枫太老油条,还有那个项目负责人也是,很丧,所以被踢掉了。"

林晚笑恍然大悟,原来是她无意间威胁到了枫叔。

"稍微大一点的公司就是这样,猪队友只会捅娄子,给你添麻烦,还不思进取,摸鱼,事情多就抱怨,遇到事就甩锅,没人真正想做事。你稍微积极一点,正能量一点,反而威胁到了他们,让他们也得被迫积极,被迫做事,你就成了公敌。谁叫你打破了他们的生态和舒适圈呢?"

林晚笑突然想起小雅来,难怪她靠近小雅,小雅就说有压迫感。原来是这么一回事……是自己让别人产生了压力。

"大家都叫你小太阳吧?看来你还是正午十二点的,烈日当空。"陈姐调侃。

"我努力工作,只不过想让我生活好一点,没想要威胁大家。"她委屈。

"你好好吃饭,"陈姐安慰道,"成为公敌什么的,这是早晚要经历的过程。你做得没错,职场本来就是这样,最后不是你走,就是他们走。你留下创造了新天地,他们就得走。要是你走了,你也可以在其他地方寻找新天地。人生就是如此。"

说话间,陈姐吃完了沙拉。

"你为什么愿意跟我说这些?"林晚笑郑重地问。

"可能因为这些我也经历过?"陈姐起身拍了拍林晚笑的肩膀,告诉她,"别怕,你迟早会习惯的。"

她跟陈姐致谢。陈姐走了,丢下一句:"Girls help girls!"

陈姐的话让林晚笑醍醐灌顶，但她吃不下饭，只觉得疲惫，甚至感到厌倦。她不明白，为什么人这么复杂，职场这么复杂，生活这么复杂。做好自己是不够的，还得顾虑做好自己的同时，是否会招人恨。

她扪心自问，上个班，为什么弄得这么不开心？可能上班就不是来让人开心的吧！她扒完饭，去找之前项目的林湘要资料。林湘倒是给了她一个U盘，只不过，她插上之后发现U盘却是空的。

"空的？怎么会？U盘出问题了啊？"林湘置身事外，像在看她笑话，"你没事吧？实话说哦晚笑，你一直是我的偶像来着，你好强，遇到什么事都好镇定，我觉得你应该做好的，原先的资料已经都被否了。"

林晚笑听出来了，林湘的意思就是，她可别生气，否则就对不起元气小太阳的称号。说起来，她比任何时候都恨别人给她这个评价，她来上班是来赚钱的，不是来让大家道德绑架的。

"哇哦，我居然是你的偶像？没事，你只要加油，你也可以的！"林晚笑笑笑，二话不说，拔出U盘就愤然朝小雅的工位走去，随即将U盘插在小雅的电脑上拷贝数据。

小雅见状，远远跑过来，揪着林晚笑问她想干什么。

小雅又要失控，林晚笑回头严厉地指着她的鼻子："如果大家不想一起被开除，就少搞一些有的没的，不然大家一起下水。"

随后，她又瞪了眼林湘，警告她："以后再跟我阴阳怪气我跟你不客气，都是出来讨口饭吃，谁想恶心谁？自己工作干不好，想拿我出气，你们配吗？"

林晚笑不想干了，大不了她走，到远处寻找新天地。大家哑口无言，见数据拷贝完毕，林晚笑拔过U盘便回到工位。

过了一会儿，撞枪口上的林湘才灰头土脸地给林晚笑发消息："对不起啊，周姗迈是我们组长，她心情不好，我们也不知道怎么办。但实话说，你真的是我偶像，我没说假话。"

林晚笑知道，这是职场小伎俩，林湘是在站队。她迟疑着，回了林湘一个"没事"——又因为这个回复，林晚笑好想哭——为什么要这么憋屈啊？她明明就不想回，她明明就还在生气，可是还得顾情面委屈自己。

小太阳是时候旋风哭泣了！

林晚笑立即打开搜索引擎，搜"最适合上班族哭的地方"，排名第一的是公园长椅，其次是地下车库、天台、厕所等，甚至还有"男朋友的怀里"，这让她备受打击。

她认真思考，公园是不行的，会被路人拍下来，而且还会被放在社交平台上被怜悯。她甚至都替拍摄者想好了标题：成年人的崩溃就在一瞬间，看她哭得多伤心，姑娘，勇敢前行！甚至，她还能想到评论区里会有人问，她是不是疯了啊，是疯子吧？

她继续思考，车库很容易遇到各种上司和老板，指不定会说抓到你上班摸鱼；而天台呢，为了避免上班族自杀早就已经封死了。

想了想，林晚笑决定还是去厕所。

但大厦里的女厕总是大排长龙，她苦等，心想先酝酿一下，最后足足酝酿了五分钟。等到她成功拿到坑位，关门，坐下，外头就开始疯狂敲门。还有人指桑骂槐："缺不缺德啊总是这么久，我快憋得内伤了。"

林晚笑觉得自己也快憋出内伤了。看来时机又不对，她眼睛还没红，便匆匆出来了。

那些排队的女人里，有人在刷视频社交软件，海绵宝宝的声音又响彻洗手间:"今天的不开心就止于此吧,明天依旧光芒万丈啊,宝贝!"

怎么找个时机哭也这么难?!

林晚笑抓狂,她想给男朋友打电话,但想想还是算了。男朋友不在乎她的工作,他们异地一年了,男朋友让她飞去他的城市,否则就分手。林晚笑不明白,男朋友为什么会使出威胁的语气,像是没有商量的余地,像是他根本就不在意她。

她丢了魂般回到工位。这几年她已经学会,感到难过就用工作麻痹自己。等下班吧,下班就好了,下班了就去哭,她想。

结果刚坐回工位,电脑上便弹出好友菜头的消息,火急火燎:"笑笑,我最近太惨了,必须跟你抱怨一下,再不找人吐槽我就要死了!"

随即,还没等林晚笑回复,菜头便汹涌地发消息,满篇牢骚,老生常谈,都是她工作上的挫折还有跟男友的矛盾。就算林晚笑回复,菜头也自说自话,完全没在管她。可是越看菜头的牢骚,她越是往下坠。

"吐完了,好爽。"菜头仿佛一个刚穿上裤子的嫖客。

"你是把我当垃圾桶吗?"林晚笑不悦。

"哈哈,对不起,忘了你也在上班,没忍住。"菜头嬉皮笑脸地发了一个俏皮的表情。

林晚笑生气了。

"为什么你把我当情绪垃圾桶,完全不顾我的感受啊!你都没问我今天状态怎样。"她心想,是不是大家都觉得她的感受不重要呢?会哭的孩子才有奶吃?

"因为你很正能量啊,所以想找你倾诉,你是我为数不多正能量的朋友了，不找你吐槽找谁嘛，来你这可以吸取一点正能量，别人都好丧，哈哈哈。"

那一刻，林晚笑突然想起男朋友。

她恍然，她好像从来都没在男朋友面前展示过负面的情绪，总是一副坚强和积极的样子，所以他才不在意她的吧。所以他才觉得不须要考虑她的感受，以为她什么都能扛过去，她无坚不摧，她不须要被小心翼翼。

当太阳，就不能被照耀了是吗？

"没有你我该怎么办哟？忍不住打扰你。"菜头在为刚才的牢骚轰炸而致谢。

林晚笑沉默了，她想，可是我又并不是天生就是如此啊，我也须要被重视。为什么全世界的人都觉得——我不在意？我在意得要命。为什么全世界的人都觉得——我自己可以舔舐伤口？我也疼得要命。

她混乱了。

她感到疑惑，甚至找不到自己。

一股情绪涌上她的心头，甚至迅猛地涌上她的大脑和眼睛。她感觉自己快绷不住了。这时枫叔下班了，临走前唤了一声林晚笑："明天记得将方案给我。"

于是，她又被拽回了现实。现实是，她只能乖乖加班了。

先吃饭吧，吃完饭才有更多的力气，林晚笑给自己打气。

原本她是想崩溃的，如今看来沮丧只会影响工作效率，现在还不是崩溃的时候，所以她现在不想了。

可是她点完外卖，下班时间已过，同事们也已经陆续地走了。她打了一通又一通电话，眼看已经八点，外卖还没有送到。林晚笑再给外卖小哥打电话，对方却不给她好语气："快了快了！哎呀你们这里不让进！怎么回事！"

怎么还被凶了，真是莫名其妙！

等到外卖小哥送达，这单外卖整整送了两小时。"本来就出餐慢，我车又没电了，跑一半，我还得推去充电！"

林晚笑并没有责怪他，心想也不容易，这事就算了。结果她打开塑料袋，汤洒了就算了，她吃了一口饭，冷的。嚼了一下，硬的。

林晚笑绷不住了，她喃喃自语："为什么大家都来欺负我？为什么就我这么倒霉？"

——冷的。

如果她是一只骆驼，那这一口冷饭便是压死骆驼的最后一根稻草。她自觉自己快扛不住了，就差有人来扯断她心里蹦着的那根弦。说起来，她还得感谢外卖小哥！

哭吧，是时候了，管他什么场合，哭就是了。

她情绪到位了，刚要哭，妈妈的电话便不合时宜地打了过来。她迅速地按掉，但是妈妈又打了过来。她知道如果不接，妈妈会继续打，打到她接为止。

她可不能让妈妈听到她哭，不然，妈妈就又要劝她回老家，劝她回去找份轻松的工作，比如当一名老师，会酸溜溜地说，你压力这么大不都是你自找的吗。甚至，妈妈会顺着梯子往下滑，问她什么时候结婚，问她谈对象这么久了对象到底什么意思，还结不结婚了。所以，千万不能让妈妈知道她分手了！

她瞬间调整情绪，深呼一口气，按了接听键。于是，她听到了一声鬼哭狼嚎："笑笑啊，妈妈不想活了！"

"好好说，怎么了？"她头疼。

"我被骗钱了，想说收收利息整点生活费，结果全部没了！"妈妈大哭。

林晚笑一听就头痛，她没好气地说："我不是让你别去搞什么理财吗？你怎么死活不听呢！"

"我不想活了！"

"你的钱是不是给我弟了？"林晚笑怕有隐情，追根问底。

"没有。"

"一半给我弟了？"

妈妈不说话，慢慢止住了哭声。林晚笑扶额："我之前跟你说过多少次，叫你不要被骗，你偏不信。还有，我弟就是个败家子，你还给他钱？"

"我孤独啊，你又不在我身边，我只能自己赚点利息，谁知道会这样。还有，我要是不给你弟弟钱，他要是没钱了去网贷，下半辈子就毁了。早知道会被骗钱，还不如都把钱都给他呢！"

"你说得好听，你的钱不是我给你的吗！你能不能让我弟去找工作？"

"他哪能找到好工作啊，每次找的工作赚得少，又丢人。你有没有门路，把你弟塞到你们公司？"

"你当公司是我开的吗！"

林晚笑快喘不过气了，她只能听，没力气再说。妈妈自顾自地说了一通，便问她，你怎么不说话？

还没等她回应，妈妈又说："我在去医院的路上，你爸糖尿病发作又进去了。你要不要回来看下他？"

因为爸爸的病，林晚笑经常来回跑，她已经没辙了。妈妈见她没动静，又问："你来不来得了啊？还有上次说的保健品你寄了没有？"

林晚笑快崩溃了。

妈妈追问:"女儿啊,你怎么不说话了,你是不是在那边过得不好?"

她突然又精神了,忙说后天周末她可以回去,顺便把保健品带过去,现在她要加班。说完,便挂掉了电话。

看了眼时间,必须得赶工了。她把饭盒收起来,一口都不再吃。

晚上十点四十分,方案还没有完成,林晚笑赶紧保存文档,心想回家之后再收尾。她收拾东西,一路奔跑,为了赶上末班车,她进地铁时脚下一滑,狠狠地崴了一脚。

她忍痛站起来,踉跄着冲进去。直到在车厢里坐定,她才摩挲着脚后跟,发现有些肿了。

"见鬼了。"她瘫软地靠在座位上,觉得今天真的倒霉透顶。耳边的风在呼啸,氛围有些寂寥。她拖着疲惫的身体,仿佛身处一处看不到头的旋涡。此时,毫不费劲地,她的情绪上来了。

她太累了。

就是这个时候吧,车厢里没什么人,偷偷哭一下应该可以。可怕的念头一出来,那些情绪便从她的身体里涌上来,涌到了她的喉咙。她捂着脸,用尽全身力气……几秒钟过去,她有些愣住了。

她调整了身心,再次尝试,又失败了。她想哭,可是怎么都哭不出来。她略惊慌地望着车窗玻璃上的自己,才发现此时的她竟已经欲哭无泪。

她害怕地想,我怎么了?

这时,旁边竟然有人哭了。林晚笑循着一阵细碎的啜泣声望过去,居然是早上那个身穿布偶服的人。那人颓废地坐着,仍然穿着廉价的狗熊服,头套摘到一边,正在伤心地擦泪。

林晚笑吃惊，那竟然是个女孩。

女孩看上去是那么伤心，她哭得林晚笑心碎。林晚笑跳着脚走过去，坐到她身旁给她递纸巾。

"对不起，我是不是很丢脸？"女孩擦泪。

林晚笑盯着她的脸，拍了拍她的后背，轻声说："我觉得没什么，想哭就哭，现在大家对哭太规避了。哭有什么不好呢？"

女孩强颜欢笑，顿时又泪如雨下。

"我早上拿过你的传单，真对不起，我都没看一眼。"

女孩摇摇头，无奈地想收住泪水。

林晚笑盯着她，眼神有点恍惚，半响，忍不住说："我现在有点羡慕你。"

女孩困惑地看了她一眼。林晚笑似笑非笑："你知道吗？我昨晚跟我男友分手了，我们恋爱了三年，我今天才回想起来，这三年里，他从来没疼惜过我，因为觉得我足够坚强，因为我平时在别人面前都很正能量的样子。我其实很伤心，但是，作为成年人，无论发生什么事，第二天还是得去上班。没人可以任性。今天整整一天，我还得假装情绪稳定，假装不在意，假装什么都没有发生。"

林晚笑无奈地笑了。

假装坚强和不在意久了，或许最后就会变成真的。说好听点叫百毒不侵，说不好听就是麻木了。

"我身边的朋友们都很依赖我，因为觉得我足够坚强。同事们都把我当公敌，因为我足够坚强。我家里还有个不听话的妈妈和弟弟，我爸身体也不好，经常跑医院。我加班完，刚才为了赶末班车，脚还给崴了。最惨的是，我现在竟然想哭都哭不出来……"

没有太阳的人，可以获得别人的照耀，头顶太阳的人，又该如何照耀自己呢？女孩的脸上挂着泪痕，她无法置信地感叹："天啊。"

林晚笑叹气："所有人都说我是头顶太阳的女人，可是没人知道，头顶太阳，烈日当空时，虽然你在散发着巨大的能量，但同时也是你最焦灼最难熬的时候。只有发过光的人才知道，越光芒万丈的时刻，就越焦灼难熬……看似光芒万丈，其实烈日灼心。"

女孩拍了拍林晚笑的后背，林晚笑羡慕地看着她。

"就在刚才，我想哭却哭不出来时，我很害怕，我发现我找不到自己的黑影了。我想找但找不到，因为太阳正在我的头顶。头顶太阳惯了，就找不到自己的影子了，你永远站在光明处，无处遁身。"林晚笑悲凉地问，"我的影子，在哪里呢？我找不到它了，有可能是我学了太多成功学，有可能是我成长太快，有可能是我喝了太多毒鸡汤，是我自己弄丢它了。"

"这会憋死人的！"女孩惊呼，难以置信，"明明经历了那么多破事，怎么会哭不出来！"

林晚笑突然想起陈姐，她脑海里蹦出陈姐的那句"别怕，你迟早会习惯的"，仿佛唤醒了她的记忆。

"我发现人真的很会适应苦难，任何事情，如果经历一次，第二次你就不会觉得那么糟糕，也没有哭的必要了。你迟早会习惯的，习惯了就回不去了。"林晚笑怔怔地望着车厢里的那些空座。

或许，我们害怕别人看到我们的软弱，说我们没有适应苦难，说我们不配做一个成年人。她终于明白了，大家都说成年人的崩溃只需要一瞬间，都说成年人连崩溃都要找时间。但她觉得，成年人的哭泣，往往都是无声的。

下一站，林晚笑便到站了。

林晚笑问女孩："可以把你的狗熊头套借给我吗？我明天给你闪送

过去。"

夜深了,林晚笑走出地铁站。

大家看到一个奇怪的女人,身穿职业装,头戴着一个咧嘴笑的狗熊头套。她赤着脚,手拎着高跟鞋,一步一步地走下阶梯,回她的家。

没人知道,黑暗的头套里是一张什么样的脸,有着什么样的表情。只知道她的背影看上去,真是经历了非常糟糕的一天。而她头套上的笑容,却是那么开心。

一粒北京

[苏喜]

所有跟她有过接触的人都知道,苏喜是个买房狂。

苏喜一年只买一次新衣服,从来不打车,很少参加没必要的聚会,上班会自己带饭,只为了攒钱买房。她金融知识不好,高中时地理最多考及格线,但她热衷房产信息网,走到哪儿都会打开导航软件,查看就近的小区排行,只为了给买房做准备。

苏喜最大的买房障碍是,她没北京户口,还只是一个普通的白领,口袋跟领子一样白花花,所有积蓄拼了命攒起来还不够买四环的一个厕所。但北漂人最大的特点就是乐观,梦想还是要有的,万一实现了呢?

今天中午，上班午休期间，苏喜又见缝插针、马不停蹄地挽着男友李明亮的手去看房。他们在四环的一个商圈边上，大大方方地走进一个八十平方米的二手房。李明亮问苏喜："宝贝，你觉得这个房子怎么样？"

苏喜饶有兴趣地环顾四周，犀利地说："小是小了点儿，但方方正正，风水不错……还行，适合结婚。"

看房就是要这样，昂首挺胸，眼神毒辣，口气不卑不亢，佯装兜里有料，才不会被房产中介看穿。虽然买不起，但看看还是好的，万一实现了呢？

苏喜觉得男友应该听出了她的意思，一是这房子可以买，二是她们可以结婚了。李明亮煞有介事地点点头："你喜欢就好，这是我特意为你选的房子。"

今天的房产中介换了一个女人，眉清目秀，脸蛋红润，笑起来还有小酒窝，看起来中缘不错。"中介缘"是苏喜开发的词，名为从意识上感觉对方能为她带来好房子的中介。其实就是看上去靠谱。

李明亮跟中介女人示意，他私下再跟她联系。随后，李明亮和苏喜满意地离开了。但李明亮没料到，苏喜在他离开之后，立马折返去找那个很有中介缘的女人。

"嗨，我是刚才的客户，你怎么称呼？"苏喜拍了拍她的肩膀。

"我叫芃芃，'我行其野，芃芃其麦'的芃芃。"中介女人灿烂一笑，阳光明媚。

"我请你喝个咖啡。"

"啊？好。"芃芃斟酌片刻，答应下来。

芃芃不知道，苏喜愿意花钱喝咖啡，一定是暂时有比攒钱买房更重要的事。她们在咖啡厅坐定，芃芃将身子前倾，着急地说："苏女士，你误会了,我跟你男友没有任何其他关系,没奸情,我可以发誓的。"

苏喜笑了,说:"虽然不熟,但我看你也不是那种女人。"

芃芃松了一口气:"吓死我了,我们这一行,经常有富太太上来抓奸,二话不说就揪头发,很可怕的。那……你找我有什么事?"

"之前我和我男友看过很多套房子,他后来有再跟你们联系吗?或者有没有预留过哪一套?"

"这个……"芃芃欲言又止,大概不想闯祸。

"我知道你不想违背职业道德,但我是真的想问。因为买房这事,也是我跟男友的事,所以你不妨直说,我绝不会卖了你。他到底预留了吗?"

"一直没有。李先生每次都说看得不错,但每次都到洽谈关节点的时候又说要再看其他房子。实话说,十几趟下来,同事都烦了,所以才换我来,"芃芃双手握着杯子,抿抿嘴唇说,"苏小姐,你们应该不会是同行吧?到底有没有想买的啊,还是有什么问题我们都是可以好好沟通的呀。"

"我是很想买房,他?我就不知道了。或许,他还真的想干房产也说不定!"苏喜打听完,心里有点恼火,但还是谢过芃芃,回公司上班去了。

晚饭期间,苏喜跟李明亮提了分手,宛如在一套房子里住了五年,现在她不想再住了。李明亮十分吃惊,忙问她为什么。

"我们在一起五年了,你到底什么打算?"

"什么打算?再过几年,结婚,生孩子,一辈子。"

"再过几年?我都人老珠黄了。"苏喜有点不耐烦,正所谓话不投机半句多,苏喜直接开炮,"我是说,你到底什么时候买房?我也一起出钱的,又不是只让你出,你怎么一直都不肯下定决心?"

"房子不是一直都在看着吗？也在联系着。"

"李明亮，你做人能不能明亮一点。你压根就没想买！"苏喜笑了。

"这……是，我确实没想现在买，我想再打拼几年，这里是北京，现在买，房贷会把我们压垮的！况且，有感情不一定要有房子。"李明亮饭也不吃了。

"分手。"苏喜淡淡地说，"这周你搬出去，这个房子是我以前找的。"

李明亮瞪大眼睛，错愕地问："只因为我没买房？"苏喜说："对，就因为你不买房。"李明亮彻底被激怒了："没想到你这么绝情！你就是个疯子，从两年前开始突然发疯，一直在逼我！你从上一份工作跳槽之后就变了……不，你从来北京的那一刻起就已经变了，好像你必须在北京买了房，才能证明自己来过一趟，证明自己可以！"

"是，我就是这种人，房奴。"苏喜面不改色。

"用买房来寻找自己的存在感，不可悲吗？你不觉得自己可笑吗？我们跟以前一样，有时间就去度假，去山林里住几天，去海边玩，不香吗？"

"不觉得，至少我敢迈出艰辛的那一步，而你，不行，也不想。"

苏喜想起来，自从六年前来到北京之后，房子的话题就一直缠绕着她。在北京，没人不爱房子，没人不讨论房子，因为房价高，房子金贵。拥有一套房子，就跟牙掉了还有植牙的本钱一样，是下半生的体面。人生的任何风吹日晒，电闪雷鸣，天寒地冻，只要有了房子，你仿佛就能迎刃而解，房子就是你生命的避雷针。

身边的人都崇拜房子。

苏喜一开始并没有那么着急，从前的她是一个被一句"生活不只是眼前的苟且，还有诗和远方"的金句触动就愤然离职的情感派。她跟李明亮的恋爱就始于一场飞机上的邂逅。当时的他们有着共同的世界观，他们都爱诗和远方，都爱山间鸡鸣狗吠的冥想室，都爱云南夜晚八点的酒吧。苏喜每天没有计划地过，活得浑浑噩噩，跟别人眼中所羡慕的生活一样潇洒，以至于突然有一天，连身边最普通的朋友都一个又一个买房了，苏喜才发现自己跟李明亮毫无规划。别人都扎根了，而自己还在飘。

苏喜知道，她落后了，彻底落后了。她也幡然醒悟，自己是彻底被营销号和鸡汤书给骗了，那些都是骗未成年或刚出社会的小女孩的，而她呢，如今是个二十八岁的初老姑娘。等察觉过来，如今她的生活不止眼前的焦虑，还有一地鸡毛。

眼看越来越多的人买房，她再也待不住了！

"你太不成熟了，我们的成长不同步，你回你的云南，去酒吧唱歌吧，我不行了。一个不想给我一个家的人，你真没资格那么诋毁我！"就这样，苏喜毅然决然地跟李明亮分手了。虽然可惜，但人变得狠心不是一时半会儿就能学会的。热衷房产信息的苏喜早就已经知道，对待一栋不会再升值的房子，如果不实用，早早出手好过耗着。

苏喜将自己反锁在房间里，继而掏出手机给芃芃打电话："喂，芃芃吗？我这边，我自己，需要你给我留意一下房子。"

"好呀，你想要什么样的房子呢？"芃芃温声细语。

"嗯……"苏喜想了片刻，回答说，"适合单身打拼的女上班族！"

苏喜跟芃芃坦白了自己的现状，刚失恋且未来大概率会单身很久，工作辛苦，没什么钱，但却想买房，找房的要求是性价比高。芃芃说，这样就好办了，我喜欢你这样坦率的人。两人相谈甚欢，苏喜挂掉电话之后，心想芃芃果然很有中介缘。

当晚，苏喜在睡前接到了姑姑的电话，姑姑得知她跟李明亮分手，比她还急，又一次劝苏喜："你爸爸已经不在了，你妈改嫁时让我照顾好你，我怎么忍心看你一个姑娘家在外面漂泊着。实在不行，你就回老家吧，年龄也到了。你爸给你留着的老房子，你让你舅舅搬出去，就还是你的！"

"不，我要买房！"

说实话，苏喜不想回去，自从妈妈改嫁，她高中起就寄人篱下，衣食住行被表妹瞎攀比，没事被表哥欺负，洗澡被姑父闯浴室，何尝不是另一种漂泊着的人生状态。苏喜已经过早地领悟了，人生到哪里都是漂泊，人总是要漂泊一段的，在哪里漂泊不一样？

"我要留在北京，拥有自己的房子。"最后，苏喜再一次决然地跟姑姑说，她绝不回去。姑姑也拿她没有办法。

于是，苏喜再一次启动了漫漫买房路。她开始疯狂地看小区，进房，摇头，出来，上班，攒钱，再看小区，再进房，再摇头，再出来。两个月下来，她发现自己连五环的房子都买不起。

作为外地人，她终于交够了五年社保，拥有了买房资格。但少了李明亮，单靠自己的积蓄，连首付的钱都不够。沮丧之余，苏喜不得不更努力地工作，求晋升，干副业，催朋友还款，每天睡觉前脑子都被买房办法和推进表填满。

一天，苏喜如常在办公室里加班，如常在房产信息网上看房和算账，结果不小心睡着了，等醒过来已经到了十一点。她去了一趟洗手间，却意外看到洗手槽上有一条毛巾，还听到了隔间里传来了哗啦啦的水声。

苏喜错愕，倾听片刻，她断定有人盛着脸盆在隔间里洗澡。苏喜感到困惑，她赶紧折返准备收拾回家，结果看到了办公区中间放着一个晾衣架，她心想，难道有同事偷住在公司里？

这也太离奇了！

但倘若如此，无论怎么说，没有犯法，那也是同事的个人自由。而且那铁定也是一个不想让人知道的秘密。所以，就当什么都不知道吧！

苏喜落荒而逃，刚走出大厦，便接到了芃芃的电话。"喂，苏小姐！我给你找到了一个性价比超高的房子，老奶奶着急出国，所以要把房子卖了，我先给你发照片看看。"

芃芃的声音很激动。

苏喜看了看照片，也很满意，聊过价格之后，问她："你可以帮我先留着吗？"

"老奶奶挺急的，你那边还有没有什么困难？我们先约时间看看？还是这套再等等？"芃芃倒是很懂事，也没有催着让苏喜买。

但苏喜知道，好房子不等人。

她犹豫了一下，咬咬牙说——"你帮我留着，我老家有个房子，我想卖掉。我等不了了。"

[芃芃]

所有跟她有过接触的人都知道，芃芃是个搬家狂。

如果你去过芃芃家里，你会发现，她很擅长收纳。家里全是摊开的行李箱、纸箱、麻袋、瓶瓶罐罐，它们井然有序地在地上摆成一排，大张着嘴巴，像是等待着她去投喂的宠物。而且她每隔一段时间就会断舍离，扔掉不需要的东西，把爱剪碎了扔进大海，永远在路上。

这一切都是被训练出来的。

芃芃今年二十六岁，是一名房产中介。来北京两年，芃芃已经搬过八次家了。算下来，几乎每三个月就搬一次。有的是她主动选择搬家，有的是被迫无奈搬家。毕竟北京嘛，真正的家是不存在的，顶多算停留地。她早想开了。

两年前她刚来北京，住在通州，六环，比岳云鹏唱的《五环之歌》还多一环，每天八点上班，每进一次城仿佛要自己一条命。

芃芃家庭条件一般，爸爸长期生病卧床，妈妈在小镇上摆摊卖盒饭，赚的辛苦钱，一家人都没什么学识。她来北京就是来闯的，听说北京的医疗环境好，她想以后接父母来北京，方便爸爸看病。

好在，芃芃从小就很聪明，而且上进。

所以，住了三个月，熬过了试用期，芃芃便咬牙花光了所有积蓄，搬到了五环外的草房，但至少交通方便，算是捡回了半条命。只要交通方便，她就可以更好地卖命赚钱。

她觉得值了，至少是一笔好的自我投资。

只是，芃芃住的地方叫北京像素，小区里人流如织，为了容纳更多的年轻人，房子的挑高都很矮，客厅常常被隔成两个开间，住进去会很压抑。鱼龙混杂，芃芃的隔壁开间住了一对夜夜在家蹦迪、日日在家做爱的情侣，芃芃觉得他们素质不行，但又吵不过他们，只能自认倒霉。于是，很快就从这个隔间搬到了北京像素的另一个隔间。

之后，她遇到过房东突然卖房的，遇到过无法自理的奇葩女室友的，遇到过隔音奇差的，遇到过房子突然变抵押房的，遇到过房东突然大幅涨价的，遇到过公司突然搬家的，几次搬家辗转下来，芃芃被练出了独一无二的搬家本领。

对她而言，北京就是一个牧场，她就是草原上的羊。被命运赶到哪里，她就去哪里吃草。

为了准备好下一次搬家，她随时 Stand by（待命），所有物品都随时收纳着，只要决定搬家，打包就走，仿佛第二天离开的是一个酒店。

至于你问，租房合同有可以租三个月的吗？你别说，还真有。要么，就想办法，做个二房东也行。但是要谨慎，否则就会跟这次芃芃的遭遇一样——"什么？你后天就要搬走？"

芃芃无法置信，刚找到合拍的室友，这次搬完新家住进来四个月，今天就听到室友出幺蛾子说，家人生病了，要回老家！

做了这么久房产中介，芃芃自然知道这是借口，因为上一次离职，芃芃也是这么跟公司说的，虽然她只说了一半实话。

芃芃头疼。

其实她不想再搬了，好不容易撑过了三个月，如今就像热恋后的对象突然摊牌说不想玩了。"你再找一个室友不就好了？"室友说得轻松，甚至还无理取闹，"你逼我也没用，我真的得回去！"

芃芃刚要生气，对方就楚楚可怜地哭了。

芃芃无奈地认栽，面临留出来的一个空房，如果不马上租出去，她每月就会亏出一半房租——这是2020年10月，在新一波新冠病毒的影响下，北京还没完全恢复秩序，人人自危。哪里那么容易找到新室友？

尽管心里兵荒马乱，但为了明天能精神奕奕地上班，芃芃还是洗了个热水澡早早入睡了。这也是她被练出来的习惯，芃芃习惯了做努力之人，她就是打不死的小强。

第二天，芃芃刚元气满满地走进办公室，便听到同事帆哥的抱怨。"又是这对奇葩，我不想带他们看了！我怀疑他们不是有病，就是故意的！"

"怎么了？客户是上帝！"芃芃笑着说，一问之下，才知道帆哥有一对情侣客户看了很多次房，最后都没成交，怪折腾人的。

"这种客户你想要吗？给你，说不定你能搞定！"帆哥一脸晦气地摆手。

万一成了呢？芃芃心心念念着她的房租。为了多赚点钱，她勇敢地答应下来，赢得了同事们的鼓掌，大家都称她是孤胆女英雄。

到了中午，芃芃便视死如归地出发了。麻烦的通勤过后，芃芃接待了叫李明亮的客户，以及他的女朋友。她带他们看了几套房，最后的那一套，他们似乎很满意，但不出所料，李明亮果然说回去再跟她联系。芃芃的脚后跟都被鞋磨破皮了，竹篮打水一场空。只是她没想到，当天晚上，那个叫苏喜的女人，竟然给她打了电话——"喂，芃芃吗？我这边，我自己，需要你给我留意一下房子。"

苏小姐还跟芃芃倾吐了心声，苏小姐想买房，男友没了，那她就自己给自己一个家。

芃芃心想，原来每个人都那么不容易。她看出苏小姐想买房的心是那么炽热和滚烫，她从来没见过像苏小姐这样的人。"或许，她真的很需要一个家。"芃芃决定，要好好帮苏喜找房子。

当天晚上回家，已经十二点多了，室友的行李已经打包完毕。芃芃还没有吃晚饭，虽然心里犯嘀咕，但还是跟室友匆匆吃了个夜宵，以示告别。

"我走了之后，你打算怎么办啊？"回去的路上，室友问。

"不知道，可能我也搬吧。"

"啊？还搬啊？"室友不嫌事大。

芃芃不接话，她一路上借着自己的房产资源，努力搜索了一番，仍然发现相同价位的房子都没现在的好。说到底，贫民窟女孩预算不够。她只能叹气，打算再忍忍，先不搬了。

她们有一搭没一搭地聊着，再次回家时意外看到了电梯外贴了一张骂骂咧咧的无名状：

"今天晚上七点多拿走我奶茶的住户，没良心的狗东西，趁着疫情偷吃的，你丫死了！"

"那个，好像是我拿错了？"室友说。

芃芃吃惊，忙问她怎么回事。室友回忆，今晚她买了奶茶，因为疫情只能下楼取外卖，可是她拿回去时发现奶茶味道不对，怀疑是店家发错了，但又懒得跟店家争论，所以也没有去核实。

"这人怎么这么没素质啊？还好我要搬走了！有病！"室友翻了白眼，扭头便上了楼。芃芃提议，你跟人家道个歉吧？室友却说，道个屁。

如果当时芃芃能跟室友一样坦荡就好了，结果她一时没忍住，回头又跑下楼在无名状上道歉："对不起，是我拿错外卖了，误会一场，没必要恶语相向。麻烦你贴一下二维码，我给你转钱。"

第二天，芃芃下班看到了这样的回复："你他妈就是不要脸的骗子，怕丢脸了吧？借口连篇！谁稀罕你的钱，这杯奶茶就当请你这个狗东西喝了！穷酸样！"

与此同时，没想到无名状上又多出了其他住户的留言。有人说，拿错了很正常，注意素质。有人说，一杯奶茶而已，至于吗？有人祈祷，希望疫情快点过去。

芃芃看着那名奶茶失主的留言，仿佛吃了苍蝇一样恶心。那些侮辱性极强的字眼跳进她的眼里，激起了她的熊熊怒火。一气之下，芃芃点了二十杯奶茶摆在电梯口，留言说还给那名奶茶失主。

很快，无名状上就沸腾了。隔天，在大家的讨论中，芃芃看到其中有一条留言是：浪费钱，何必跟这种人计较呢。

芃芃这才意识到，自己确实是冲动了。但她问心无愧。芃芃撕下无名状扔进垃圾桶，好让这事翻篇。

想起今晚十点半,她还约了苏喜下班看房子,便提前出了门。看房结果比预想的顺利,苏喜很满意。她们下电梯,芃芃找话题:"苏小姐,你也很辛苦啊,这么晚下班。"

"叫我苏喜就行。现在人人内卷,一个人加班,所有人加班,十点是正常下班时间,我只是比别人多了半小时而已,为了查房嘛!"

芃芃却有点憧憬:"大公司都是这样的吗?我好羡慕啊,很有都市丽人的味道。我这一行就不是,有的人懒,有的人拼。"

苏喜苦笑,说:"是啊,环境不同,这跟考上什么学校,住在什么样的小区的道理是一样的。人以类聚嘛,住在好的小区、好的房子,你都能被那里的人感染,这就是我为什么那么急着换房子。不管多辛苦,都想先逃离目前的环境。"

芃芃愣了一会儿,她沉浸在苏喜的话里,仿佛被苏喜点醒了。

临别之际,苏喜拜托芃芃,先签下预定合同,交了定金。"关于这个房子,你一定要先帮我拖一拖。上次说过,我想先把老家的房子卖了,凑够首付,我明天就飞回老家。"

芃芃佩服苏喜的勇气,她点点头:"我一定一定尽量帮你留房。"

回去的路上,芃芃一直在想,几年之后,她能否跟苏喜一样呢?目前芃芃的人生,那么拼,却只是为了能留在北京而已。买房?她不敢设想,也不敢妄想,她还没到拼命买房的阶段,目前属于芃芃的阶段是,往上爬。爬了再说。

她还只是一个拼命搬家的女孩,一个搬家狂。

今晚的芃芃突然有点落寞,失去了元气,她拖着疲惫的身体回到家,刚一坐定,突然被一阵猛烈的敲门声吓得回魂。

"谁!谁啊?"

芃芃害怕地开了一道门缝,只见一个人高马大的猛汉,将一大袋奶茶狠狠地摔在地上，随即指着她的鼻子大骂："臭婊子！你想死是吗！有本事出来我揍死你丫的！"

"呀！"

芃芃下意识地关门，却被对方狠狠地掰住了房门。芃芃一阵尖叫，喊着你到底想干什么。挣扎中，芃芃抓起门边的扫帚就往猛汉身上打，趁着对方缩手，赶紧关上了门。

门外的男人在用力地砸门、踢门，破口大骂。芃芃跑去厨房操起了一把刀，毅然打开了门，猛汉看到她手中的菜刀，猝然后退了一步。"你给我记住！"随即他灰溜溜地跑了。

芃芃惊魂未定地坐到了地上，倏忽抱着膝盖哭了起来。

不知道哭了多久，芃芃缓过神，她开始后怕，并想起了苏喜的话。"环境不同，这跟考上什么学校，住在什么样的小区的道理是一样的。"

芃芃无法选择自己的出身，无法选择已经逝去的人生，但她可以选择自己要的未来。

又到该搬家的时候了，她边哭边想。

两天后，搬家狂芃芃又搬家了。她跟房东软磨硬泡，少交了一部分违约金，随后利用自己的职业便利，给自己找了一个更上档次的小区，一个更好的独居房子。而一切的代价，就是她会在接下来的日子中，每天祈祷自己不会生病，这样才不会有额外的花销。

尽管如此，芃芃不觉得苦，只觉得可惜，因为九次搬家下来，她颠沛流离的地方来来回回还是在草房。

有时候，她会觉得自己的人生很黯淡，仿佛永远只能做一个草房姑娘。

搬家当天，芃芃轻松地打包好她的行李，却再次在搬家途中遭受打击——搬家公司的人到了现场，讨价还价，骗她说她的东西太多，必须额外加钱。

"你们真的欺人太甚！"

那一天，芃芃第一次在别人面前生气，开始顿悟人善被人欺的道理，但又不能拿他们怎么样。她已经尝过很多次搬家的滋味。苦涩，艰难，痛苦，消耗，折磨，血淋淋。但她勇往直前。她转换脸色，给他们加钱，直到顺利搬完家，她立马给搬家公司打电话投诉。

是的，善良的搬家狂芃芃变了。她企图让自己的心变硬。

新家的第一晚，芃芃再一次接到了苏喜想买的房子的房主电话，老奶奶指责芃芃说，那么多人想买我的房，你为什么一直非要给那个女的！等不了了，我要卖给别人！

而芃芃，她也是跟朋友借钱才付的新房房租，她一直在等苏喜给她签房，好有提成。而苏喜真的拖太久了。

芃芃自责地给苏喜打了电话："喂，苏喜，真的很抱歉。有很多人要买那套房子，有人还预订了。这边真的没法再帮你留了，我尽力了。我也没有办法，因为我最近有点困难，我可能要把那套房子给别人了。对不起啊。"

芃芃一气呵成地说完，以防自己再次心软。

然而，她听到了电话那头的苏喜说："给别人吧，我出事了，我本想卖了老家的房子，结果被忽悠说去倒卖另外一套房子，这样可以有更多的全额金。结果买下来之后，才发现对方没有房产证，那房子是违建。"

空气仿佛凝固了。

芃芃小心翼翼地问："那你怎么办啊？苏喜，你在哭吗？你在哪儿啊？"

电话里就这么传来了号啕大哭。

半响，苏喜说，我在公司的楼顶，正准备跳下去。

[林遨丹]

  所有跟她有过接触的人都不知道,林遨丹到底住在哪里。因为,她是个不租狂。

  那天晚上,林遨丹如常在下班后的公司洗澡,隐约听到了有人走进洗手间。她擦干头发,穿上睡衣,悄悄踱回办公室。她躲在门后,偷偷地看,只见一个身影快速地朝电梯的方向跑去。

  那身影是隔壁商务组的苏喜。

  林遨丹想,自己可能被发现了——她一直有个秘密,她是个不租房子住的人。

  林遨丹来北京五年了,是个程序员。但说也稀奇,没人知道她曾经是一名舞蹈演员。她职业生涯的转变,是因为前任。她大学毕业后就留在北京,谈了一个男朋友,不久两人便同居了。当时,男朋友以"房子是租来的,生活不是"为由,劝她一起租了个毛坯房,两人共同装修,共造属于他们的世界。那两年里,林遨丹为了一个租来的家出钱出力,没想到最终男友还是跟她分手了。

  而直到林遨丹被赶走后,她才意外得知一个真相——他们共同装修的租来的毛坯房,竟然是男友的房子。林遨丹被骗了,那男人一边收着她的一半房租付房贷,一边装修家,是个彻彻底底的骗子。

  林遨丹大受打击,一蹶不振。她想不到一个人为了一套房子会这样恶劣和卑鄙,她恨死了那个男人,也恨死了房子!

  在很长的一段时间里,她封闭自己,不相信任何人。让人摸不着头脑的是,她仿佛爱上了冷冰冰的程序语言,突然开始没日没夜地学编程,最终成功成为一名隐藏了过去的女程序员。

  可是没有人能完全跟过去告别——林遨丹始终无法摆脱房子的

阴影。

北京的房价让她崩溃，家离公司又远，每天凌晨下班的她从来没有感受过房子的温暖。她真的恨死了房子！

至于家？她的家是夜夜加班的公司。因为几次通宵加班，让林遨丹有住在公司的经历。她突然有个想法，既然每个公司都说"公司是我家"，为何不直接这么做呢？公司有咖啡机，有空调，衣服可以在电脑主机上烘干，不用通勤上班，不用早起，不用交房租。

于是，她秘密地成了一名不租族。她开始有了更多的时间去学习，开始用付房租的钱拿来资助两名贫困的大学生读大学，开始有了自己活着的价值——是的，曾经为了房租而努力的她，曾经被房奴男友欺骗的她，没感受过自己的价值。

但现在有了。

虽然这只能是一个无人知晓的秘密。但如今，同事苏喜闯进了她的秘密。林遨丹顿感不妙，苏喜会不会告发她呢？

第二天，林遨丹如常在工位上工作，目光却在偷偷打量商务组的苏喜。林遨丹努力回想对苏喜的印象，那女人在公司的人缘不错，做事风驰雷霆，待人处事周到，最大的特点就是喜欢房子，听说是个买房狂。

又是一个被房子绑架的人！林遨丹心想。但那是个人自由，虽然林遨丹对她也说不上嫌弃或可怜，却是敬而远之。所以，她们相处甚少。

一天观察下来，她发现苏喜没有任何异常和举动，也对自己毕恭毕敬，偶尔碰面也是礼貌微笑。林遨丹算是松了一口气。

本以为这事就这么过去了，没想到后来的一天，林遨丹得知苏喜突然请假，传闻说她在老家想卖房攒钱，又想炒房赚钱，结果被骗了。

而也是在当晚,有一个陌生人想添加林遨丹为好友,对方说:"我知道你的秘密。"

"你是不是需要钱?"林遨丹想,对方恐怕是苏喜,并且还想讹钱。她继续回对方:"我不怕你,我也知道你是谁。"

对方直到第二天,才给林遨丹发消息:"大后天晚上十一点半,公司三号会议室见。"

那几天,林遨丹便没再见到苏喜。她照常上下班,照常住在公司里,到了约定时间当晚,林遨丹决定赴约。临近晚上十一点,公司已经没有人了。林遨丹刚完成工作,先下楼去吃饭,刚到一楼,还没等她出去,一个女孩便急匆匆地冲进了电梯,按亮了顶楼的楼层。

林遨丹打量她,对方身穿普通的职业装,像是房产中介或者销售人员。挂着一个工牌,上面的名字是:芃芃。

林遨丹没多想,先行出去吃饭去了。

半小时后,林遨丹如约到会议室去,看到苏喜趴在桌子上,旁边是刚才跑上楼的那名叫芃芃的女人。

"果然是你,"林遨丹落落大方,"你想告发就告发吧,我没钱给你。"

"你在说什么?"苏喜一脸憔悴地望着她。

"不是你让我来的吗?"林遨丹问。

旁边的女孩解释说,我们刚从天台下来。林遨丹更疑惑了:"你们去天台干吗?"林遨丹跟苏喜对峙,苏喜听完林遨丹说的,表示林遨丹误会了,苏喜是知道了林遨丹的秘密,但她什么也没说。

就在这时,她们听到了有人打开了办公室的门。林遨丹比了个手势,苏喜和芃芃便马上藏在了偌大的会议桌后。没一会儿,林遨丹的上司昭叔走进来,反手关上了会议室的门。

"你想怎样?"林邀丹有点吃惊。

"大家都是成年人,想怎样你还需要我说?"

"昭叔,我把你当领导。"

昭叔走过去摸林邀丹的手臂说:"这样不是更刺激吗?领导和下属。"林邀丹笑了:"没想到你这么不要脸。"

"现在工作难找,不要我告发你,到时再来求我就没用了。今晚我老婆不在,机会不多,你自己选,我没时间跟你耗!"

"你这是威胁和强奸。"

"不,是游戏。我不在意。"

苏喜听不下去了,她从会议桌后站出来,举着正在录音的手机问:"那你在意坐牢吗?败类。"

苏喜上前扇了昭叔一巴掌。林邀丹和芃芃傻了眼,昭叔还没反应过来,苏喜便指着昭叔的鼻子说——"你必须给林邀丹升职,否则我就去告发你!"

[今晚住哪儿]

林邀丹并没有选择升职,为了防止昭叔再骚扰其他女性下属,林邀丹将录音发给了昭叔的妻子,想让妻子好好修理他,并让他自行离职。但没想到,昭叔的妻子反过来指责林邀丹,说是她勾引昭叔。

"你俩还真配。"不管妻子是装疯卖傻还是愚信,林邀丹都觉得她不可理喻。林邀丹同时向公司告发了自己和昭叔,最终两人双双离职。林邀丹倒乐得其所。对她而言,公司就是家,家就是公司,到哪儿都一样,这家不行就换下家。好在她专业能力强,很轻松就无缝入职了另外一家公司。这一次,她亲自跟新公司的 HR 坦白:"我会住在公司,把公司当成自己的家,你接受吗?"

而苏喜跟芃芃再次见面，2020年已经快要结束了。

她们约在了第一次碰面的咖啡厅，苏喜说："芃芃，我又需要你的帮忙了。"

"你还想买房啊？"

上一次要不是芃芃的那通电话，还有芃芃及时跑到天台去，苏喜估计已经不在了。那天，她们赶走了昭叔之后，芃芃和林邀丹跟苏喜聊了两个小时。"你有勇气死，有勇气扇我上司耳光，为什么没有勇气去对付骗子呢？说到底，还是因为你太爱房子，当局者迷。"林邀丹劝苏喜，并跟她们讲了自己跟前任的事。

不久之后，林邀丹和芃芃都收到了苏喜的好消息——她带着一批人马，堵在了房主的门口，活生生蹲了十天，使了各种手段，终于要回了本属于自己的钱。

"买啊，谁都无法阻止我买房！"咖啡厅里，苏喜跟芃芃说，"我冷静过一段时间，但当我发现自己不去想买房的事之后，我整颗心都空了。买房，似乎成了我生活的动力。"

"那这次，有看中的房子啦？"芃芃笑。

"你知道这个小区吗？能不能帮我问问。我想先买河北的房子，就是交界处这里。熬个两年，等它升值之后卖掉，就有钱买北京的房子了。"

苏喜兴奋地将宣传单递给芃芃："这是未来的经济开发区，一定会升值的，听说很热门。"

芃芃一通搜寻，再问过同事后确认："是两年前开始的楼盘，确实有同事能联系到那边的人，而且听说确实有人在急售，有一栋马上就到交房期的房子。"

"马上买！我可以付首付，然后贷款！"

苏喜按捺不住，第二天便跟芃芃到现场去，当天就跟开发商洽谈了合同，并拜托芃芃过些天帮她走完所有手续。

"年底了，终于可以过个好年，"临别之际，苏喜嘱咐说，"我所有钱都放上面了，现在住的地方都住不起了，我退了房，刚好除夕前可以搬到新房里去。年后，我再想办法在北京租套便宜的，你帮我留意下啊！"

芃芃自然是应允下来，但她的眼皮一直在跳。芃芃以为是女人的第六感，害怕苏喜再次出现问题，没想到却是自己先遭了殃——当她回到小区，发现小区门口挤挤挨挨地站满了搬家的人。

芃芃好奇地上前问，出了什么事。有人说，你都不看新闻吗！

芃芃赶紧打开手机，原来是自己所住的房产被爆出了甲醛超标。一时间，小区里都乱了，芃芃也慌乱了。回家收拾行李后，她连夜跟维权的人一起堵在房产公司的大厦门口。

除夕前的北京已经零下十摄氏度，室外的寒风让所有人都无望地裹紧了棉袄。大家吐着寒气，唉声叹气："已经年底了，房子不好找，看来今年又不能回家过年了，得忙着找住的地方。"而芃芃被冻得不行，只能随着人流住进了酒店。

几天后，芃芃也无奈融入了维权队伍。正在焦头烂额的时候，芃芃在同事群里得知了另外一个消息，有一家著名房产爆雷了，承建商跑路，小区成了烂尾楼。芃芃一时没缓过来，直到她再次确定房产的名字，她立马拨通了苏喜的电话："你在哪儿？"

苏喜刚接电话，就连问了三句，怎么办？

刚买的房子就暴雷了，苏喜能承受这样的打击吗？芃芃跑到约定的咖啡厅时，苏喜已经脸色铁青，欲哭无泪。她颤抖着声线说："我到底做错了什么，要接二连三遇到这种事？这是对我的报应吗？芃芃，房子一夜跌到了一平方米八千,我算过账了,我唯一的办法就是不要房子,亏损首付的六十万,也就是我所有的积蓄。"

"你……你听我说!"见苏喜着急,芃芃更急,她还没完全喘过气,"你的手续我还没全部提交!不,应该说是你们填完了,但我以复印件不清晰,还有需要存档为由,回收了,合同还在我这儿!"

"你说什么?是真的吗?!"

"那天我看到现场还有一半楼盘在修建,那房子又是那么着急出手,太奇怪了,我怕有问题,就留了个心眼,想着合同当时不是签的整月吗?日期填的是除夕,反正还没到时间,我想说拖几天再将复印件和原件送回去,"芃芃解释道,"其实是你好运,本来不可能存在这种情况的,是那房主太急了,好像第二天赶紧就要逃走似的,所以他也才同意中介这边给他邮递。"

苏喜喜极而泣:"芃芃,你真的救了我两次命。"

芃芃连忙摆手:"不不不,合同已经签了,我不知道不归返原合同会怎样,肯定还会牵扯到法律问题,但如果请律师打官司,损失下来肯定不会有六十万吧!"

苏喜对芃芃不胜感激,憋了半天,才想到如何夸她:"芃芃,你是全世界中介缘最好的女人!"

话毕,两人哈哈大笑。

几天过后,就在除夕当天,苏喜和芃芃两个无家可归的人拖着行李走在路上,正在找酒店。苏喜在朋友圈发了一张她们的自拍和地上的行李照,并感慨道:"令人难忘的除夕!"

没想到,苏喜接到了林遨丹的电话。二十分钟后,苏喜和芃芃见到了拖着行李的林遨丹,林遨丹苦笑:"没想到吧,北京多了一个无家可归的人。"

原来，林邀丹入职新公司之后，新公司说收到林邀丹前公司的举报，检举林邀丹的专业和人品素养，公司综合考虑还是将她开除了。

"那男人真是狗东西啊！"苏喜长叹一声，"当时我应该把他打一顿！"

"那现在怎么办？我们去哪儿？今晚住哪儿？"林邀丹苦笑。

"那我就去买一套呗。"苏喜也自嘲地苦笑起来。

"你还想买房啊？"芃芃问。

"买啊！"

"等等……"芃芃仔细回想，瞪大眼睛，"哇！我想起我其实有一套房源，在北京，比较破旧，须要重新装修的。但房价是真的不高，你要吗？是一个凶宅。"

苏喜和林邀丹狠狠地记住了她最后那两个字。"凶宅？"

"不然呢？"

"要！我想自己亲自试住，你们要不要一起？"苏喜信誓旦旦。

于是，2021年的除夕夜，三个女人拖着行李搭乘着地铁的末班车，她们手里拎着几大袋火锅食材，依偎在一起，着急奔赴一个住处。车厢摇摇晃晃，如同她们的生活。

凌晨之前，她们终于住进了那个破旧的凶宅。地砖残破，墙壁布满水渍，灯管灰暗。她们围坐在客厅中间，将电磁炉插上电，准备吃火锅。

"怕什么呢，比起人，凶宅都没什么可怕的了，对吗？"

苏喜话语刚落，突然啪的一声，房子坠入了一片黑暗。苏喜尖叫了一声，跟芃芃抱在一起，林邀丹镇定地说："别怕，应该只是跳闸了。"

她们手牵着手，摸索着去打开电闸，客厅才重新恢复光线。她们继续吃起了火锅。芃芃吃着吃着,突然感慨:"说起来,你们知道为什么那么多人想买房吗?"

"别人我不知道,但我呢……有一天我下班,望着万家灯火,发现没有一盏灯为我而亮,有那么一刻,我感到渺小和难过。"苏喜仿佛沉浸在回忆里,"哪怕是凶宅,好歹也是一个家,只要一盏灯能被用心对待,它就不应该被嫌弃嘛。"

"喂,你在想什么呢?"芃芃又问起林邀丹。

只见林邀丹夹起一片牛肚,语气散漫:"我在想,我年后是不是也该重新找房子住了。虽然我恨房子。"

芃芃叹了一口气:"房子啊,真让人又爱又恨。"

此时,她们听到了窗外的烟花声。

"有烟花?"

"怎么可能,北京禁烟花,没有一朵烟火能在自由的天上独自美丽。"

"那应该是很远的地方在放,北京外面。"

她们不约而同地跑到了窗前,看着未知方向的烟火,那么远,又那么亮。

聚又散的云

[第一朵云]

"小道消息,下周公司可能要裁员!"

北涵在冰柜前拿起一瓶无糖饮料,包里的手机响了。她掏出手机,是孟洁的消息。她没回,只是左顾右盼,见超市里没什么人她才去结账。付完款,她攥着饮料悄声问:"那个,你们这里有验孕棒吗?"

柜员看了她一眼,漫不经心地扭头大喊:"小妮,我们这里还有验孕棒吗?"

北涵红了耳根,她害羞地说"算了",随后跑出超市。

这个月没来事儿,北涵有点担心。但也可能是自己多虑了，毕竟最近工作压力大，压力大没来事儿很正常嘛，她想。

她收拾心情朝地铁口走去，男朋友庆周的电话便打了过来，问北涵如果还没吃饭，他给她发地址，说是李攻要走了。

"走？"

"离开上海！"

"哦哦。"

李攻是庆周的哥们，也是她的大学校友兼学生会主席。大学毕业后，一群校友都留在上海，几年下来却几乎都走了。

只是她没想到，李攻也要走，他进的公司好歹是他们之中前景最好的。

北涵到烧烤店时，李攻和庆周已经都喝得脸红脖子红。没一会儿，李攻的眼睛也红了："太累了，原先我信誓旦旦，没想到上海还是只适合做金融，碰哪哪不对，我还只是个本科，学历不行呗！大家不是硕士就是海归，我们算个屁？我去杭州那边搞点直播得了，新兴产业。"

北涵见不得男生这样，酒后怨声载道的。庆周却说："我懂，我也早就不想待了！"

北涵心头一颤。李攻继续灌酒："我上司给我穿小鞋，什么东西！没事就让我给他买烟，最后票也不让我报！还有，我工作没了，搬个房子，说好了的，结果当天那个中介因为别人多报了两百元，转眼就不租给我了！我拖着行李在地铁口睡了一晚！"

"都是骗子！"

北涵怔怔地盯着李攻，酒杯空了，李攻消停片刻，自言自语般冷冷地说："心是怎么变硬的？就这样。"

晚上送完李攻，庆周跟北涵说："不知道我们还能坚持多久，之前的朋友一个个都走了。"

北涵也不知道。

她回想这几年,有人因为房价太高租不起房,走了;有人因为受不了每天六点半起来挤地铁,走了;有人因为一直找不到工作,走了;有人觉得工作没什么希望,不得不认输,也走了。

可是她还不想认输,尽管她也很迷茫,也不知道该走到哪里去。但她至少知道她不该走到哪里去——她不回去!

"你也想走吗?"北涵心惊胆战地问庆周。

"我不知道。"

还好,他只是不知道。

庆周低着头,不自觉放慢脚步,落在了北涵身后。北涵回头望着庆周有点落寞的身影,知道李攻的离开让他难过了。奇怪的是,对于李攻,她心里其实没有很大的触动,毕竟她跟李攻没什么交集。

她只能先走到庆周前面,望着地上的影子,不跟他说话。

[第二朵云]

因为昨晚回到家已经凌晨,今天北涵睡过了头。虽说睡过了头,也不过多睡了十分钟,结果就错过了平时的那班地铁。来到公司时,她差点迟到,好在孟洁机灵地帮她打了卡。北涵挽过孟洁的胳膊:"真不知道没你,我该怎么办。"

"迟到一次扣一百,你帮我点杯一点点,我们债务两清。"孟洁吃吃地笑。

"给你大杯!"

"谢谢你!"

"顺便解你愁苦。"

"咳,你听说了?"

"没听到仔细的版本,只听到了大概的版本。"

话语刚落,孟洁大吐苦水。上周她对接一个美妆商务,第二次对谈,男方约她晚间八点的西餐,孟洁是个愣头青,孤胆前往:"我怎么知道这老色鬼看上我的美色,对我动手动脚,这是性骚扰好吗?还说我自己知道和愿意才去的,我怎么知道啊!我以为他是基佬的,我怎么知道做美妆的也有直男嘛!我愿意你妈呢!"

北涵哈哈大笑。

"拒绝他之后,那个神经病对我各种刁难,工作期间还要我给他带日式便当,还跟李总说他讨厌我,最后单跑了,少了四十五万!李总等下估计要砍我!"

"下次会好的,总不会所有人都这么变态吧?"北涵安慰。

"太累了,乙方就不是人?"

北涵笑得苦涩,心想孟洁真的一点都没变。孟洁是她的大学同学,而且同寝室。毕业后,北涵一直找不到工作,是孟洁介绍她来这家公司实习的。眼看身边的人一个个离开上海,北涵多少有点焦虑,便考了个硕士,眼下马上就要毕业了。但孟洁几乎十年如一日傻乐呵,没心眼,这次商务的邀约,意图明显,换作其他人都知道是怎么回事,但她不懂。

几年漂泊下来,很多人都变了,北涵在努力让自己不变,还很吃力。只有孟洁还是没变,并毫不费力。

北涵由衷庆幸孟洁还在她身边。

"我跟你说,公司只知道后面的事,餐厅的事不知道,你可别说出去啊!我怕公司怪我失责。"孟洁吩咐。

"当然不会说!"

北涵使劲点头,随后正准备给孟洁点奶茶,只听办公室里响起一声"公司到底几个意思啊!",随后便是一阵争吵声。

"是杨姐回来了吧?听说公司要开了她。"

她们循声望过去,只见杨姐气势汹汹地从办公室里出来,朝她们抛了一个眼神。这是暗号,意思是晚上一起吃饭。

下班后,北涵和孟洁陪杨姐收拾工位,随后一起去吃火锅,杨姐终于一吐为快:"我生完孩子,职位被燕子顶替了,没办法,只能跟公司撕。"

杨姐是公司的MCN部门主管,一直以来都对北涵和孟洁照顾有加。"我跟人事闹翻了,之前在我怀孕时就开始给我冷眼,一直企图让我离职,不想给我产假。我不肯,就开始各种找刺。她也是女的啊,怎么一点同理心都没有?"

北涵想起曾经面试时,人事主管也是对她一通盘问,知道她有一个谈了几年的男朋友,担心她结婚,并以此说公司接纳她是给她机会,以此降低了薪资。北涵不得不接受,因为她着急找工作在城市里落脚。

"你们也小心吧,我听到消息,最近公司融资出现问题,你们还是多看点招聘信息。"杨姐叹气。

"不是吧,因为疫情好多公司都倒了,现在找工作很难啊。"孟洁嘟囔。

就在这时,北涵和孟洁的手机都响了起来,公司群组公布了一则消息,说因为受去年疫情的冲击,公司准备战略调整,决定给每个员工减薪。

"每个员工减两千?"

北涵望着那个数字,傻眼了。换句话说,她是月光族,每个月的工资只能刚好满足她的房租和开销,偶尔买一次新衣服,就得用上花呗。

她心想，完了，下个月吃土。

[第三朵云]

晚上的火锅本来就不香，她不敢吃辣，害怕来事。因为杨姐还得回家带小孩，饭局也是匆匆了事。她目送杨姐坐上出租车，心里有点不是滋味。

北涵心乱如麻地回到出租房，庆周还没回家。肚子有点痛，她有点欣慰，兴许是终于要来了。可是她换了卫生巾，毫无气力地躺了三十分钟的沙发，却没有什么反应。

偏偏在这个时候，房东敲响了房门。北涵不喜欢房东，因为他很抠。果不其然，房东进来一会儿嫌弃地板不干净，一会儿说家具掉漆。"我很久没来了，看看，小北啊，你看也住挺久了，是不是得提房租了！"

北涵有点恼火，她第一次没好气地说："我本来不想说的，但是你住在对面，却一直在偷这边的电，别以为我不知道。"

房东支支吾吾地搪塞着，没说两句就走了。

北涵站在客厅中间，突然感到一阵难过——她觉得自己这么做很小气。可是她有什么办法？

她赌气起来，决定不等庆周，先去睡觉。

北涵抱着床上的布偶熊，感到心安。她从小都有抱布偶熊才能睡着的习惯，还记得当初跟孟洁住一起，北涵害怕别人知道她有这个习惯，嘲笑她幼稚。但有一天，孟洁却送给了她这只一米高的布偶泰迪熊。

"你就跟这只布偶熊一样天真可爱！"孟洁咧嘴笑。但孟洁不知道，在北涵眼里，孟洁才是天使。

后来，北涵便一直将这只布偶熊留在身边。

第二天，北涵来到公司时，公司里鸦雀无声，一片肃穆。孟洁给她发消息，说早上同事们大闹了一场，抵制了减薪政策，后来就变成了人事主管红姐跟各员工面谈了。说时迟那时快，红姐突然喊了北涵："北涵，你过来。"

北涵战战兢兢地去了办公室，聊了几分钟，红姐开始问她："看你平时跟孟洁走得很近？她在工作上有没有什么纰漏？"

北涵察觉不对劲，问什么意思。

"公司决定不给员工减薪了，只能裁员，特别是同职能岗位的只能留一位。你跟孟洁都是商务，你要是能检举她工作上的纰漏并提供证据，你就能留下来。"

北涵半晌没反应过来，心脏怦怦直跳。

等她走出办公室，孟洁便挽过她的胳膊："怎么样？你检举了吗？"

北涵傻眼，孟洁老实交代："我已经知道了，公司想一个萝卜一个坑，太无耻了。"

"我没有检举！"北涵连忙摆手。

"看把你紧张的，我知道你不会。"

几天过后，北涵心神不宁，吃不下饭，一直想起那天红姐一副你如果不检举就会轮到你被开除的样子。

她知道最近杨姐在找工作，便跟她约了饭："最近找工作容易吗？"

"一直在面试，但知道我刚生了小孩，没有一家公司愿意要我，要么担心我年龄大没法胜任工作，说现在是Z时代的天下，要么就是担心我家事多，没法加班。怎么，你也想找？"

"没什么，"北涵顿了顿，"就只是问问，顺便关心一下你。"

"现在的世道，对女人太不友好了。早知道生孩子会这么惨，我就不生了。"

看得出,杨姐的眼神透露出一丝难过。北涵也很难过,因为那个曾经在职场里雷厉风行的杨姐不见了。

北涵走在回家的路上,心里越来越乱,忍不住去药店里买了验孕纸。关上厕所门,北涵坐在马桶上发呆,正撕开包装,庆周回家了。

"你干吗去了?"北涵还是把包装收起来,到客厅去。

"刚加完班,累死我了!"

庆周一屁股坐在沙发上,开始玩游戏。北涵站在原地盯着他,足足盯了两分钟,完了一声不吭地坐在椅子上。又过了几分钟,见北涵闷闷不乐,庆周终于发现了端倪,放下手机凑了过去。

"你是不是生气啦?"

北涵不说话。

"还是……怪我一直没有陪你?我是真的每天都在加班,不骗你。只是最近压力有点大,我妈一直催我回老家。"

北涵心头一紧,她望着庆周的脸,又环顾了一眼狭小的出租屋,她突然察觉,她描绘不出她的未来。她抿了抿嘴唇,心想该来的还是来了。

"你想回老家?"

"嗯,这哪里是让人过日子的地方啊!我想回去,你有没有回老家的打算?"

北涵沉默了。

她想起上一次回老家,还是过年的时候,家里人先是对她的衣着不满意,再是跟她聊街上的哪个女孩离婚了,指指点点,又指责哪户人家的老婆不做家务,一点妻子的样子都没有。甚至,还在背地里嫌弃谁家的孩子不结婚,是不是有什么毛病。当她回到自己的卧室,发现房间已经被拿来堆放了杂物,留给她的只有一张床。

北涵知道,老家是回不去了。她没有地方可以回去。她只能留下来。

"我爸妈想把我老家房子重新装修,准备给我弟结婚用。"她迟疑了一下,继续说,"没有留我的房间。"

"你不用回你老家啊,我说的是跟我回老家,你是我女朋友,当然回我那边去。"

"那我工作怎么办?"

"你的工作到哪儿不都一样吗?张张嘴聊聊商务,吃吃饭谈生意。"

"不一样!你觉得你的码农工作就高贵,别人的工作就不是?你根本就不尊重我。"

"我哪里是这个意思?"

北涵不想再聊下去,她害怕她控制不住对庆周失望,再这么下去,她真的无依无靠。

当晚的聊天不了了之,北涵早早入睡,梦里,一道瀑布从天而降将她淹没。她是笑着的,可是第二天,卫生巾还是干净的。

一到公司,北涵就被通知说,公司正式决定裁员,并公布了裁员的候选组,她一看,她跟孟洁果然就在同一组,也就是说,二选一,逃不掉。她也知道,公司不想严刑逼供了,而是改成自相残杀,美其名曰自我保护。

这一天,北涵上班一直走神,她偷瞄孟洁,心里纠结她到底要不要去揭发孟洁赴约的傻事,让自己渡过难关。

她生气、愤怒、难过、无奈,所有的情绪都像糨糊一样,糊满她全身。

公司陆陆续续有人离开了,骂骂咧咧,她望着那些人的背影,又看了一眼孟洁,心里突然一阵刺痛。好不容易熬到了下班,北涵又接到了庆周的电话,才得知庆周今天逃班了,在外面喝得七荤八素。

北涵去接酒醉的庆周回家,两人踉踉跄跄地走在回家的路上。

他们路过商场的橱窗,北涵看到了窗里的一只玩偶熊。她停驻片刻,定定地望着它。"你在看什么?"庆周一身酒气地指了指她,"那个包包好看吗?你是不是嫌弃我不能给你好生活,嫌弃我穷!"

"你喝醉了。"北涵说。

"你们女的就是爱幻想!执迷不悟,你以为我们普通人要在大城市里留下来有那么容易吗?!"

"你有病啊!"北涵红了眼眶,她心碎了,"你们男的才爱幻想,幻想有多难!"

北涵走了。

她甩下了庆周,愤怒地头也不回地大步往前走,只是走着走着,她停在了原地,不知道时间过去了多久,她还是折返回去,将醉倒在地的庆周扶回家。

第二天是周六,当庆周昏昏沉沉地醒来时,北涵已经煮好了午饭。他们坐在餐桌前,安安静静地吃饭。

"对不起,我昨晚喝多了。我想明白了,我想继续努力,是我脑子有病,我们不能这么早就放弃。"

"嗯,吃饭吧。"

"这个猪骨冬瓜汤,真好喝。"

北涵再次盯着庆周的脸,松了一口气,只是她吃完饭,才鼓起勇气去看一眼早上用完但又不敢看的验孕纸。

她拆开来,怔怔地看着上面的两条杠。北涵知道,瀑布不会再来了。

她怯懦地深呼了一口气——

"我可以怀孕吗?"

她不敢问男友,也不敢问公司。

[第四朵云]

周一,上班时间,北涵忐忑地给杨姐发了消息:"杨姐,你在干吗?"

"我刚在准备一轮新面试,结果孩子又哭了,生病,婆婆拿着手机让我跟他视频完才进的办公室,面得很差。"

北涵在对话框里打着"我想请教你一些事",想想又都删了。

"你找我有事?"

"没什么。"

北涵什么都没有说,只是看杨姐感叹:"最近有个小感悟,人一旦成了累赘,很快就会被抛弃。"北涵盯着那句话,动弹不得。

她度过了难熬的一天,魂不守舍地收拾东西下班之后,竟然在电梯口遇到了人事主管红姐。

电梯门合上了,北涵和红姐面面相觑,北涵捏牢了包包上的带子,屏住了呼吸。当电梯到达一层,红姐昂首往外走去,北涵待在原地,最后终于忍不住,跑出去喊了她一声——

"红姐!"

北涵不知道自己是怎么回到家的,她感觉身心都被掏空般,正在无限地溃败下去。她想早早洗漱睡觉,却在走进卧室拿睡衣时,看到了床上的那只布偶泰迪熊。

北涵拎起那只布偶熊,开门下楼,将它用力地扔到了垃圾桶里。

只是那只布偶熊太大了,根本没法像其他垃圾被投放在垃圾桶时一样,发出一声哐啷的响声以证她抛弃它的决心。

第二天,北涵如同面临审判地踱进了公司,孟洁却没有来上班。她想给孟洁发消息,又怕显得自己伪善;不给孟洁发消息,自己又难过得想死去。谁知道,孟洁先给她发了信息:"是不是很诧异我没去上班?你猜猜我怎么着?今晚我请你吃饭呀!"

北涵如约去了一家网红餐厅,餐厅中央还有钢琴演奏。大老远,孟洁就跟她打招呼,可是北涵心虚地往后躲了一下,才吐了吐气,朝孟洁走去。

"当当当当,我离职啦!"北涵刚入座,孟洁便一脸雀跃。北涵分不清她的雀跃是否夹杂着仇恨。

北涵不敢说话。

"我前天就偷偷提离职了,抱歉没跟你说啊!"

"前天?你自己提了?"北涵吃惊。

"对啊,这家公司太卑鄙了,还让自己人起内讧,恶心死我了,我不想再待啦。城市太复杂,我要回老家做个可爱的小公主!"孟洁笑靥如花。

北涵心虚地望着孟洁的脸庞,伤心得想死掉。她咬紧着嘴唇,眼泪突然哗啦啦地往下掉,继而大哭了起来。

"你、你怎么了,别难过呀,我爸知道我要回去他开心坏了。"

"我一夜没睡觉,我昨晚跟红姐说了你的事,只为了让自己留下来,我好自私,我不喜欢我这样,我好恨。"

"哎呀,这太正常了,没什么的,不用在意,我不怪你!"

北涵已经忘了,当晚孟洁还跟她说了什么,才让她止住了眼泪。饭后,两人去了外滩,北涵觉得难为情:"我真不要脸,做错事,还得你来安慰我。"

"咳，我真不怪你。"

她们望着外滩上的夜景，在栏杆边吹风。孟洁将手伸出去，却什么都抓不到，她问："北涵，你觉得这里景色好看吗？"

"好看。"

"我每次来外滩，都是带着最后一次看夜景的心情来的，只为了珍惜每一次风景。你如果也觉得好看，那一定要好好看，好好地留在心里，这样不管走不走，以后看不看得到，它都会在。"孟洁看向北涵，"你要好好留下来，我'退伍'啦。"

回去的路上，她们经过外滩上的一些小摊位，孟洁说，我送你一个礼物。她拉着北涵在一堆小饰品中，挑了一只小熊挂件。

"我记得你喜欢小熊，以前就觉得你跟小熊好像！"

随后，在末班地铁上，北涵和孟洁下了扶梯，两人是相反的方向。地铁进站，孟洁比她先上了车。

"不知道为什么，我觉得我们都是来自不同地方的水滴，四处流淌，到了这里，变成了硬水。上海自来水来自海上！"趁着地铁门还没关上，北涵朝孟洁喊了一声，"人是不是都会变成自己曾经最讨厌的样子啊？"

孟洁笑了笑："就算是这样，也没什么可耻的啊！讨厌就是可爱，可爱就是讨厌！"

地铁门嘀嘀嘀地关上了，孟洁朝北涵挥手。

北涵知道，这可能是她们最后一次见面了，因为之前离开的人也是这样的。

随后，地铁往前开去，卷着一阵风。

[第成千上万朵云]

两个星期后的一个周末，庆周还在家里睡觉，北涵悄悄地关上了门。

她先走路去地铁站，就在搭地铁时，碰见一个姑娘拎着一个巨大的行李，正在吃力地下楼梯。

北涵走上前去帮忙，姑娘跟她致谢，两人一起上了地铁。

北涵一路望着那个女孩，以及她的行李箱。她知道，这个女孩将会去终点站，上海南站。北涵第一次察觉到——原来只要你拎着行李，其实很多人都会知道，你将会到哪里去。

其实到哪里都可以，只要是在路上就行。

最怕的是，当陪你的人要下车了，而你却因为害怕孤独，将车停在了原地。

嘀嘀嘀。

北涵缓过神来，她到站了，这才走出车厢。

[最后一朵云]

"刘北涵？"

医院里，北涵朝医生点头，她走进手术室，将包包放到一边。

"第一次吗？"医生看了眼病历。

"嗯。"

"自己来的吗？"

"嗯。"

"躺下吧。"

北涵躺在手术台上，目光不知道该看向哪里，只能侧眼望着包包上挂着的那个小熊挂件。

"以后小心一点,你们这种我见多了,"医生拍了拍北涵的小腿,"躺好。"

北涵不敢睁开眼,只能一直紧紧地闭着眼睛。就像失眠时使劲想让自己睡着那样。她什么话都没有再说。

只觉得,手术台上好冰,她背凉凉的。

蜉　蝣

天蒙蒙亮，闹钟响了。李白洲惺忪地睁开眼睛，下床打开房间的灯。刺眼的光线让他站在原地又眯了一会儿，片刻才利索地穿上校服。母亲早已经等候着了，她敲门，给李白洲递过一盆放着毛巾的水，每天都是这样为他准备的。李白洲用毛巾洗脸，擦干，坐在书桌前开始背诵课文。

"沙沙，沙沙。"

李白洲一页又一页地翻着，一章一章地背着。母亲给他端来一杯热水，给他披上了一件外套："天冷了，多穿一件，要是感冒就不好了。儿啊，妈妈知道你辛苦，但只要努努力，以后大学就轻松了。你别生你爸的气，你爸也不是不让你选绘画专业,绘画那不是贵嘛?只要你现在读好了,才有好大学。有好大学,人生就通了。"

李白洲没有回应母亲,仿佛背得入迷。母亲温柔地安抚着李白洲的背,静悄悄地退了出去。

天还没彻底亮透,李白洲的眼睛又沉了下来,清晨总是让他犯困的,他忍不住打了瞌睡,可是手中还在翻着书,脑子还在转着,嘴巴还在背着。

"沙沙,沙沙。"

母亲煮好了早饭,她敲门,唤李白洲去吃早饭。李白洲换了一身方便出行的运动服,拖着行李到了客厅。父亲已经在餐桌前坐着了,为了给李白洲送行,父亲特意请假从珠海回来。李白洲吃着早饭,母亲给李白洲夹她腌的萝卜菜,母亲心里是知道的,李白洲要有一段时间吃不到家里的东西了。

"今天是在家的最后一顿饭了,去了大学钱不够用就跟妈妈要。儿啊,你好好读大学,努努力,以后上班就轻松了。你们现在上班比你妈和你爸以前好太多了,不用风吹日晒了,还可以坐办公室。你们都是栋梁了,我跟你爸以前可都是工厂里的,还是分车间的。"

李白洲只是点头,使劲点头。他想跟母亲和父亲说谢谢,但他是说不出口的。母亲从小说他是闷葫芦,他便是了。

李白洲出门了,他即将要一人出远门。"爸妈,别送了。"李白洲拖着行李去坐大巴,母亲在他身后的街边站着,什么也没说,只是望着。父亲扶着母亲的肩膀,母亲就那么笑着哭了。

"咯吱,咯吱。"

李白洲踩着地上的树叶,一个人朝大巴走去。这座城市总是有这种树叶，秋天来了，树叶就枯了，枯了就干瘪了，干瘪了踩上去就十分清脆。不管什么季节，这座城市总是有一地的树叶。日复一日，年复一年，树叶总会发出声响。

李白洲对这条路很熟悉，他每天上班都要走这条路。

他先走到街道尽头，便朝右拐过去了。如果直走，也是可以到班车点的，但还是现在这条路最近，所以李白洲从来都没走过另外一条路，看看什么沿途风景。因为上班总是很赶。只要右拐过去，经过一家7-11便利店，对面就会到班车点了。

"咯吱，咯吱。"

李白洲赶上了大巴班车，他在班车上睡着了。但他不敢熟睡，他只能半睡半醒着，控制着，让耳朵在一边听着。

"哧哧，哧哧。"

偶尔，李白洲会在车上做梦。但梦里会伴随着班车的刹车声响，他像是有感应，听着听着就睁开眼睛了。他每天眼睛眯成一条线，盘算着，直至看到窗外的一块房产的招牌，就快到了。

"哧哧，哧哧。"

李白洲打了个哈欠，伸了个懒腰，他要弄醒自己。下了班车，他饿了。每天都是这个时候饿的，好久了。以前在家里，是很早就要吃早饭的，上大学了，上班了，作息就往后延了，妈妈的腌萝卜也吃不到了。李白洲先去路边买了包子和鸡蛋，他总是去那家买，然后一边走一边吃。

"排队进站，排队进站。"

城市醒了，醒了就充斥着各种车声人声嘈杂声。李白洲吃完就跑起来了，他到地铁口排队了。队伍很长，很挤，大家都看手机，李白洲也看，不然也不知道看什么。他看看新闻，一边挪着挪着，就进到地铁站里了。

"排队进站,排队进站。"

李白洲挤进车厢,他动弹不得了。他前后都不能动,只是眼皮又沉了,他眯着眼睛想睡觉。任由地铁摇摇晃晃地载着他往前。

"哐当,哐当。"

李白洲听到好像有人在喊他的名字。他打了个激灵,瞪大眼睛,才发现张强就挤在他身旁。自从张强离职之后,他们已经有一年没见面了。这相遇可是很难得的。"李白洲,你睡着啦?"张强说完,两人同时无奈地笑了。

"最近怎么样,新工作如何?"李白洲问他。

"唉,更忙了,起得更早了,上司也是个老古板,常常得加班做样子……不过,习惯了。"摇晃中,张强拉了下扶手,转而问他,"你呢?还在老东家吗?之前说想换工作,换了吗?"

李白洲摇摇头:"还是不换了,不是时候。专业不对口。"

"是啊,转岗又得重新开始,还得跟刚毕业的小屁孩竞争,也是麻烦。"

"后悔已经来不及了,怪自己,我大学就选了不喜欢的专业,做了不喜欢的工作,想换工作,以后再改了,先忍一下。"

"是啊,哪份工作不是混口饭吃。啊,我要到了。"

说话间,张强就到站了。他跟李白洲挥手,费力地挤到地铁门前,门一开,张强就混着人群游出去了。

"哐当,哐当。"

没一会儿,李白洲也摇晃着到站了。他时间是掐得很准的,只要匀步走出地铁,再骑上共享单车,绝对不会迟到。

今天也不例外。

李白洲挤进电梯,听到里头有人在说,大厦里的一家互联网公司倒闭了。李白洲很惊讶,那可是一家独角兽公司,李白洲工作这么多年,原本想着就在同一所大厦,还想跳槽去呢,这样生活就还是一样的。奈何它说倒就倒了!李白洲舒了一口气,看来自己还是过得挺好的。

嘀嘀。

李白洲打完卡,便去泡咖啡。公司里的咖啡是速溶的,味道廉价,但喝习惯了,好像也觉得不错了。

"开会了。"

经理又在会议室门口喊了,李白洲端着咖啡就进去了。早会是很枯燥的,李白洲听得昏昏欲睡。经理拍了拍手,给大家打气:"公司要新一轮融资了,所有人都要鼓起干劲!只要我们拼一把,第三季度一定能出新成绩,年底每个人都有丰厚的年终奖,每个人都会有回报!我们即将成为独角兽!"

"啪啪,啪啪。"

听着经理的又一番演讲,大家都用力鼓掌。新来的同事热情澎湃地走出会议室,她是那么年轻,腰背是那么挺直,李白洲望着她的背影,心想她是可怜的,又是有希望的。李白洲之所以会这么想,是因为他对经理的话将信将疑。

但李白洲还是一鼓作气地回到工位,努力工作了。

"啪嗒,啪嗒。"

李白洲敲打着键盘,开始觉得最近肩膀总是疼,腰也疼。他扭动着脖子,伸着懒腰,同事艾鲁特递给了他一张膏药。李白洲用了膏药,觉得这个膏药是很好的,他可以用到这家公司停产。

"吃饭了!"

李白洲还在工作,听同事们说午饭时间到了。李白洲又犯愁了,同事们也犯愁了。"你今天点外卖还是去食堂?吃什么?"李白洲也不知道的,他觉得吃什么都一样,只想随便吃点。

虽然每天都不知道要吃什么,但最后吃的都一样。他们最后还是去食堂了。

李白洲跟同事们坐一起吃饭,听猛哥又开始吹牛了,猛哥说他去过华盛顿,还去参观过微软公司,心得是国内互联网要加把劲了。林姐开始抱怨了,项目上的报销太难办了,上次住的酒店还有偷拍的。西瓜妹开始八卦了,经理被开除了,新来的经理会是总部来的。

在这样的氛围中,午饭很快就吃完了。

大家回到工位上休息了,李白洲开始刷手机。李白洲看朋友圈,只看不评论。但今天他意外看到有人在国外旅游,风景是他很心仪的。"这是哪儿?"他终于评论了。可是对方没回他,他只能去搜索了。

李白洲想到,他很久没旅游了。可是旅游是需要调休的,调休是会影响工作节奏的。他心烦意乱地继续看朋友圈,看到有人晒游戏机。李白洲不评论了,他去搜游戏机,发现是新出的,他可喜欢了。但买游戏机是要花钱的,李白洲想,下一次再买吧,刚交完房租,再努力工作攒点钱,总会买上的。

"啪嗒,啪嗒。"

李白洲只能继续工作了。他敲打着键盘,扭动着脖子,突然手机就响了。他一看,是女朋友陈露。

"喂,你想好了吗?"陈露又来为难他了,李白洲头疼了。

"我不能去啊,我工作地就在这里啊。"

"你想一直就这么异地,我不想,我累了。如果你不来找我,不爱我,就算了吧。"

"你是说?"

"嗯,分了吧。"

"我去那边从头开始太难了。"

"嘟嘟嘟……"

陈露又挂电话了,李白洲觉得陈露是不理解他的。他很爱陈露,但如果让他为了陈露放弃现在安稳的工作和生活,李白洲心里盘算,觉得不值当。李白洲觉得自己不年轻了,能放弃的东西太少了,已经不能太冒险了。

"走,走,去抽烟吗?"

李白洲心烦意乱,他跟同事先去抽烟处抽了两根烟,再例行去洗手间上厕所。公司里的洗手间可以待很久,李白洲坐在马桶上,想起今天是工资日。每个月都是差不多这个时候收到短信的。果然,李白洲便收到短信了。

他扣掉了房贷、车贷,还完了信用卡,想着今晚周五要去喝一顿。可是,李白洲收到了好兄弟的消息:"哥们儿,我要结婚了,这个月15号,你来吗?"

好兄弟从小一起长大,李白洲很想去,但他心里盘算,请一次假很麻烦,飞一趟也很浪费精力。

"那天刚好走不开啊。"

"你是我发小儿啊,最好的哥们儿,不来当伴郎啊?"

"之前就定好了,要出国出差。"

李白洲也不想,他是很想去的。奈何总是不凑巧。李白洲叹了口气,给好朋友道歉,赶紧发了结婚红包,手机便又收到了扣款的短信。

"啪嗒,啪嗒。"

李白洲又回到工位工作了,他收到了下属的文件,文件的错漏很多,他心烦意乱。就在这个时候,李白洲的手机又响了,是老婆打来的。

"喂,老公,你今晚回家吃饭吗?"

"我今晚有应酬,你跟孩子就别等我了。"

"怎么老是有应酬啊!又要喝酒了啊?"

"大家不都一样嘛。我不也是为了多赚点钱,给孩子报好一点的辅导班,以后指望他能读个好的大学,到时读了好大学,有了好工作,我就不用这样了。"

"好啦好啦,知道你辛苦。但哪有天天喝的啊!"

李白洲觉得老婆的牢骚很多,他听得耳朵要长茧了。所以他总觉得,有时候爱是徒劳的。

"啪嗒,啪嗒。"

李白洲合上电脑,整理完了所有文件,召唤所有组员到会议室。下属们都认真地望着他,等待他的发言。

"大家知道,今天是我最后一天班了。我很开心在过去带领你们拿到过不凡的成绩,你们都很棒。大家都知道,我老了,老油条老古董了,跟不上时代了。从明天开始,我就提前退休了。你们也可以理解成,公司不要我了,但在哪里工作不是工作,哪里的路不是路呢?都会好的,希望大家都前途似锦。"

李白洲说完了,组员们给李白洲鼓掌。然后,李白洲就打卡下班了。

"嘀嘀。"

李白洲走在回家的路上,这条路他最熟悉不过了。只是,他现在回家的速度变慢了。他提着公文包,慢慢走。

李白洲走过一个饮料自动售卖机,售卖机前站着一对父子。孩子指着一款饮料,父亲投币,孩子欢呼雀跃,笑容满面地从机器里取出它来,父亲也笑了。

李白洲看他们笑,自己也笑了。

孩子是很好哄的,父亲因为孩子好哄也很开心。李白洲想父亲了。他想起父亲生病那会儿,他都没去看护。为了不打扰李白洲工作,父亲最开始都没让李白洲知道病情,可是后来因为工作都没见父亲最后一面。李白洲心里难受啊。

李白洲就这么难受着,回到家了。

"吃饭了。"

一家人围坐着,李白洲的儿子开口了:"爸,我去见过筱雯的家人,那边说结婚可以,要咱们这边买个新房。"

"可以的呀。"

虽然李白洲答应下来,但老婆看着不高兴,她沉着脸说:"这筱雯一家人开口也太凶了点!"

"这结婚嘛,大家不都一样,随大流就行了,房子,聘礼,酒桌,跟着走就是了。"李白洲是想开了的,他拍了拍老婆的手肘,想让这事就这么过去。

可是老婆在餐桌上,脸色从来都是不好的。

今天也是,老婆吃完饭,耷拉着脸问李白洲:"你吃完了吗?吃完了我去洗碗……我这儿子娶了个神仙,叫不动!"

儿媳总是不洗碗,所以李白洲的老婆总是不满意。

老婆收拾碗筷,李白洲走到客厅,看到儿媳躺在沙发上看剧,儿子在用笔记本电脑工作,李白洲说:"我带瓜瓜去玩吧,出去走走。"

"爸,你别又给瓜瓜买玩具了啊,别惯着他。"

"知道了。"

这些日子，瓜瓜都是李白洲在帮忙照顾的。李白洲哄瓜瓜开心还是有一套的。

李白洲会先带瓜瓜去公园玩，再去商场逛玩具城。他们走在路上，李白洲每次都牵着瓜瓜的小手，说，大手牵小手。那可是跟李白洲的父亲学的。

"大手牵小手。"

李白洲走着走着，回头又发现瓜瓜不见了。李白洲难过地摇头，怎么每次都是这样，又溜走了。瓜瓜总是说要带爷爷出去散步，中途就甩开他消失了。

李白洲着急地跑去瓜瓜常去的那家网吧，果然看到瓜瓜跟一群不良少年在门口厮混。李白洲恨铁不成钢地走上去，要拉瓜瓜回家，可是李白洲的力气比不过瓜瓜。瓜瓜比李白洲高出一个头了。瓜瓜的手也比李白洲的大了。李白洲再也牵不住瓜瓜的手了。

李白洲不舍得打瓜瓜，李白洲知道，瓜瓜只是叛逆期到了，只要以后读了大学，工作了就好了。他只是走上前，想拉走瓜瓜。

可是，瓜瓜一个推搡，李白洲就被推倒在地了。

"丁零，丁零。"

病房里的风铃又被风吹响了。李白洲睁开眼睛，儿子凑过来问他，爸，你醒了？

儿子来看李白洲了，可是李白洲的老婆不高兴。

"你怎么现在才来？几点了？"

"没办法，项目上有点忙，走不开，还能怎样。我忙完马上就来了。"儿子握着李白洲的手，"爸，妈，上次说的生意出了点问题，我想说……家里还有没有急钱可以用？"

"有，但是是老底了。在家里卧室抽屉，你拿卡去就是了。"

李白洲知道儿子不容易，再怎么狠心，也不愿看儿子落魄。谁都想自己的孩子是人中龙凤，偏偏就没有一个是的。罢了。

　　李白洲又犯困了，他跟老婆说，我睡会儿。

　　"欢迎收看新闻联播节目。"

　　李白洲是躺在家里的摇椅上看电视的，本来摇着摇着，看着看着就睡着了。刚睡着没一会儿，李白洲又突然惊醒了。

　　李白洲现在很容易就睡着。他躺在摇椅上，儿媳总是放电视给他看。电视声总是很大，李白洲被吵得不行，但嘴里说不太出来。好在他现在很容易睡着，再大的声音他都睡着了。

　　"你们家老人怎样了？"

　　李白洲听到邻居英姨的声音，英姨又来家里做客了，她经常来聊天。今天，英姨坐在沙发上，跟儿媳聊天。

　　"能怎样？老了不都一样，每天一把屎一把尿的，请不起护士，他儿子不愿送他去养老院，就只能自己动手咯。"儿媳说。

　　李白洲想母亲了。

　　每次李白洲躺在摇椅或者床上，旁人端来一盆放着毛巾的水，用毛巾给李白洲擦脸。毛巾擦拭着他的脸颊，时而粗暴时而敷衍，但李白洲总想起母亲温柔的手。

　　"欢迎收看新闻联播节目。"

　　李白洲坐在轮椅上看电视，听到家门开了，随即儿媳跟李白洲说："爸，你看谁来了？你孙子李延来看你了！"

　　"爷爷，是我，瓜瓜啊！"

　　李白洲是开心的，但他也是迷糊的。瓜瓜推着李白洲的轮椅到阳台上，李白洲望着远处的天空。儿媳在李白洲耳边大声说："爸，你福气啦，明年瓜瓜就要大学毕业了，读完大学，就有好工作啦！"

李白洲满意地笑了。

今天是元宵，远处烟火的光亮是那么绚烂，它们倒映在李白洲浑浊的眼球中，仿佛跳动的彩带。

李白洲看着那人间烟火，想起他高考前，为了鼓舞志气，父亲和母亲曾带他去城里的名牌大学里参观。他记得那一夜的烟火，在倒映着城市霓虹的江上绽放，也是跟如今的一模一样，如此温暖，令人向往。

那是李白洲一辈子都忘不了的烟火。烟火落入人间，短暂一世，缤纷消亡。

那是挂在天上的未来。

"好，好。"李白洲嘴角上扬着，称赞着孙子，"有出息，有出息。"

随后，李白洲闭上眼睛睡着了。

他感觉自己飞了起来，扑扇扑扇着，如同长了翅膀。

"下一站……"

一名男子在车厢里惊醒，他看了看四周，才发现自己是在末班地铁上。他将手中拎着的那袋橘子放在座椅上，随即摸了摸自己的心脏，觉得难受。

这时，他收到了一条工作消息："李延，还有十分钟就上线了，最后关头了，再盯一下项目后台和进程。"

他是懊悔的，也是生气的，觉得没完没了，这日子一看就能看到头了。但他是家里的希望，他还要结婚生孩子，想到这儿，他又无可奈何，只是稍稍地叹了口气。眼看产品上线时间还没到，他打开笔记本电脑，开始进行后台测试。

余光中，他察觉到了坐在他对面座位上的小男孩。他抬头看了他一眼，只见小男孩手里拿着一个走马灯。

　　小男孩笑嘻嘻又诡异地盯着他。他觉得奇怪，现在还不是元宵节，怎么会有人玩这玩意儿？

　　然后，他又睡着了。

　　"终点站，到了。"

　　只听车厢里传来一声声提示，乘客们陆续都走了。车厢里的座位上，留下了一个走马灯。他闭着眼睛，躺在原位一动不动，手中的橘子滑落，滚到了地上……

　　走马灯里，正破开一个蛹。

我在时间旅行里吃饱

[第5天]

这是喜喜第五次在床上醒来。

她快速按掉闹钟,查看手机时间——十月十五日,下午两点。这次,她终于确信自己是在时间旅行。

还真的有这种好事?她大笑,尖叫,从床的左边滚到右边,又从右边滚到左边。起床第一件事,她目露凶光,嘴角狰狞地开始订外卖,一口气点了五份。

奶盖奶茶、草莓蛋糕、韩式炸鸡、藤椒牛蛙、麻辣香锅。

今天,她终于可以好好大吃一顿!

[第1天]

下午两点，喜喜的手机闹钟响了。

跟往常一样，她迷糊醒来，双眼惺忪地打开各网络平台的后台，查看自己的账号数据和评论。然后她又合上眼睛，小小地睡一个回笼觉。两点半，手机闹钟再次响起，喜喜迷糊地醒来，双眼惺忪地打开外卖平台，给自己点一份外卖。随即她又浅浅地睡了过去，直到三点多钟，她被外卖小哥的敲门声吵醒，迷迷糊糊，双眼惺忪地去开门，这才成功地起床。

喜喜是一名全网拥有两千万粉丝的直播网红。除了特殊情况，她每天的生活都是如此。

那天，喜喜点了一份日式豚骨拉面。她用心吃，全身心感受里头的豚骨高汤、肉片、细拉面、罐头玉米粒，有点油，但很好吃。可虽然好吃，但卡路里不低。她最近正在进行戒糖戒碳水减肥运动，吃完的当下，她已经开始内疚。

要是胖了怎么办？胖了就不上镜，不上镜就没有美女的说服力，也不能给粉丝做榜样，更对不起自己。一个连自己的体重都控制不好的女人也无法控制自己的人生——这可是自己的口头禅。

一阵愧疚和恐惧洞穿了喜喜。她跑进厕所，从盒子里取出一根"兔兔管"，细软的一头伸进嘴巴，往食道里送；硬的一头套在水龙头下，拧开开关，冷水便哗啦啦地往食道里灌，一股冰冷的感觉蹿下去，没一会儿，喜喜便蹲在马桶前吐了起来。她弓着背，胃部像一团被拧在一起的毛巾。她吐得发抖，最后洗脸的时候，眼睛都是红的。但超级有效的是胃空了。

像是经历了一场情感PUA，胃尝到了甜头，又被没收，但那滋味，胃记得。接下来也会念念不忘，甚至上瘾。

喜喜心里宽慰了许多——这一顿等于没吃,哈哈!

喜喜心满意足地顶着空虚的胃,开始洗澡、化妆、穿搭。两小时后,她调试音乐,架好三脚架,打开美颜灯开始直播:"嗨,宝宝们,欢迎来到喜喜的直播间。今天又是不一样的,全新的一天!"

有人说,喜喜又瘦了,喜喜是怎么保持这么瘦的,有没有秘诀呢?

"秘诀就是自律,三餐正常,少吃碳水,少油,少盐,女生要多爱护自己,吃健康的食物。早睡早起,有好作息,身体运行才会顺畅。最主要的是要靠运动。喜喜平时会跑步,做普拉提,睡前还要做瘦脸操。哦对了,起床喝一杯手冲黑咖啡可以有效消肿哦。"镜头里的喜喜无懈可击,朝大家抛媚眼。

有人又说,今天做点什么好玩的呢?

"对呀,做点好玩的才能配上这么美好的一天。"

有人说,花花现在在做呼啦圈运动呢。

喜喜心想,又是那个只会卖弄风骚的死女人!

花花也是全网拥有两千万粉丝的直播网红,跟喜喜两人互为假想敌。喜喜简直恨透了那个抄袭狂。从喜喜做主播以来,喜喜做什么,花花第二天便会学着她做什么。不管是之前的"漫画腰""A4腰""iPhone腿"还是"反手摸肚脐"挑战,甚至是头一天喜喜在锁骨上放硬币,第二天花花就会在锁骨上放瓶盖。昨天,喜喜刚做了呼啦圈细腰运动,今天花花就开始表演呼啦圈唱歌。哼,喜喜冷哼一声,用小号到花花的主页点了一个"举报"。

有人又火上浇油地说,喜喜可不能输给花花,花花可是蚂蚁腰。喜喜将那位说话的朋友,点了一个"拉黑"。

眼看着花花的人气直线上升,喜喜想,今天必须引爆一下新风潮！她绞尽脑汁，一道灵光乍现，喜喜对着镜头卖萌："今天喜喜在收拾衣服时，找到了一件小学时很喜欢的衣服，突然心血来潮，不知道现在喜喜还能不能穿下那么小的衣服呢？"

"你们等一下喜喜。"喜喜走出镜头，过了一会儿，便身穿一件Hello Kitty的童装出现："哇，我居然还穿得了！"

直播间顿时腾起了阵阵爱心和礼物浪潮，铺天盖地的感叹和称赞涌了上来。大家纷纷刷屏："喜喜好瘦，喜喜yyds（永远的神）！"

喜喜满意地将直播间的主题改成了：回忆满满，童装大挑战。

"大家可以把直播分享出去，一起来参加童装大挑战！"

一直以来，喜喜都很了解女孩们的心理，当今社会，一个女孩只要比常人瘦，便获得了可以炫耀的青春资产。

很快，喜喜的直播间数据迅速飙升，瞬间到了平台的第二名，而第一名是带货神人，无人能敌，今天碰上对方直播，算喜喜倒霉。但大挑战效果很好，很快便渗透了全网，按这个趋势，明天就可以全平台流行。

就在这时，喜喜的胃开始灼热。她心想，这阵子常常胃痛，今天早上睡前是吃过药的，下午醒来已经无恙，怎么现在又痛了？紧接着，她头昏脑涨，眼前一片昏花，怕是低血糖反应。她停播了十分钟，翻出一包水果软糖，这是她平时的续命秘诀。她吃下一颗菠萝味的，等待血糖恢复。

可是她吐了。

她惊慌地将一整包往嘴里倒，用力咀嚼，吞下去，突然又一阵反胃，她又吐了。瞬间，她感觉身体抽搐，一头栽倒下去。

喜喜做了一个梦。她梦到自己的胃被切除了。"恭喜，她已经不需要胃了。实验成功，改装人1号完成。"

"这个实验是如何操作的呢?"耳边是一个模糊的声音。

"选定人群是女孩,特别是年轻女性,对身体要求极其在乎的。随后开发直播平台,没错,全球的直播都是改装人的实验部分,混在各种带货、泛娱乐领域,但最终的目的仍然是实现人类进化改造,迅速传播关于身体的精神意识,自行改变,再由我们被动进化。如果成功,从此以后,人类将跨入没有食物的世界。"

[第 2 天]

下午两点,喜喜的手机闹钟响了。

她头痛欲裂地醒来,查看手机,发现时间是十月十五日下午两点。她有点迷糊,感觉做了一个梦,好像眼前的场景她在梦里都经历过了。

今天她嘴巴有点馋,点了一份日式豚骨拉面。但吃完就后悔了,她取出了"兔兔管",开始例行催吐。她感到吃惊,这一切怎么跟发生过似的。她平时喜欢看科幻片,此时的她一脸疑惑,心想:"难道是平行时空?"

她怀疑是自己睡傻了。

喜喜洗澡、化妆、穿搭,每一个场景都似曾相识。她坐在镜头前:"嗨,宝宝们,欢迎来到喜喜的直播间。今天又是不一样的、全新的一天!"

"喜喜有个问题,如果大家经历时间旅行,你会做什么呢?"

评论区有人说,把老板打一顿。有人说,挽回前任。有人说,想回到高中。有人说,回到自己最瘦的时候。

"我如果经历时间旅行,我一定要大吃一顿!"喜喜说漏嘴,又马上补了一句,"因为喜喜每天都在吃少糖少盐的食物,还要运动,做普拉提,已经很久没吃过火锅啦。"

之后，喜喜发起了童装大挑战。突然，她感到胃部一片灼热，她想恢复血糖，却在吐了两次后，一头栽倒下去。

喜喜做了一个梦，她梦到自己的胃被切除了。而自己变成了被迫进化的改装人1号。

[第3天]

下午两点，喜喜的手机闹钟响了。

喜喜傻了，她害怕地查看手机时间，现在是十月十五日下午两点。喜喜顿时清醒了，她清晰地知道接下来自己一天的行程。

日式豚骨拉面。催吐。洗澡。化妆。穿搭。直播。童装大挑战。胃痛。做梦。

她战战兢兢地点了一份日式豚骨拉面，等待外卖小哥上门。她记得外卖小哥的样子，还记得外卖小哥跟她说的话。"汤有点洒了，请拿好。"她打开门，嘴巴念念有词，然后就跟外卖小哥的话重叠了。

喜喜眨巴着眼睛，问自己这一切都是真的吗？

"《土拨鼠之日》？永远困在同一天？"喜喜开始分析自己看过的科幻片。她又跑到窗前，观察楼下的一切，环顾房间，"还是《楚门的世界》？有人在监视我吗？哈喽？"

"难道我已经死了？我是自杀死的吗？所以现在被困在原地逃不出去？难不成我现在是鬼魂？"喜喜甚至又想起自己看过的恐怖片，而自己就是里头的主角。

喜喜开始洗澡、化妆、穿搭，但她那天却没再搞童装大挑战，而是上网观摩。她去看了花花的直播，呼啦圈唱歌大挑战，又看了其他的主播。其中，有一个没人问津的主播，发起了躲猫猫大挑战，就是看自己能站在什么物体之后不被发现。由于粉丝少，并没有什么水花。

喜喜琢磨了一下,开始直播,题目为:躲猫猫大挑战。

喜喜蜷缩瘦弱的身体,躲在了一把立式的椅子后,顿时引爆了直播间。随后,躲猫猫大挑战开始风靡各平台。

"我倒想看看,做出不同选择,是不是还会时光倒流!"喜喜好奇。可是过了一会儿,喜喜的胃又开始灼热起来。喜喜又晕倒了。

梦里,喜喜的胃被切掉了,她变成了被迫进化的改装人1号。

[第4天]

十月十五日,下午两点。

喜喜看着手机上的时间,她半信半疑,甚至怀疑不是时间旅行,而是自己疯了。她给好朋友丁璐发消息:"今天出来逛街吧。"

"我需要上班,姐姐。"丁璐挖苦喜喜这个主播不懂人间疾苦。

"没事的,反正明天你还在上班,一切恢复原样。"

"你在说什么?"

"时光倒流了,一直停留在十月十五日。果然,只有我发现了。"喜喜刚想讨论自己奇妙的所见所闻,结果丁璐送给她一句:"你现在是不是有什么大病?"

喜喜败下阵来。

她知道,让一个上班族放弃上班,就像让一个女人放弃减肥一样难。她收拾完毕出了门。她刻意记下了身边每一处发生的事,在商场里瞎逛。也不知道逛了多久,丁璐突然出现在她面前。喜喜吃惊:"你不是在上班吗?"

"下班了啊!"丁璐诡异地望着她。

"现在几点了?"

"很晚了啊!"丁璐皱起眉头,"你是不是真的有什么大病?"

突然，喜喜的胃开始痛起来，她惊喜地说："哇，我真的在时间旅行了！我原先以为我疯了，但是现在我发现我没疯！我赚到了！"

可是丁璐盯着她却像在盯一个疯子。

"你是不是饿傻了？"丁璐手里拎着一个袋子，她拿出一块蛋糕，"吃一点吧，再这么饿下去要死人的！"

"我跟你说，我等下就要晕倒了！"喜喜笑嘻嘻地吃了一口蛋糕，兴奋地望着丁璐。

不出所料，喜喜晕倒了。

梦里，喜喜的胃被切掉了，她变成了被迫进化的改装人1号。

[汉堡]

奶盖奶茶、草莓蛋糕、韩式炸鸡、藤椒牛蛙、麻辣香锅。

第五天，当喜喜知道自己身陷时间旅行中，她满脑子只有一件事：今天我要吃饱！

喜喜觉得一定是她对身材的执着和坚持感动了上天，上天不愿再让她挨饿，十月十五日就是她的福报。反正明天又会回到十月十五日，反正明天又不会变胖。现在，她可以大吃特吃。

午餐点了五份外卖，在她晚上胃部疼痛之前，她一直能享受美食，如果明天一直重复，那她便可以尝尽天下美食，一辈子都在吃饱。

美哉！

于是，尽管还消化不良，喜喜晚餐去吃了火锅。那滚烫的红汤中捞出鲜嫩的牛肉片，蘸上葱花油碟，那美味在喜喜的舌尖上绽放。并且，她吃完还不用催吐。眼前的食物，正完完全全属于喜喜。那一顿，喜喜吃得热泪盈眶。

她吃得忘了时间，一直到胃部开始灼热，喜喜幸福地晕在了火锅前,嘴角上扬。服务员过来给喜喜加汤,望着眼前的奇葩场景,顿时吓得大声尖叫。

可是喜喜又穿越了。

第六天,十月十五日,下午两点,喜喜翘着嘴角,她学着迪士尼公主的姿势伸了个懒腰,甜蜜地醒来。她迅速梳妆完毕,出门遁入了烤鱼屋。随后,她去了美食城,一通猎艳下来,她尝到了炸鱿鱼、烧仙草、小龙虾、螺蛳粉。

晚上,她顶着肚皮,大摇大摆地走进了烧烤居酒屋。"今天来点清淡的。"喜喜吃着鸡提灯,一边小酌,在满脸红润中晕了过去。服务员拉开屏门,一声尖叫。

喜喜又回去了。

接下来,喜喜开始给自己安排美食之旅。第七天是美国菜,第八天是韩国菜,第九天是墨西哥菜,第十天是泰国菜,第十一天是日本菜,第十二天是意大利菜,第十三天是广式菜……一个月下来,让喜喜意想不到的是,她吃腻了。

美食怎么可能会吃腻呢,这种神仙日子如果还觉得腻,是不是有点矫情?喜喜陷入自我怀疑。

市区内的所有美食已经被她吃遍了,她开始上美食和直播平台搜集本市的美食推荐,很快,又过去了一个月,她又全部吃了个遍。

她越发觉得腻了——但这种腻,是她发现每天下楼遇到的,每天街上路过的,每天餐厅里身边坐的,来来回回都是同一批人。甚至每天的热搜新闻,每天直播上大家说的话,全都是一样的。

喜喜只能去找好朋友丁璐,可是丁璐永远都在上班。但她总有机会把她骗出来,可是每天跟她说的话,第二天她就全部忘光。

喜喜感到孤独,她唯一的朋友只剩下冷冰冰的美食,可是美食已经吃腻了。"不如到其他地方去！"喜喜开始做出游计划，可是一天之内，她能到哪个地方去呢？

她尝试去巴黎，最后晕倒在了飞机上。她尝试去邻近城市，每次抵达都已经很晚了，很多时候刚下飞机，她就晕倒了。后来，她也厌倦了出行，因为就算她每天都在出门，她第二天又得重新收拾行李，然后在的士上，在大巴上，在动车上，在飞机上穿梭。

类同的世界，让她无所适从。

终于有一天，十月十五日，下午两点，喜喜在她的床上醒来。可是她什么都不想吃，怎么都不想动。她陷入了一个思考：她到底如何才能逃出这一切？如何逃出十月十五日？

她浑浑噩噩地躺着，无计可施的她睡了过去，意想不到的是，她做了一个梦。梦是黑色的，一道白光从黑暗中裂出的口子淌了出来，随即，白光中有一个黑影朝她走了过来。

喜喜打了个激灵睁开眼睛，赫然发现桌上出现了一个汉堡。喜喜困惑地望着它，突然，汉堡跟她打招呼："嗨！"

哇的一声，喜喜吓得跳了起来。

"别怕，我是来帮你的。"汉堡发出声音。

"你……是会说话的汉堡？"

"我是你的食物元神。"

"食物元神？"喜喜心想，什么鬼。

"每个人都有一个食物元神，只是你不知道而已。你是什么样的人，一般就会爱吃什么样的食物。我就是你的元神，是个热爱高热量又喜欢假装自己很素的，汉堡。"汉堡一动不动，如同一个扬声器，"你不是想知道你为什么会时光倒流吗？我猜你可能是激怒了世界上的食物元神？"

"什么意思？"

"大道平衡，食物也是有意识的。你对食物不尊重，对食物们进行亵渎。食物元神的怨念制造了时间黑洞，对你进行惩罚。"

"我以为是科幻片或者是恐怖片，最后居然是修仙片？"喜喜摇头，"你逗我呢？"

"你自己想想吧，我给你的线索只能到这了。"

之后，汉堡便不说话了。

喜喜将信将疑，她冷静下来，环顾家里的一切，在厨房里看到了那一盒放了三天的小甜点。那是丁璐上了甜点班，花了两小时特意为她做的。因为知道喜喜怕胖，特意做成无糖的。可是喜喜一口都没有尝过，就那么一直放着，现在已经不能吃了。

想到这，她又跑到冰箱里，翻出上一次买的食材。她曾信誓旦旦地说要做饭，可是现在食材都已经腐烂了，她都浑然不知。最残忍的是，她想起妈妈上次来探望她，给她带的家乡特产，特意嘱咐她放在冰箱里。但她从一开始就嫌弃那些特产，到现在连袋子都没有打开过。不出所料，现在打开已经发霉了。

是她辜负了给予食物之人和食物本身的诚意。

喜喜后悔至极，她想，今天要好好做一顿饭。她真心实意地买了菜，打电话问了妈妈关于家乡菜的做法，并邀请丁璐下班之后来家里吃。她折腾了两小时，终于完成了一桌漂亮的晚宴。

丁璐吃得合不拢嘴，问喜喜是不是有什么大病，怎么突然这么贤惠。喜喜想："明天醒来应该能恢复正常了吧，求食物元神原谅我，从此以后我会好好对待食物的。"

之后，喜喜突然晕倒，丁璐放声尖叫。

梦里，喜喜的胃被切掉了，她变成了被迫进化的改装人1号。

[*女孩手办*]

十月十五日,下午两点,喜喜醒来。她仍然活在了那一天,桌上出现了那只汉堡。

"你骗我!"喜喜说。

"我没骗你,可能我的线索不够。"

"那我怎么办?还有没有线索?"喜喜激动地捧起那只汉堡,可是汉堡却不再说话了。

"喂,喂?啊!"

喜喜怀疑自己被耍了,一气之下,她把汉堡给吃了,泄气地躺回床上。"或许敬畏食物只是第一步?那后面的呢?"

喜喜冥思苦想,最后坐在电脑前,重新看了一遍《土拨鼠之日》,想从中获取灵感。她想,或许可以学学电影,改变一下自己?

至此,喜喜才发现自己太肤浅了。

自从自己陷入时间旅行之后,她每天只想着吃,只想着填饱肚子,满足自己的欲望。世界之大,她可以提升自己,可以帮助别人,可以做一些不留名的好事,说不定还可以跟电影一样,遇到一个绝世大帅哥,产生一段绝美的爱情呢。

世界多美妙,何必只吃饱。

喜喜顿悟了:"我要改变自己,做一个全新的自己!"

喜喜马上付诸行动,她一鼓作气,开始出门给地铁口的乞丐投钱、送饭;帮路边的人指路;在地铁上举报咸猪手;在路边给情侣们发玫瑰花;甚至,她跑到了公安局说,我想协助你们破案,卷宗给我看一下,我多的是时间。

很快,喜喜就获得了新的自我怀疑:我是不是傻子?

无论喜喜怎么努力,第二天都会恢复原样。喜喜察觉,只凭自己一个人的努力,世界并没有进步,也没有变好。有时候你一个人努力,换来的可能是地铁口的乞丐在你走了之后说"这傻子真好骗啊"。

世界是需要全人类共同努力才会变好的,你一个人的力量只能让世界不变坏一点,但不能变好更多。

喜喜困顿了。她只有不停地看书,因为在时间旅行里,只有知识和习惯能被她所保存。可是她从小到大,一看书就犯困。她这下可是彻底没辙了。

又是新的十月十五日,喜喜出门晃悠,她如愿跟电影里一样,在一家咖啡厅里遇到了一名帅哥,她心花怒放,几天接触下来,她终于摸清了帅哥的喜好,但喜喜却迟迟不肯往前迈出更多。

因为她累了,她不想再从零开始。

不知道又过了多少个十月十五日,喜喜在下午两点醒来,她彻底无望了。她有点厌倦这样的生活,她甚至想自我了断。她自暴自弃,浑浑噩噩地躺着,无计可施的她又久违地睡了过去。

神奇的是,喜喜又做了一个梦。梦又是黑色的,又一道白光从黑暗中裂出的口子淌了出来,随即,白光中有一个黑影朝她走了过来。

喜喜打了个激灵,醒来发现桌子上出现了一个女孩手办。喜喜跃跃欲试地跟女孩手办打了个招呼:"嗨!"

"嗨。"没想到女孩手办真的回她了。

"你!你是什么元神?"喜喜吃惊。

"我只是你的一个线索而已,并不是什么元神。我是由女孩们的怨气集结成的,我猜,是女孩们的怨气太过旺盛,以至于创造了时间黑洞,为了惩罚你,把你困在了时间里。"

"女孩们的怨气?我不明白。"

"你喜欢传播身材焦虑,你是身材焦虑的始作俑者。你知道吗?你一场直播，可以掀起女孩们无尽的怨气，一夜之间产生的怨气，都可以瞬间把你投到外太空。好在，你只是沦落在十月十五日。"

喜喜觉得冤枉。

"我也很累，我如果不这样，就没人喜欢我。每天都在催吐，你以为我想自虐吗？我不也是身材焦虑的受害者？我好累啊！"喜喜情到深处想释放一下，眼泪还没出来，女孩手办却说："哦，我不管，我只是你的一个线索，或许你应该拯救一下女孩们的身材焦虑，传播正能量，而不是每天利用自己的网红身份作秀、胡说八道，拜拜。"

女孩手办将喜喜臭骂了一顿，之后便不再说话了。

喜喜有点蒙，但她仔细想它的话，似乎找到了逃出十月十五日的方法——既然她在直播中传播了身材焦虑，一夜之间积攒了女孩们的怨气。那她只要在直播的时候缓解了女孩们的怨气，说不定就可以逃出生天。她决心要做一名释放女性身材焦虑的斗士。

喜喜开始阅读大量的书籍，再一次登上直播间时，变身为知识博主。

"嗨，宝宝们，欢迎来到喜喜的直播间。今天喜喜要跟大家分享关于女性身材的秘密！"喜喜讲得天花乱坠，两个小时后，她总结，"我们一定要反对女性身材焦虑。"

结果评论区里大家说，喜喜你今天怎么这么无聊。

于是，第二天喜喜开始了吃播。

"我们为什么要抗拒美食呢？喜喜今天就来好好享受一下美食，想告诉大家，好好吃饭，你的身体也会舒服。"

结果评论区里大家说，太好了，好喜欢看喜喜吃饭，以后看你吃饭，我自己就不用吃了。

于是，第三天喜喜开始了运动直播。

"我们不需要身材焦虑,运动才是健康生活的开始,喜喜今天跟大家分享健康减肥的运动!"

结果评论区里大家说,收藏等于训练系列。

于是,第四天喜喜开始了冥想直播。

"大家跟喜喜一起放松,认识自己,认识自己的身体,赶走焦虑。"

结果评论区里大家说,你自己信吗?

无论喜喜怎么努力,她都迎来了一个又一个十月十五日。喜喜崩溃了,她发现原来女孩们都被身材焦虑侵蚀得如此之深,仿佛全世界的女孩都认同一件事情:瘦即正义。思想一旦被腐蚀,已经没那么容易改变了。

但评论区里的那一句"你自己信吗"点醒了喜喜。如果不是自己所相信的,别人怎么劝解都是没有用的。所以,只有打心底里接受自己,跟自己和解,才能彻底摆脱身材焦虑。

喜喜打算先跟自己和解。

她努力撕开自己的伤痕,分析自己最开始的身材焦虑是从哪里来的。是社会认同,是身材歧视——还记得喜喜高中时,她喜欢上了班上的一个男孩,叫志明。志明长得俊秀挺拔,成绩拔群,是很多女孩的梦中情人。可是有一天,喜喜的心意被班上的男孩们发现了,也传到了志明的耳里。可是,志明却指着喜喜的鼻子嘲笑她说:"胖子!"

喜喜如今想起那句话,仍能回忆起当初的心情,她哭了。也就是从那时起,喜喜不再是一名快乐的女孩。她开始无比在意自己的体重。

原来,一切的缘由都来自志明。

[志明]

十月十五日，下午两点，喜喜醒了。

她开始直播："今天的直播有录播，我下线之后，大家可以回看。今天我想做点不一样的。我想跟大家坦白一件事，其实我说我什么自律、运动，都是假的。你们夸我瘦，只不过因为我每次都用非常残忍的手段对待自己，我每天催吐，最近胃也出现了问题。其实我不自律，我忍不住想吃各种好吃的，然后再催吐。反反复复，我本身就是病态的身材焦虑患者，却还一直给大家制造身材焦虑，我非常抱歉。"

"今天我想跟自己和解，也想让大家一同见证。我想去找我曾经的一个同学，是他嘲笑我的身材，导致我一度自我怀疑。我想得到他的道歉，大家跟我一起去见他吧！"

喜喜一边拿着手机直播，一边查询同学的信息，两个小时后，她出门了。

她买了时间最近的一张动车票，到邻市去找志明。一路上，直播间里的人数越来越多，甚至有人说："喜喜，你要打他一顿！"

晚上八点，喜喜到了志明所在公司的大厦楼下。喜喜得到信息，志明现在是一名游戏策划工程师，经常加班、掉头发，楼下的咖啡厅是他最常待的地方。喜喜碰运气地到咖啡厅去找他，循着照片，没想到真的看到一个相似的身影。

看到志明的那一刻，喜喜的心情突然沉了下去，直播间也沸腾了——志明没有了高中时的英气，他的棱角不再分明，身材发福，过早呈现一副中年人的萎靡之态。听说他很久没有升职了，混得并不好。

如今的志明，才是备受嘲笑的对象。在喜喜眼里，他甚至有点落魄。为此，喜喜仿佛没那么恨他了。

这时，一个熟人好像认出了志明，他上前跟志明打招呼："志明？

啊，差点没认出来，你胖了啊！"

"哪里胖，我这么瘦！你是不是妒忌我伙食好？"

"你怎么这么可怜，现在还在加班？"

"没办法，工作上升期，还有人通宵呢。"

"还上升期啊？你不都快三十了？"

"大家不都这样，有什么好焦虑的啊？"

喜喜和直播间的大家注视着他们，喜喜不禁感叹，志明活得真自在。评论区里的人说："天，普信男活得太快乐了！人真的要自信！"

看着直播间里的觉悟，喜喜喜出望外："对待别人的恶意，如果你足够自信，不也可以活得自在吗？"

喜喜心想，这下她可以逃出十月十五日了吧。

没想到这时，一声尖叫过后，喜喜发现志明突然倒地。一名服务员跑了上去，喊道："打120！应该是中风！"

直播间里的评论瞬间改了方向："这就是肥胖的后果，中风了！"

第二天，十月十五日，下午两点，喜喜醒了。

喜喜在直播间告知，她要去找志明。此行，除了要找志明算账，喜喜还想救志明一命。她比昨天提前两小时到达咖啡厅，朝志明走过去。

"你来了，"志明望着站定的喜喜，"今天比昨天早了好多。"

喜喜呆若木鸡，半晌才质问他，怎么回事？

"我知道你要来，所以一直在等你。你不知道，我有一次直播连线连到你了，跟你见过面，我认出你，但你认不出我。你瘦了好多，也很漂亮。但我发现你变了，我想，可能是我害的，因为我曾经伤害过你，或许才让你这么在意。你知道吗？我以前很喜欢你，暗恋了你很久，意外知道你也喜欢我之后，我不知道怎么了，像在大庭广众被曝光了隐私一样,在同学的起哄声中,我脑子一热说了蠢话,说你胖。我一直都很后悔,我以前真的很喜欢你,喜欢你的自信,如果时光能够倒流,我想跟你说,不管别人怎么看你,不管你有什么缺点,永远有人正在爱你,你可以做你自己。对不起。"

直播间疯了。

喜喜还没缓过来,她还没来得及感动,志明便关掉了她的手机:"你也知道,我很快就要死了。是我跟死神祷告,想跟你说完这席话,让你别再沉浸在以前我给的伤害里,希望你恢复自信,死神才让你陷入了时光倒流。然后,我也开始时光倒流。"

"所以,你也一直在循环?"喜喜瞪大眼睛。

志明点头。

"那我的明天是不是十月十六号了?"

"没有,"志明闭上眼睛,"需要你最后亲我一下,一切就可以恢复。"

喜喜看着志明,转溜着眼睛,轻轻地靠上前去。刚要亲上,喜喜突然皱眉说:"你是不是故意的!"

志明扑哧一声,狡黠地笑了。

"流氓!"喜喜抡起拳头,追着他打。

"趁最后的时间,我们好好吃一顿吧。"

于是,在大厦顶楼的旋转餐厅,喜喜和志明在落地窗前的位置坐定,两人一边享受最后的一餐,一边聊起他们的校园时光。

"我们再次相遇得太晚了。"喜喜感慨。

"敬你成功。"志明身穿笔挺西装,举起高脚杯,"时间快到了。"

喜喜不忍地看着志明,只见志明刚仰头喝着红酒,突然就倒了下去。

"志明!"

一时间,落地窗外的远处腾起了绚烂的烟花。喜喜摇晃着志明的身体,确定志明已经死了,她流下泪来,烟花的光影将她的脸照得五彩斑斓。

第二天,十月十六日,下午两点。

喜喜醒来,眼角还挂着泪。啪的一声,无数花瓣和彩带飞落,她惊魂未定地看见桌子上有一个汉堡和一个女孩手办。

汉堡和女孩手办说:"恭喜,你成功逃出十月十五日,成功把身体还给了女孩。"

喜喜发现客厅的场景变得模糊,变成了格子,宛如一片像素。天花板上出现了两个选择:"结束游戏"或"再来一局"。

"我……我成了游戏里的角色?"喜喜瞪大双眼。

继而,喜喜晕倒了。

[采访]

"刚才这个就是我新出的游戏。"志明退出了程序,面向采访者。

"这个游戏有哪些特别的设置是可以跟玩家聊一聊的?"

"游戏里其实有很多细节,都在引导你一步步往下走。比如说,花花那个人物,玩家仔细观察,会发现跟喜喜长得一样。还有,汉堡和手办的道具,其实都是根据喜喜看到的细节出现。汉堡是喜喜看到桌子上的一张优惠券上的图案而出现的道具,女孩手办是喜喜在跟帅哥相遇时看到的帅哥上衣的图案里隐藏的。如果选择不同的道具,会有不同的提示。当然,如果你选'催吐'或者'不催吐'也会是不同的走向。"

"听说,你这个游戏是想送给一个女孩?"

"就是游戏里的那个女孩,喜喜。在游戏外,她因为过度催吐去世了。"

"反而是你活着?"采访者似笑非笑,"游戏里的男主角,也叫志明。"

"对,游戏弥补了我的一个遗憾。我高中时喜欢喜喜,不知道你有没有这种经历,青春期的男孩子好像总是喜欢欺负自己喜欢的女孩,我那时候说她胖,我是因为喜欢她,才故意那么说的。她不在了之后,我心里一直有愧疚。"

"很高兴你带来这么厉害的新游戏,在这里,提前透露一下游戏的名字吧?"

"名字就叫《把身体还给女孩》。"

[彩蛋]

志明站在喜喜的床边,合上了电脑。

"这就是一整个游戏的内容。"志明说。

"所以,你写了一个梦中梦结构的故事,玩家一开始是喜喜,最后闯关成功又是志明。"喜喜想。

"是的,主题再次升华。"

"结局我不满意,你改掉可以吗?为什么我要被写死啊?逃了出去,还要被写死,写死就算了,游戏里的'现实中'还要被写死。死了两次!"

"这样反转才有意思!"

"所以,你是说,你的元神告诉你,你必须去缓解女孩们的身材焦虑,你才能逃出时间循环。所以,你以我为原型,做了这个游戏,想把这个游戏推送出去,如果有足够多的人被感染,你就逃出了十月十五日？"喜喜抱起双手。

"没错，就是这个意思！"

"你确定能成功吗？"

"只能试试了。"

喜喜和志明面面相觑。志明打开电脑，按了发送程序……

[十月十五日]

志明再次从床上醒来，他看了眼手机，十月十五日，早上八点。

又失败了。

他起床，坐到桌前，拿出笔记本，写上一个数字：第3021天。他不知道自己为什么会陷入时间旅行，他也不知道自己何时才能逃出十月十五日。

傍晚，志明如常去了医院。

急诊室外，志明百无聊赖地坐在长凳上，掐着时间，很快，护士们便准时地将一名患者送进了急诊室。那人就是喜喜。喜喜在直播时晕倒，她出现神经紊乱、全身性损害、胃肠道系统损害的病况，差点死掉。

这些日子，志明几乎每天都来看喜喜，他自己都忘了多少遍。

志明去看望被抢救过后的喜喜，直到喜喜醒了，志明跟她说："喜喜，你还记得我吗？我是志明，你高中同学。"

志明跟喜喜聊了很久，病床上的喜喜不解地问他："所以你是说，你被困在时间里了。"

"是，我受到了惩罚。"

"你还记得高中时，你说我胖的那一天是几号吗？说来很巧，是十月十五日。"喜喜也很吃惊。

"这难道有什么联系？"志明又发现了新线索。

"但我有点不是很满意，你的游戏为什么要让我身陷时间循环，让我受惩罚呢？我虽然贩卖了身材焦虑，但我明明也是受害者，我是被灌输了焦虑的。"

"我无计可施了。你看这个游戏，我做了，昨天公司也上线了，也出圈了，但我仍然被困在时间里。"

"唉，女性的身材焦虑怎么就这么难解呢？"

"但我今天想到还有个办法。"

"怎么？"

"劝解不行，还能进行警惕。没有什么比一个贩卖身材焦虑的人自食其果更让人缓解焦虑的了！"

"什么意思？"喜喜起鸡皮疙瘩。

"切掉你的胃！"

志明说完，从背后掏出一剂麻醉药，刺在了喜喜的手臂上。"啊！"喜喜一番挣扎，渐渐失去了意识。

待到喜喜醒来，她发现自己的腹部包着纱布，号啕大哭："你真把我胃切了？"

"没办法，生活就是这么不公平，很多时候，始作俑者一点事都没有，而吃亏的，乃至会自我伤害的，永远都是受害者。"

喜喜愤怒地瞪着眼睛，仇视志明。

"马上就要十二点了，过了今天，要么我成功到十月十六日。要么你很快就会忘记这一切，别怕。"

"你以为你得逞了是吗？"喜喜突然笑了，"其实我一直在骗你，我也被困在了时间里，我们两人同时都在时间循环。"

志明不置可否。

"太不公平了,始作俑者和受害者,同时都在接受惩罚。我每天都在直播中晕倒,进医院,做手术,忍受痛苦。没想到你现在还切我的胃。"喜喜咳嗽着,将手伸到了床垫下,"在我看来,没有始作俑者就没有受害者。始作俑者的消失,才能让生活恢复正常!"

说完,喜喜突然掏出床垫下的剪刀,一把刺到了志明的身上。顿时,鲜血洒红了床单。

志明猝不及防地捂着自己的伤口,望着喜喜狰狞的脸,跪到了地上。

"不用道歉。"喜喜说。

[全新的一天]

喜喜在床上醒来。

她紧闭着眼皮,不敢张开她的双眼。她慌慌张张地伸出手去,摸索着拿过手机,随即深呼一口气,害怕地张开眼来。

盯着手机上的日期,喜喜终于心情复杂地痛哭了起来。

"十月十五日,下午两点。"

今晚的月色真美

凌晨十二点半，机场航站楼的到达厅已经没什么人了。起航又一次打开钱包，看着里面夹着的以前的照片，又翻了翻曼娜的朋友圈，看她如今的脸。

十一年了，起航怕他认不出曼娜，也怕曼娜认不出他来。

到达口开始陆续有人走出来，起航定睛看着，直到他看到一个背着双肩包的女人，抱着一个小男孩，身旁还跟着一个七八岁样子的女孩，女孩拎着一个无纺布袋，他扬起手臂招呼："曼娜！是曼娜吗？"

"欸……欸！"

曼娜牵起女孩，加快脚步，无纺布袋留在了原地。

起航指着地上说，袋子，袋子。随后，两人又折返去拿。

"没事，我来我来！还有你的双肩包。"起航拎起无纺布袋，一手拎起她的肩包带，曼娜才拘谨地卸下双肩包。

"谢谢，谢谢啊，起航。这次来北京还麻烦你！"曼娜有点不好意思。

"哪里！"

两人沉默了几秒钟。

"这是大女儿吧？"起航的眼神有点闪烁，不敢直视她。曼娜也是。

"对，这是大女儿，七岁了。这是小的，一岁，家里还有一个二女儿……婷婷，快叫叔叔。"曼娜推了推大女儿的肩膀，大女儿没有抬头，小声地喊了声，叔叔。

起航应了一声，曼娜解释说，婷婷怕生。说话的空当，曼娜怀里的小男孩醒了，有点要哭的征兆，曼娜使劲托了托手臂，小男孩就又闭上了眼。

"走这边，我们去打车。"起航带路。

"打车太贵了，坐地铁就好！小孩还没坐过地铁，也新鲜。"曼娜不好意思地摆摆手。

"太晚了，地铁已经关了，不碍事的。"

"哎呀，我都忘了，都怪我买的最便宜的票，让你这么晚来接！"

起航叹了一声，想说你和我还说这些。但话到嘴边，心里又荡起一些异样的情绪，或许，是他们已经太生分了，最后也没说出口。

他们去排队打车，等车的人不多，排在他们前面的是一对夫妻，男人应该是在北京工作，他老婆手里抱着一个孩子，又推着一个婴儿车。因为使不上力，婴儿车倒了下去，车里的小孩便哇的一声大哭，引得大家侧目。男人扭头呵斥一声，别哭了！可是孩子一直在哭。男人用手指指着女人的鼻子臭骂道:"叫你别来,偏偏要来!丢人现眼!"女人说:"我不是想看看你这边怎么样吗?"男人愤怒地抱起婴儿车里的小孩,头也不回地走在前头,嘴里骂骂咧咧。

起航和曼娜站在后头,略显尴尬地看着,曼娜习惯性地托了托手臂上的小男孩。两人一句话都没说。

出租车上,师傅问:"一家子怎么这么晚?"

起航和曼娜打了个哈哈,又是一阵沉默。车子开了,起航坐在副驾驶,曼娜和孩子坐在后头。曼娜侧头想看起航的后脑勺,可是看不到,只能仔细看起航露出来的耳朵,随即看了看副驾驶上的后车镜,那里可以看得到起航的半张脸。起航一个侧视,曼娜的眼睛便闪躲开去。

"妈妈,这么晚了,外面还好亮啊。"婷婷兴奋地贴近车窗。

"好看吗?"曼娜问。

"好看。"

起航笑了一声,偏头看了一眼婷婷,问曼娜,从那边一路来还顺利吗?

"挺好的,我和婷婷都是第一次坐飞机,孩子太高兴了,就是小的一直哭,可能飞机上有点吵。"

"这次能不能多住几天啊?"

"不行了,他大伯这次生病,我才来的,住几天还得回去上班。你应该一直都没回去过老家吧?"

"是,就上一次那次。"起航欲言又止。

"上次……哦。"曼娜打住话茬,"现在那边发展也挺快的。我白天在一家出口的商贸公司工作,做做衣服,出口内衣裤这样,晚上就在家照顾孩子。他,是做司机的,开开货车。"

起航知道,"他"是说曼娜的老公。

出租车司机听着曼娜的话,皱着眉扫了起航一眼。起航也不善言辞,继而,车子下了高速路,车里随着凌晨的夜晚坠入了沉寂。

到了酒店门口,曼娜说晚上出租车难打,就不用陪她进去了。起航下车拎包,婷婷抱着双肩包先跑进了酒店。两人打过招呼,起航准备坐回车里,曼娜突然吆喝了一句:"起航!让我……看看你!"

自从机场的到达厅里出来,他们都没打量过彼此。好几次眼神飘忽着,却都不看对方。谁都搞不清楚,是不好意思,还是不敢。

现在,两人站定了。

曼娜盯着起航,眼神像要咬住他。他已经是一个三十五岁的发胖男人,有点肚子但不严重,只是脸难免发腮。他穿着白色的POLO衫,配着卡其色的休闲长裤,眼神是坚毅的,比起以前,他成熟了,话更少了。

起航也盯着曼娜,她已经是三个孩子的妈妈了,除此之外,他定定地贪婪地看着她的脸。好像跟以前的照片里不一样了,又好像一样。其他的,他什么都没注意到,也注意不到。只是觉得她的身影有点干瘦,跟以前在桥头的时候很像,她为什么还是这么干瘦?这让起航过意不去,总觉得这般干瘦,是她习惯了在桥头等人,是她承载了生活的疲倦。

他们都精致地打扮了一番,又不想显得太过隆重。

"十一年了,你还好?"起航终于问出口。

曼娜摇摇头,又点点头。

"明天见。"起航挥手。

"嗯。"

第二天早上六点，曼娜好不容易摇醒了婷婷，又抱着小儿子，匆匆地在路边打车。可是她才发现，原来北京这么早就已经很难打到车了。她心急如焚，耗了十几分钟终于搭上了车，谁知道，堵了一路。小儿子开始在车上哇哇大哭，紧接着就是尿裤子。"你有没有带纸尿裤啊！车里不好弄脏的啊！"曼娜忙不迭地点头，一脸尴尬，只是最后到了下车，她也没来得及给小儿子换上新尿裤。

医院里人山人海，曼娜找到等候厅里的大伯和伯母，大伯已经病得脸色惨白，半躺在长凳上大喘气。医院里一会儿有人哭喊，一会儿听到有人在闹，曼娜见挂号的地方没什么人，上前去问医务人员，能挂号吗？医务人员笑说："挂号？你来晚了，早上六点一放号就没了，急的话得通宵排队。"

"网上可以提前订吗？"

"那得定到三个月后了。"

"啊？好的好的。"曼娜不知道，北京看病还得等这么久。就在这时，起航匆匆跑来了。曼娜着急地问他："怎么样了？"

"黄牛临时变卦，之前说好要卖给我的，结果现在跟我漫天要价，不然就不卖了。"

"那得加好多钱吧？那怎么办？大伯再不快点手术，熬不住了。"

这时，长凳上的伯母大声吼道："曼娜，你们挂到号没有！之前不是说可以有的吗！你找的人到底靠不靠谱！你看看你大伯！快不行了！不治了！不治了！"

"伯母你别说这种话！"曼娜既着急又生气，"人家好心帮忙，你怎么能这么说！"

"都怪我没有本事，你在这等我，我再去探点门路。"起航安慰说。

"你别往心里去，我也才知道北京看病这么难，对不住啊！"

"放心。"

十分钟后,起航拿着号过来了。伯母说起航真幸运,还真找到了门路。但曼娜心里知道,起航肯定是被黄牛宰了大价钱。再之后,大伯就被扶着安排看病了。

医务室外,只有起航和婷婷坐在凳子上等。医院里太吵,原先趴着睡觉的婷婷醒了,瞪大着眼睛看起航。起航也看着她,尴尬地扬起一个笑脸,婷婷躲到了一边去。起航从裤兜里掏出了早上已经准备好的一颗大白兔奶糖,递给婷婷。

婷婷笑了。

"你上学了吗?"

"上学了。叔叔,你是在北京工作吗?"

"是啊。"

"很久了吗?"

"十一年了。"

"比我还大,我才七岁,嘻嘻。"

"你在家里,有没有听你妈妈的话啊?要听话。"

这时,医务室的人走过来问起航,你们是不是有人要住院手术,你是家属吗,我领你去办手续。起航站起来,又有点无措,曼娜跑过来跟医务室的人说,不好意思,我跟你去办手续。

起航望着曼娜和医务室人员离开的背影,婷婷牵了牵起航的手,说:"叔叔,你手好冰哦。"

起航又是扬起笑脸,却不知道该怎么回婷婷。

到了中午,伯母抱着小儿子在医院里看护大伯,起航陪曼娜和婷婷出来吃饭。他们来到一家普通面馆。

"这次来北京，主要就是大伯住院的事，这下我心里的石头终于落地了。"曼娜由衷感谢他，但也希望自己不再轻易跟他致谢。她知道，她越道谢，就越显得跟起航生分。

"明天就走了吗？不多住几天？酒店我可以给你订的。"起航说。

"不了，得回去工作的。我拖儿带女的，走哪里都麻烦。"

"今天就随便吃点，明天带你们吃点好的。几点的车？"

"晚上十二点半的动车。"

这时，牛肉面送上来了。曼娜看着他碗里的面说，先等一下。然后，曼娜帮起航挑走了葱花。

"哈哈，你还记得？"起航打哈哈。

"记得的，你一吃就反胃。"

随后，三人一起吃面，一口又一口。曼娜吃着吃着，抬眼看起航一眼，一只手拨着面，淡淡地问："话说，之前说好要来接我的，就那次，怎么没消息了？"

起航停下了手上的动作，顿了顿，又继续吃——"当时要回去时，被骗钱了，突然就没钱了，觉得有点狼狈。"起航头也没抬，就一直吃着，"本来说赚钱了就去接你，带你来北京的，突然就不好意思了。"

曼娜叹了口气，也继续埋头吃面："唉，好歹说一声，我那天早早起床，拎行李在码头等了一天，没看你回来，后面你就杳无音信了。"

起航喝了一口汤，直勾勾地盯着婷婷，盯了很久。随即，他轻声问："就是那个时候结婚的？"

"第二年。"曼娜回。

"妈妈，我吃完了。"专心吃面的婷婷打断了他们的对话，曼娜抽纸巾给婷婷擦嘴，一边说："要不是后面同学会，听强老八说有你的联系方式，北京这么大，可能要找都找不到。"

"婷婷，以后常跟你妈妈来玩，好不好？"起航说。

婷婷甜甜地应了声，好。曼娜也不怪起航转移话题，毕竟她知道，这些年他也不好过。

如果好过，当初的那个血气方刚、热血澎湃的青年，也不会像现在这般沉默寡言。曼娜只能让自己别去想，甚至是忍着别再去追究。

吃完面过后，曼娜一直告诉自己，一切都过去了，别追究。她就这么一直在心里告诉自己，不知不觉就到了晚上，不知不觉就失眠了。

曼娜几乎整夜未眠，她看着酒店外北京的天空，既感到陌生，又感到荒凉。

第二天，小儿子还在睡梦中，婷婷就把他摇醒了，紧接着房间里就传来一阵啼哭。婷婷着急要去天安门。她催促曼娜："妈妈快一点，我要去看天安门！昨天叔叔说了要带我去，还要去故宫，就是书上看到的！电视里播的那个！皇帝的家！"

"那你也不能摇醒弟弟啊！"曼娜感到疲倦，但她又问婷婷，"叔叔还跟你说什么了吗？"

"有啊。"

"说啥了。"

"不告诉你，这是我们的秘密。妈妈快点！"

曼娜不知道婷婷葫芦里卖什么药，收拾完行李并寄存在酒店之后，便出发去天安门了。跟起航会合之后，他们被夹在了长长的队伍中。没想到上午九点半，天气已经这么炎热，曼娜怀里的孩子开始哭，紧接着婷婷也开始哭闹起来，叫嚷着她要走。

"我不要去了，我要回家！我要回家！"

"为什么不要了？"

"不好玩！很热！"

孩子们的哭喊声让曼娜头疼，也引起旅客们啧啧抱怨。起航抱过小儿子，拿起小折扇给他扇风。曼娜呵斥婷婷："你不能自己一直说想来，来了又说没你想的好！"

婷婷还算懂事，听得进道理，渐渐停止了哭喊，只剩下小肩膀在抽动。婷婷仿佛在琢磨妈妈的话。

"小孩子嘛，这两天累坏了。"起航跟曼娜解释。

"你别惯着她，她不随我，随她爸！"曼娜说完，似乎又觉得不妥，于是便没再说了。

好不容易到了队伍前头，匆匆走过天安门，拍过照片，起航便背起了婷婷，一行人到故宫去了。

刚进去没多久，曼娜的手机突然响起了视频电话的声音。曼娜看了一眼起航，接听了。起航察觉到了异样，躲到了一边去。

"喂，老公啊。"

曼娜跟老公寒暄起来，抱着小儿子打招呼，婷婷也跑去视频去了。起航便坐在太和殿下的石阶上等他们。

起航盯着他们一家，看他们笑，自己也笑了起来。只是莫名又觉得自己跟他们很遥远。曼娜挂完电话，跟起航抱歉说，不好意思啊。起航淡淡地说，没什么。

他们继续往里走，曼娜这才问他："这些年你一直单着啊？"

"是的。"

"好找女友，好成家了。"曼娜犹豫着，但还是说出了口。

起航又是笑笑。

他们对彼此的反应好像都不是很满意，于是，对话便又没有再继续下去。

不知道为什么，曼娜觉得她跟起航之间有着断断续续的针脚，又像是家里信号不好的电视机。她不满，但她不清楚，她在不满什么。很快，又到了尿裤时间。曼娜在找地方给小儿子换纸尿裤，他们才躲过了又一次尴尬的时间。

可是，躲有什么用呢？曼娜给孩子换纸尿裤时，这样问自己。

其实这次来北京，除了办大伯入院的事，曼娜还想来看看，这地方究竟有什么神奇之处，可以让起航待了整整十一年。

午饭是匆匆吃过的。下午，起航带他们去三里屯太古里逛街。曼娜和婷婷都看花了眼，虽然什么都没买，什么都买不起，但仅在其中逛着就让人感到幸福。婷婷看到美丽的衣服就往奢侈品店里跑，让曼娜又难堪又头疼。

走在时尚前卫的人们中，站在奢华昂贵的门店前，曼娜觉得自己格格不入。她承认，有一些新鲜的东西让她看呆了，以至于让她不小心踩到了一个女生的脚。曼娜忙不迭地跟女生道歉："对不起啊。"

女生打量了一下曼娜，看到她背了一个"Gucii"的包包。非常不幸的是，她们是同款，只是女生的包上的Logo（标签）是"Gucci"。女生轻蔑地笑了一下，那眼神刺痛了曼娜，好像公然挑衅说，瞧，那个包是假的，而且还假得如此可笑。

曼娜体验到了什么叫想找个地洞钻进去。她慌乱地问起航："起航，我身上的这个包，上面这个Logo原先是很贵的奢侈品吗？"

对曼娜来说，她根本不知道什么品牌和奢侈品。她只是在购物网站上看到了一个包包，觉得款式好看，一两百块就买下来了。

起航迟疑地点了点头，曼娜叹了一声："你怎么不早点儿跟我说！太丢人了！"

起航显得有点难过。

曼娜说自己累了,于是他们找了个凳子歇息。"妈妈,我去那边看裙子!"婷婷又看到橱窗里的蓬蓬裙,兴奋地跑去围观。

"看完马上回来,别跑远了!"曼娜嘱咐,随即让起航抱下小儿子,自己把包包翻过来背,将 Logo 朝里藏起来了。

"曼娜,对不住,当初说要给你好生活,给你买名牌包包,没想到现在……都变了。"起航一边哄着孩子,佯装轻松地说。

曼娜有点吃惊地看了眼起航,又沉下心来,看着眼前的繁华街景:"我现在过得也不错,就是以前担心你在外面过不好,日夜提心吊胆。你杳无音信,不知道你是死是活。我看这里啊……挺好,知道你为什么不回去了。现在我们挺好的,都好,挺好的。"

曼娜起身抱过小孩,正准备说走吧,却反应过来,才一会儿工夫,婷婷不见了。起航安慰道,再等等应该就回来了。可是又过了十分钟,他们才警觉,婷婷怕是走丢了!

"你先在这别动,我去找警察!"

起航火急火燎地朝公安局的方向跑去,只剩下曼娜抱着小孩,慌乱地在原地等。没多久,警察们跑过来,看过婷婷的照片之后,开始四处寻找。

曼娜被要求在原地等待,以防婷婷回来找不到人。大概过了十五分钟,婷婷便被警察带回来了。

见到婷婷的那一刻,曼娜脸色铁青,嘴唇微微颤抖,仿佛刚度过了人生最艰难的十五分钟。

"妈妈,对不起,我迷路了。我刚才看到好漂亮的一条路,我被迷住啦!路上还有米老鼠的店,我好喜欢,然后就找不到回来的路了。"婷婷认真地跟曼娜撒娇,但曼娜像没有听到般,对她置之不理。

跟警察道谢过后，曼娜没有骂婷婷，没有发火，只是不说话，独自走在前头。起航不知道曼娜怎么了，只能牵着婷婷跟上去。

随后，他们去吃烤鸭，在店里取过号之后，又是漫长的排位。

他们坐在凳子上，听着叫号，可是要轮到他们还久。婷婷开始喊肚子饿，起航说快了，可是曼娜却不高兴。

"别理她，饿一会儿怎么了？"

"我饿！我饿！"

婷婷最后大喊了一声，曼娜眼睛发红地瞪着她，突然猛地扯过婷婷的手臂说："别吃了！"

曼娜拖着婷婷离开店，起航追了上去："曼娜，你怎么了？"

"好疼，好疼！"

只见婷婷挣扎着往后退，奋力抽着胳膊。曼娜右手抱着小孩，左手艰难地拖着她，忽然扭头呵斥："好不容易出来放松一天，你乖一点不好吗！你怎么这么不懂事！"

"没事的，小孩子都这样。"起航劝道。

起航越是这样，曼娜越是来气。她几近崩溃，将所有不满倾吐而出，咬牙切齿："我们这些人，随便吃点就好了，吃什么高档餐厅！北京到哪里都要等，做啥都要等，等等等，一辈子都耗在等上！就知道让我等！"

起航终于知道，曼娜是被刺痛了。

哇的一声，婷婷哭了。她以为妈妈是在生她的气，可是，连曼娜都不知道自己为什么会这样。

"走！"

曼娜怒声叫道，扯过婷婷就要走。起航阻拦着，婷婷极力反抗，手上戴着的福牌手链不小心刮伤了曼娜的手掌。

"好了！"起航咆哮了一声，那一刻，曼娜宛如梦中惊醒。

这时候，小儿子也开始哭了起来。商场里的路人议论着，曼娜冷静下来，蹲到婷婷身边，跟她说："对不起，妈妈错了，妈妈不该朝你发火。"

世界突然安静了。

十分钟后，商场的休息区里，起航掏钱让婷婷去买冰激凌，而他买了创可贴，跑到坐在石凳上歇息的曼娜身边。

他们一言不发。

起航抬起曼娜的左手，仔细给她贴着创可贴。动作很慢，先是笨拙地吹气，再是温柔地将创可贴的一头粘上去……然后，是一阵仿佛停顿了的凝视。

起航看着曼娜的手，那手的皮肤已不再跟以前一样光滑白嫩。他看着看着，突然鬼使神差地，慢慢地将自己的脸贴了上去。

他闭着眼睛，感受着曼娜的手。就这样失控地、忘我地将脸贴在手上，像是要把脸埋到里面去。

"起航……起航！"曼娜唤道。

起航越埋越用力。

那一刻，只一瞬间，曼娜泪如雨下。她终于知道了，十一年来，她心里头有一个角落是空的，那个角落需要一个交代来填补。

她不过是想要一个交代。

她企图挣脱开，将孩子裹在怀里，伸出右手打起航的后背。如此用力，一下又一下，直至用捶的。

"来不及了你知道不，太晚了！太晚了！"

他们就这么挣扎着，直到小孩的一声啼哭响起，仿佛横亘在他们中间——哇哇哇!

一切戛然而止。

最后,他们还是吃上了烤鸭。餐桌上有说有笑,仿佛什么都没有发生过。才一天的光景,婷婷已经会扑到起航的怀里,跟他撒娇了。小儿子也渐渐不认生,偶尔被起航抱着还会咯咯笑。

"本来想带你们去吃北京亮,那里几乎是北京最高的餐厅了,可以看北京夜景。我本来订好了,结果婷婷走丢了,耽误了餐点才吃的烤鸭。"

"你看,这边的楼盘是富人住的,那边,对,就那一整栋,连富人都住不起,不是有钱就能住的,还得有权有势!"

起航一路说着,跟他们在王府井散步。起航将小儿子高高举起,扛在后颈上,三人并排走着,隐没在一片霓虹和嘈杂的人群中。

夜晚的地铁末班车上,坐着像是一家人的四个人。但身边没有人知道,他们其中有三位是北京的客人。

地铁的呼啸声中,起航和曼娜回忆起曾经。

"你还写诗吗?"曼娜好奇。

"一把年纪了,当然是不写了。"起航突然隐隐地脸红。

"我还记得你以前抄过诗给我,上面写着,今晚的月色真美。"

"都过去了。"起航憨笑。

"你还喜欢听伍佰,也给我听过。"

"伍佰啊,我早就不听了。"

两人又沉默了。但这一次,没有人拘谨,也没有尴尬。好像彼此终于都松了一口气,终于像一对阔别已久的朋友。

眼看终点站就要到了，曼娜感慨："唉，当时怎么突然就一点消息都没有了呢，我以为你会回来的。"

起航抬起眼皮，盯着曼娜手掌上的创可贴。车厢里传来了一声："北京南站到了。"

起航帮曼娜拎包，牵着婷婷，一起来到了检票口。临走前，曼娜跟起航说，终于来过一趟了，挺好的。

"别单着了。"曼娜又嘱咐道，"再见。"

"再见。"

起航在车站里坐了很久，他记得十一年前离开老家，在码头跟曼娜告别，他说他会在北京闯出一片天，然后接她来北京。他记得在北京的三年后，以为自己混出了名堂，跟所有人宣告功成名就，说好回老家去接曼娜来北京，却发现一切都只是骗局，还被骗走了所有的钱。

但他已经忘了，当初，在他年轻的时候，他为什么要做出那样的选择，因为面子而与所有人斩断了联系。三十五岁的他努力回想，却已经想不起那时的心境了。

回去的路上，起航戴上耳机，听他一直最爱的伍佰。歌单第一首是他最爱的《心爱的再会啦》。

海上的船螺声已经响起
对你犹原情绵绵　今日要来离开
心爱的　不甘看你珠泪滴
在我不在的时候　你着保重自己
异乡啊　总有坎坷路要行
我袂寂寞　有你在我的心肝

男儿啊　立志他乡为生活

和你团圆　在我成功的时

最后的船螺声又再响起

犹原不甘来离开

手牵着心爱的

再会啦

曼娜在动车上，望着车窗外遥远的月亮。

婷婷问："妈妈你怎么哭啦，你不开心吗？"

曼娜说："天黑了，没有月光，妈妈怕黑呀。"婷婷说："那我要保护妈妈。"

"以后我们还有机会来北京玩的啦。"婷婷又说。

"以后不会来北京玩了，你快睡觉。"

"给。"

婷婷从裤兜里掏出一颗大白兔奶糖，塞到曼娜的手里。曼娜错愕，婷婷说："叔叔说妈妈最喜欢大白兔奶糖了，所以给了我一包，要我在你以后每次不开心的时候，就给你一颗，慢慢给。这就是我说的秘密啦。"

在一阵咔嚓咔嚓声中，动车离开北京，驰远了。

起航抬头看天，但北京的夜空没有月亮。起航就这么一直看着，仿佛天空明明挂着一轮，只有他看得到。

也仿佛，今晚的月色真美，可惜独照一人。

双 喜

林新繁的妈妈得了肺癌，林新繁决定形婚。一来是了却林妈的心愿，二来是按广州地区的说法，可以给林妈冲喜。

说到形婚这件事，作为二十一世纪的高知群体，甚至还是清华博士，林新繁无法相信自己会做出这样的决定，但又似乎已经走投无路。

林妈是广东潮汕人，又嫁到了广州，她可是一辈子都想抱孙子。对林妈来说，她人生的意义就是为了下一代，下一代便是遗愿。"遗愿"这种词搬出来，如同天雷滚滚，无往不胜，只要心中有一点孝道观念，任谁都挡不住的。

林新繁承认，他做不到贬低，甚至说更正老一辈人的价值观，尤其是对自己的妈妈。他怕林妈的信仰坍塌，病就更重了。

都说了，林妈是传统的女人。她传统到对林新繁的爱都是中国式的——对于林妈得癌症这件事，她瞒，不敢直接跟林新繁说，只能通过一件事来表达自己的遗愿。

那便是催婚。

起初，林妈是给林新繁打电话，当然也讲究技法，不自己催，而是借他人之口："新繁啊，今天你姑妈和姨妈来家里做客，她们都问你什么时候结婚，我说我不急，但她们急的呀，你说呢？"

她开始热衷各种麻将局、下午茶、饭后散步途中给林新繁打电话："新繁啊，妈妈在散步遇到了你二婶，她问你什么时候结婚，哎呀，现在把我也急的。你什么时候结婚？"

看这些伎俩对林新繁无效，林妈开始在朋友圈转发营销号的文章，每一篇文章的标题都在借题发挥：《深度好文，一个幸福的家庭就是幸福的一生》《儿子，妈妈希望你有个家》《那些只想打拼不想成家的年轻人，没想到十年后的现状是这样的》。转发公众号还不过瘾，必须转发一些视频软件上的情侣日常，并附言：真羡慕有这样的好儿媳！偶尔，她甚至直接抄送林新繁一些女孩的照片，问他："儿子，你觉得这个女孩长得如何？"

林妈在催婚这条路上越走越远，无所不用其极。最不可原谅的是她广场舞也不跳了，而是制作一幅纸牌匾，在上面明码标价：广州人；男；二十九岁；清华博士生；长相优。

每天天蒙蒙亮，林妈便混入公园的相亲角，任人观摩挑选，风吹雨淋。她身子骨也不好，初冬之际，她裹着棉袄在寒风中举着牌子，哈着寒气瑟瑟发抖，着实让人可怜。

林新繁问她，你这是何苦呢？

为了催婚这事，连长身体那会儿都没有叛逆期的林新繁，跟林妈大吵了一架。但林妈依然我行我素，你不结你的，我催我的。林新繁觉得林妈不可理喻、粗俗，甚至感觉她变了一个人。

林新繁觉得事有蹊跷，一次林爸来北京出差，林新繁终于逮着机会抓林爸逼供才问出实情。林爸佯装轻松："看来瞒不了你咯，去年体检，你妈查出了肺癌。"

林新繁想跟林妈摊牌，想让林爸传话，让林妈好好看病——"时代变了，苦情没用，结婚能治好病吗？年轻人不吃这一套！"

林新繁在一旁旁听，林爸给林妈拨通了电话试图说，你别老操心和惦记儿子结婚的事了时，电话里的林妈又开始哭："我要是死了我的儿子怎么办！我要我儿子给我尽孝怎么了？他从小就孤僻，没朋友，我想要他过个平凡正常的人生，跟别人一样，怎么就这么难啊？你还让我别催，再不催我就要死了！儿子如果有人照顾，人生不就完整了吗！"

林新繁听得心酸又恼火。

他没想到，从小到大拼搏了那么久，获得了那么多人生的好成绩，最后竟然还是得靠别人和婚姻来证明自己的未来能幸福。

"你们不能在我小的时候，希望我成为天才，每天让我学习、做题，希望我一辈子非凡。现在等我快三十岁了，又希望我成为普通人，希望我一辈子普普通通，说什么跟别人一样。"

虽然林新繁痛彻心扉，但林爸也无奈："你结婚，终归是你妈最后的遗愿。她每天以泪洗面，活得不如死了。她得先治心病。"

原来，结婚是治心病。

那阵子，滴酒不沾的林新繁经常买醉。他原先在工作上就不顺心，在他们的科研项目上，林新繁面临着被顶替的危险，原因是领导老师反映他不懂得应酬，不够世故。他很疑惑，一个清华在读博士生，为何在科研工作中被要求溜须拍马和推杯换盏。领导老师给了他一个忠告："这是京圈，不管你是科研还是文豪，这是北方之道的入场券，也是成年人的入场券。"

如今，林妈的那座催婚大山又压得林新繁喘不过气。一天凌晨，林新繁酒后给好哥们李清流打电话，在车上号啕大哭，声声控诉说："这个世界正在摧毁每一个不想平凡的人。最近发生的一切，工作、催婚，都让我觉得我正在变得平凡，越来越平凡，我正在变成一个普通人！"

其实，能够置身事外地讲出这种话——他们就已经沦为普通人了。

高中那会儿，当他们还站在成人世界的门外，他们只管保护自己的纯粹，生活还裹着一层自命不凡的保护色。

那时，林新繁和李清流是同班同学。林新繁是年级前十的学霸兼国旗手，李清流是个叱咤校园的编外特长生。之所以说是编外，是因为大家一般听到特长生，第一反应要么是绘画专业的忧郁男子，要么是篮球场上的体育校草。李清流的特长却让他有点不齿，甚至有点好笑，他的特长是花样跳绳。全校只有三个人，另外两人还是李清流收编的徒弟。

林新繁跟李清流一开始并没有交集，后来，林新繁和李清流被安排代表班级在高二开学典礼上进行一场英文演讲，李清流便来到林新繁面前："喂，学霸，老师让你教我英文。"

"你是谁？"林新繁抬头看眼前的陌生人，慢悠悠地问。

李清流吃惊:"你不知道我是谁?李清流!我很红的,那次校演你没看到?花样跳绳!兄弟,我跟你都同班一年了。"

"校演?"林新繁努力回想,"哦,我想起来了,挺好笑的。"

李清流头疼,心想真拿三好学生没有办法。没想到林新繁却很果断:"我可以教你英文,只要能保证你从中有所收获,不浪费我的时间就没有问题。"

"我不能保证。"李清流说。

"男人不能说自己不行。"林新繁说完,见李清流傻了,他才板正地笑笑,"跟你开玩笑的,这是我爸的口头禅。"

李清流哈哈大笑,他原以为林新繁这种学霸会很讨厌,没想到这人还挺有趣。

"我叫林新繁,很高兴认识你。你还有什么问题吗?没有我要做题了。"

"有……我一直有个问题,你脸总这么臭,怎么还有那么多人喜欢你?"

"因为人类崇尚高知和无知,如果深入了解我,就对我变得有知,并发现我没有那么高知,就不会再喜欢我了。"

"这是谁的名言?"李清流发出学渣的疑问。

"这是我说的,"林新繁犹豫片刻,又问李清流,"你可以教我花样跳绳吗?"

"你想学啊?"

"想。"

于是暑期第一天,林新繁放弃了自己宝贵的读书时间,出来教李清流英文演讲,并学习花样跳绳。

虽然最后李清流的英文还是很蹩脚,林新繁也丝毫没有运动细胞,但经过一个暑假的相处，李清流成了林新繁的朋友。也是成了朋友之后，李清流才知道，林新繁从小就没有朋友。

认识李清流之前，林新繁的世界里只有书本，他独立高处，一心只想长大做出一番成绩。

如今林新繁读了清华博士，手头的光学项目一旦研发成功便是一次巨大的科技突破。林新繁一直对世俗不敏感，但活着就有江湖，人在江湖上，谁能免俗？他们已经从青葱肆意，到如今满口的车子、股票、买房、结婚，再高处的人也不能幸免。

那天晚上，林新繁不省人事，最后还是网约车司机接听的电话，说林新繁喝醉不肯下车，一直修改地址，他们已经绕北京一圈了。

眼看这样也不是办法，李清流和他女朋友汀南都是林新繁的好朋友，从高中开始，他们已经在一起厮混了十三年，患难与共，他们决定给林新繁支招。

他们约在了一家咖啡厅，汀南问林新繁："虽然这样有点亡羊补牢，但你想不想结婚啊，要是有合适的顺便结了得了。现在谈恋爱还来得及……你知道吗？欢欢回国了。"

听到欢欢这两个字，林新繁有点恍惚。

在他们眼里，欢欢是个神奇的女人。她曾执迷不悟地追求了林新繁十年，仿佛是电视剧里才能遇到的女人。

高中那会儿，林新繁下定决心要考清华后，李清流便当起了林新繁的学习护工，为了防止别人打扰他学习，李清流专门给他收情书。

有一次，他们走在路上，文科班的两个女孩堵住了他们的去路，第一个女孩说："林新繁，我们两人是好朋友，但同时喜欢上了你，你出谋划策一下，怎么办？"

"打一架!"李清流幸灾乐祸,率先握着拳头站出来。

"要不要利用掷硬币模型?"第一个女孩没理会李清流,提议说。

"我觉得用量子力学思维实验,看谁最后是薛定谔的猫!"第二个女孩把情书递给了林新繁。

所有人都在等一个说辞,林新繁却说:"我要考清华。"

李清流笑得肚子疼,大家都败下阵来。第二个女孩选择交完情书走人,第一个女孩却说:"这是我们第一次见面,你以后会爱上我的!我要追你一辈子!"

这个扬言要追林新繁一辈子的女孩,就是欢欢。

从表白开始到高考失败,欢欢复读了一年,而后考到了林新繁他们大学的邻近城市,为了林新繁,她报了双学位,经常坐火车来林新繁的大学找他。在林新繁准备去北京读博的前一天,欢欢在KTV里喝酒大哭,林新繁最后背她回家。欢欢在他背上质问:"林新繁,你为什么一直在逃?你的心怎么那么硬?"

第二天,欢欢消失了。她删除了所有人的联系方式,停用了所有社交软件,没有告诉任何人她的行踪。只留下朋友圈的一条签名:就到这。后来,听知晓的人说欢欢应该是拼命学习,出国留学去了。

直到最近,汀南又收到了欢欢的好友申请,欢欢上来第一句话就是:"汀南,我是欢欢,你知道林新繁在哪里吗?"

欢欢似乎在跟自己较劲,林新繁是她过不去的执念。而林新繁也似乎在跟自己较劲,他从来都不肯接受她,哪怕欢欢付出再多。

"欢欢是个好女孩,我不想耽误她!我跟谁结婚都行,唯独不能跟欢欢。"林新繁毅然决然,并且拒绝再提起她,仿佛一想到欢欢就感到痛苦,因为这又让他想起以前的自己。

于是,大家又一筹莫展。

李清流跟汀南对视了一眼，汀南说："行，那这样，我们形婚吧。"

林新繁傻了，他缓了缓，难堪地望着李清流，又吃惊地问汀南："你知道自己在说什么吗？"

"这是我跟李清流一起商量的。你一个人，扛不来。"

"你们两人都疯了。"

"那你还有什么好办法吗？"

林新繁哑然。

汀南条分缕析："算是为了报答你。第一，因为你，我才跟李清流在一起，长跑了十年。第二，是你帮我们考上了好大学。"

那个给林新繁送情书的第二个女孩，其实就是汀南。

汀南又回想起那段往事，曾经她因为害羞，给林新繁的情书都是用英文写的。给了林新繁情书之后，汀南收到了回信。她开心地打开，结果却看到林新繁的语法批改，并在文末批了两个字：已阅。

当时，负责收情书的李清流幸灾乐祸地跟汀南说，妹妹好好学习。而汀南送给了李清流一个字，滚。过了两天，汀南又写了新的，又是李清流收的信。四封信下来，李清流跟汀南提议："你的信写得不行，要不要我教你？"

"凭什么？"

"凭林新繁是我哥们，只有我一个朋友，我最懂他！"

"我是说，你凭什么看我的信？"

"随你吧，我是情感大师。"李清流发挥自己不要脸的本领。汀南反而笑了，嘲笑他："学渣，好好学习。"

尽管如此，汀南还是接受了帮忙，李清流跟汀南说了很多关于林新繁的事，但说来讲去其实都只跟学习相关。直到第十份情书写完当天，夕阳下山，汀南跟李清流说："为什么我越了解林新繁，越发现自己并不喜欢他，更多的是崇拜。"

"看来你领悟了爱，"李清流文绉绉地说，"因为人类崇尚高知和无知。"

"谁的名言？"

"林新繁。"

汀南很震惊，又听着有点悲伤。

她觉得，林新繁的世界太单纯和太单调了，他的世界里只有学习——因为爸妈希望他成为不一样的人。

汀南说："他活得太透彻了，这样很易碎，他需要我们的保护。"

这是李清流第一次听到有人说林新繁"易碎"。

从此，汀南便再也没有给林新繁写过情书了。李清流将汀南带到林新繁身边，介绍给林新繁做朋友，一起帮林新繁做学习护卫，逮到谁给林新繁情书，就一起指指点点："妹妹，好好学习！"

林新繁很快也喜欢上了汀南这个异性朋友，虽然当李清流将她带到他身边时，他第一句话就是，你是谁？

高考之后，李清流收到了汀南的一份情书，李清流好奇："你还喜欢林新繁啊？"

"傻子，教我写了那么多，这一封是给你的。"汀南说。

"我要向你承认，我对你一见钟情，所以我才挖的墙脚。"李清流憨笑。

于是，汀南和李清流便在一起，并长跑了十年。

林新繁不知道，后来汀南和李清流就在暗中打算过，他们要好好守护他。因为高三那年，是林新繁辅导了汀南和李清流的功课，才导致林新繁没有考上清华的本科。汀南和李清流却意外地一起考上了985

大学。

虽然林新繁一直说他不后悔，说汀南和李清流给了他一个正常的人生，但对他们两人来说，这永远是亏欠。

"你跟我形婚，可以给阿姨一个交代，我跟李清流也有好处。清流最近因为一笔投资在创业中打了水漂，今年融资困难。你因为人才政策落户了北京，但我和清流现在还没资格买房。我跟你结婚，你用我和清流的钱买房，到时再想办法跟他公司挂钩，房子就可以拿给清流去做资产抵押，杠杆一把，他创业上的事就又可以运转起来了。"

"我可以直接买房，帮你们，你不用跟我结婚。你们才是一对！"林新繁有点激动。

"但你是我们的朋友。结婚，离婚，并没有那么难，如果别人硬要这样做，那我们就做给他们看！"

林新繁还在犹豫，只听沉默的李清流说了声："你只管好好学习，其他由我来。"

这是高中时李清流最常跟林新繁说的话。

林新繁原先是拒绝这种荒唐行径的，直到几天后，林妈在公园给他相亲时因为路滑不小心摔了一大跤，当场送进了医院。林爸说，按林妈的身体状况，她恐怕是无法再隐瞒了。于是，在林妈迫不得已说自己"其实生病活不久了"的时候，林新繁也迫不得已地跟林妈说，自己要结婚了。

一开始林妈不信，以为他是在安慰她，直到她得知新娘是汀南，是那个从高中起就一直在林新繁身边的女性朋友，林妈欢天喜地地到公园里跟相友们道喜，林家把婚礼定在一个月后，说可以给林妈冲喜。

紧接着，一场婚礼便匆匆忙忙地开始筹备了。

几天后，汀南正在试婚纱，突然接到了欢欢的电话。犹豫片刻，她深呼吸，按下了接听键。

"汀南，你最近有跟林新繁联系吗？他不见了！"欢欢火急火燎，"他不会在躲我吧？"

"可能只是不回消息吧，你还没放弃？"

"他逃不过我的啦，我要追他到天荒地老！"

这么多年来，汀南对欢欢是佩服和心疼，如今又多了一层抱歉。她斟酌着劝她："欢欢，其实这么多年了，我一直希望你能有个好的归宿。"

"林新繁就是我的归宿啊。"

"欢欢，你对林新繁了解多少，你了解他吗？你心里期待的人，跟他真的是同一个吗？"

这时，导购员打断了她们的对话，但汀南心里早有答案，欢欢并不了解林新繁，她只是以为自己了解——就跟当初给林新繁递情书的汀南一样。

十几年下来，汀南都认为自己并不完全了解林新繁。只因她觉得，林新繁一直是个心事重重、自我封闭的人。

汀南借故挂了电话，走出试衣间展示她的婚纱，李清流和林新繁都看呆了。"哇，你好看得像刘亦菲！"李清流望着汀南，继而又望向林新繁，"你像胡歌，凑一块就是仙剑奇侠传。"

李清流越是这样，林新繁越是难过。李清流任何时候看上去都是那么乐观，以至于他不知道，李清流内心是否真的不在意。

导购员见状附和："男才女貌，真羡慕你有这么漂亮的老婆，天仙啊。"

林新繁招呼李清流过去，帮他挑选西服。随后，汀南站在中间，左右手各挽着林新繁和李清流，三人立正站在镜子前。导购员困惑地瞅着他们，仿佛没捋清眼前的状况。

　　为了提前拜访亲友，汀南跟林新繁回到了广州。那半个月，他们装修新房，置办家具，林妈还特意为汀南挑选了中式礼服，说广东地区比较兴这个。

　　一切都在按部就班地进行着，直到婚礼当天，开场前，林妈林爸和林新繁在宴席间穿梭着招呼客人。突然有人喊了一声："林新繁，新婚快乐！"林新繁便看到了欢欢，她不知道从哪里得知的消息，来到了现场。

　　林新繁见状慌乱地走上前，欢欢脸上不领情，却小声说："放心我不会闹场的。"她径直地朝林妈林爸走去，跟林妈握手："阿姨，恭喜啊，你还记得我吗？"

　　"你是那个……欢欢！"

　　"哎呀，林妈还记得我！"

　　林妈自然是记得欢欢的，欢欢猛烈追求林新繁那会儿，她曾到林家门口堵人、喊话，甚至见到林妈出来倒垃圾，欢欢会朝林妈大喊："阿姨，我喜欢你儿子！"

　　"你啊你，以前就是个疯丫头！现在结婚了吗？你看我们新繁都结婚了，我要是以前不阻止你们早恋，今天的新娘就是你咯！"林妈跟欢欢打趣。

　　"林妈说笑，新繁看不上我啦！"欢欢强颜欢笑，"阿姨叔叔你们忙，我去看看汀南。"

　　"她在里间，我记得你们是同学吧？"

　　"我们是好朋友！"

此时汀南已经穿好了婚纱，正在等着化妆师上门，当欢欢上门时，汀南被吓了一跳。"欢欢？"汀南手忙脚乱，不知从何说起。

"你不用解释了，我只是没想到你还喜欢他，也没想到林新繁一直不肯接受我，是因为喜欢你。可能情书对学霸比较管用吧！我只是难过，你们没有人告诉我，把我蒙在鼓里。"

欢欢不等汀南回话，自顾自地坐在梳妆镜后的凳子上，点了一根烟，闷声抽了起来。随后李清流和化妆师一并到了，欢欢跟李清流打招呼，让李清流坐到她旁边。"过来，这里的冷板凳。"

李清流不自然地坐在了欢欢旁边。欢欢撞了一下李清流的胳膊，给他递烟，问他，抽吗？

李清流摇头。

欢欢又暗声问李清流："你被挖墙脚什么感觉啊？"

"欢欢，我知道你不好受，但算我拜托你，今天你一定不要闹。"李清流求情。

"嗬，你还挺大度，"欢欢苦笑，"我还记得以前我们打赌说什么薛定谔的猫，谁能想到呢，那只猫竟然是汀南。我喜欢林新繁整整十三年，现在却连请柬都没收到。"

李清流从兜里掏出了一张请柬递给她："当然有你的，只是我们不知道怎么给你而已。"

欢欢接过请柬，翻开，看到上面的昵称一栏写着：一生的朋友、最好的姑娘欢欢。她盯了很久，合上，只是偏过头去。李清流不知道她是不是红了眼睛，只能搭住她的肩膀，安慰地拍了拍。

汀南还在梳妆，房间外突然传来了林妈的笑声，随即林妈带着一位长辈有说有笑地走了进来。

"玲啊,她就是我儿媳汀南!"林妈两边招呼道,"汀南,这是你玲姨,你们三婶的姐姐,这边市医院的主任,新繁小时候还是她接生的呢!"

汀南起身打招呼,跟玲姨对视了一眼。玲姨笑嘻嘻的,继而眯起眼睛盯着汀南,倏忽,汀南皱了下眉头,眼神闪躲开去。

玲姨愣了会儿神,将林妈拉到一旁,悄声说:"哎呀,今天这个大喜日子,你怎么没跟我说你儿媳怀孕了,这是双喜呀!"

"怀孕了?"林妈支着从错愕到惊喜的神情,喜上眉梢,"汀南,你有了?"

当下所有人都傻了。

"是呀,那天汀南去医院检查,是我接手的呀,太巧了!绝对没错的,你们这可是双喜呀!"

话语刚落,汀南像被打了一记闷棍,她猝不及防地看向李清流。只见李清流脸色铁青,突然冲动地跑了出去。

"清流,清流!"

汀南企图拽住李清流,但被他甩开了,身后的欢欢和林妈也追了上来。宴席现场还在如火如荼地布置着,李清流朝林新繁走去,林新繁没来得及反应,李清流便猛地给了他一拳。林新繁重重地摔在了桌席上,桌子倒塌,一地狼狈。李清流揪起林新繁的衣领,两人正在对峙,众人上来劝架。

"清流,你听我说,你住手!"汀南奋力拉扯着,现场一片混乱,林妈难受地捂着心脏,林爸和欢欢当即跑上去搀扶。欢欢大声喊道:"你们吓到阿姨了!有什么事房间里说!"

汀南冷静下来,几乎带着哭腔问:"宴请时间马上就要到了,来宾们都要到了,喜宴还吃不吃?"

林妈一声不吭地捂着心脏,林爸挥挥手,跟现场的司仪说了一声:"直接宴席,仪式先过。"

李清流被大家拽回了房间,汀南反手关上门,对李清流发火:"你那么冲动干什么,不嫌丢脸吗?我一周前才发现的,只是我没有跟你和新繁说。"

"行,我冷静!我只想知道你们到底是假的结婚,还是真的想结婚!"李清流憋着气。

"妈的,姓李!你还需要问吗?"汀南眼圈泛红。

林新繁没缓过神来,震惊地看着他们争执,半晌才听懂了来龙去脉。他猛地摇摇头:"汀南,你应该跟我们说的,到这个份儿上,我们不能结婚。"

"当我知道我有了,我也不后悔,我不能让我的孩子出生在北京没有家,特别是没有房子的家。"

"你经过我同意了吗?"李清流反悔,"你们现在不可以结,你们结了,孩子以后就得姓林,就算离了,我也只能当后爸!"

"都什么时候了,你还只想这些?"汀南觉得李清流不可理喻。欢欢置身事外,云里雾里地问:"你们到底在说什么?"

汀南说:"我跟林新繁是形婚!"

林新繁瘫在了椅子上,他失魂落魄,万般无奈:"都怪我,是我把你们卷了进来!"

欢欢喘着气,笃定地看向林新繁,咬牙切齿地说:"林新繁,我可以跟你结婚,你不爱我也没关系,只要我爱你就行!"

林新繁打了个激灵,无可奈何地往后退一步,随着椅子摔在了地上。林新繁几乎崩溃:"你疯了!"

"儿啊!"

这时,林妈和林爸使劲拍门,林妈开始号啕大哭,嘶哑着声音问:"你们说的是不是真的?我和你爸都听到了!你是不是一直都在骗我!"

房间里一片死寂。李清流怅然地盯着地上一动不动的林新繁,走过去牵他的手臂:"新繁?"

林新繁面无表情地站了起来,果断打开了门。林妈朝他扑了过来,在他怀里哭,他无望地看了看林妈,又看了看大家,突然喊了一声:"我要被你们逼疯了!"

林新繁甩开大家,朝外面跑去。

宴席桌上已经开始就餐,林新繁在席上出现,众人欢呼,但他在众目睽睽之下,拎起餐桌上的一瓶威士忌,一边往嘴里灌,一边往大门方向走。

欢欢奋力地抓住林新繁的手臂,但无济于事。大家发现不对劲,宛如看一场闹剧,注视着他们离开的身影。

林新繁来到大街上,漫无目的地往前走去。欢欢紧跟其后,一路干着急地劝他:"林新繁,你别这样!"

他们走了很远的路,林新繁终于忍不住,回头指着欢欢骂:"滚!"

"我不滚!"

"你这个疯子!我的生活被你毁了你知道吗!你一次次地出现,一次次地让我自我怀疑!我恨你!"

"你在说什么啊?"

林新繁满脸通红,他凄然地傻笑了一声,抬头灌酒,随即摇摇晃晃地扭头走掉。欢欢跟上前去,突然,林新繁转身扯过欢欢的手臂,双手用力按住欢欢的脑袋,猝不及防地强吻她。

没一会儿,林新繁松开手,蹲在地上哭了。

欢欢冷冷地笑了，将一直以来的不满倾倒而出："林新繁，我不明白你为什么要这样对我。你其实一直喜欢汀南对不对？因为李清流，你在意你的什么兄弟情，你从来都不说。好不容易可以跟你结婚，你本想占为己有，却又被搞砸了。她就那么让你心疼吗！"

林新繁醉瘫在地上，已经听不进她的话了。欢欢强忍着泪水，不甘心地说："你知道吗？汀南曾经说我傻，说我没那么了解你，问我到底喜欢你什么。是你太不公平了，你总是把我拒之千里，从来没有给我可以进一步了解你的机会。我连了解你从而不喜欢你的机会都没有。"

欢欢累了。

她想离开，甚至想将林新繁暴打一顿。但她看着不省人事的林新繁，仍然心软。她想打电话给汀南，让他们来把林新繁拖走——这个烂摊子，她是彻彻底底不想管了。

"你知道汀南的电话吗！"欢欢推了推林新繁。

林新繁只剩傻笑。

欢欢束手无策，只能从林新繁兜里掏出他的手机。"你的手机屏密码多少？"

林新繁开始语无伦次："当然是你的生日了，8……"

欢欢皱起眉头，输入了自己的生日，显示错误。欢欢输入汀南的生日，也显示错误。她叹了口气，沉下心来，突然想起了李清流的生日……欢欢心跳加速，她抿紧了嘴唇，颤抖着手输入，结果手机解锁了。

欢欢傻站在原地，她极力调整呼吸，却还是被迎面吹来的一阵风吹花了眼。她平静地哗啦啦流着泪，心像浮在水面上。

"傻子。"她说。

欢欢从他手机里的紧急联系人里找到了李清流的号码，打了过去："李清流，林新繁喝醉了，你过来接他回去。"

欢欢将手机放回林新繁的兜里，走进了夜幕。

末班地铁上，一个刚从婚礼上回家的大妈坐在车厢里，今晚的婚礼状况连连，仿佛看洒狗血的戏一样，那喜宴让她吃得很开心，甚至流连忘返。明天，她将会去广场上跟自己的姐妹们分享今晚的八卦。

这时，有一个女人手攥着一张结婚请柬，满脸花妆地进了车厢。她看着很疲倦，不知道走了多久的路。

大妈瞅着那个女人。只见她摊开请柬，盯着上面看了很久，随后又合起请柬，掏出包里的化妆镜，给自己补妆。

她忘我地涂口红，修眉毛。

"今晚结婚的人真多啊，今天真是个大喜日子。"大妈心想。

结果刚到下一站，那个女人像是下定了什么决心，又往外跑了出去。

欢欢回到婚礼大堂时，宾客们都已经散了。现场一片狼藉，正中间新郎新娘的那一桌饭菜却一口都没有动。他们围坐在那桌，神情沮丧。林新繁昏迷着趴在桌上，汀南身穿婚纱，已经化好妆，却盖不住一脸的委顿。

他们看到欢欢，却没有一个人说话。气氛异常冷峻，却又平缓。欢欢慢慢地走过来，摇了摇林新繁："新繁，起来吃饭了。"

林新繁醒来摇晃脑袋，稍为定神，便看到了眼前的景象。欢欢跟大家一样围坐下去，拿起筷子，开始吃饭。

大家怔怔地望着她，也开始动筷。

"儿啊，你是不是一直都在骗我？"林妈终究问出了口，"妈受得了,你不能骗我。"

林新繁往嘴里扒饭,却不敢看林妈。他一字一句地说:"妈,人总是崇拜高知和无知,我从小到大拼命学习,做了那么久的高知,就为了不让你和爸爸失望。但我不知道,如果你了解了你真正的儿子,是不是还会那么爱他。"

"儿啊,你有什么是妈妈不能去了解的?"

林新繁不说话了。

欢欢举起杯子,说:"林妈,林爸,我们都好爱林新繁。你不知道你们的孩子,是给我们多大的礼物。请你相信他,他绝对有幸福的能力,才不管他有没有结婚。今天是个双喜的日子,第一个喜,是汀南明年就要做妈妈了,第二个喜,今天是汀南跟李清流的婚礼。我和林新繁身为伴娘伴郎,敬他们一杯。"

大家不作声地看着欢欢,但欢欢仍然高举着杯子。

"对,今天是我和汀南的婚礼,作为十三年的朋友,你们要好好敬我们。"李清流握住汀南的手,汀南哗一下掉了泪。

林新繁举起杯子——"祝我永远的好哥们儿,新婚快乐。"

说完,林新繁一饮而尽。

林爸拍了拍林妈的手,朝她点点头,林妈和林爸便也拿起筷子,开始吃饭。

"我们拍个照吧,大喜之日,怎么可以没留影。"饭后,欢欢拿出三脚架,将相机设定了倒计时,跑到了大堂中间,跟他们站在了一起。

他们四个人手挽手,对着镜头喜庆地笑。笑得阳光灿烂,宛如一道正午的阳光穿过隐秘的浓雾,缓缓地落在大地上。

两天后,林新繁留在了广州,陪林妈去医院做化疗。

林爸去送别李清流和汀南，林爸偷偷跟李清流说："我还记得，有一年，应该是林新繁高二的暑假吧，给我表演过一段花样跳绳。很笨，做不好，但他说那是他最开心的一天。他说，他发现了新世界。我后来知道，原来是你这小子教的啊！哈哈，与其说他发现了新世界，不如说他找到了指引他跟世界相处的人。以后，也拜托了，请帮叔叔照顾好他。"

　　而欢欢再一次悄悄失踪了，没有人知道她去了哪里。唯独知道她下一次回来，一定又是更好的姑娘。

　　回去的飞机上，汀南倚靠在李清流的肩膀上睡着了。李清流回想那天婚礼结束，他和汀南问欢欢："你还爱林新繁吗？"

　　"爱，比以前更爱，林新繁其实应该更勇敢一点，谁说真正了解他的人，就不会再喜欢他了呢？"

　　继而，欢欢问他们："你们也太荒唐，如果真的形婚，大家就回不去了，明知这样你们还想结婚吗？"

　　李清流和汀南都答不上来。

　　但谁又能回得去呢？珍贵的是，他们四人曾经因为珍惜着彼此，珍惜着真实的自我，都曾想让他们自己不被世界所改变。甚至为此做过抵抗——

　　这就够了。

　　没过多久，广州就到了严冬。

　　傍晚，公园的夕阳很短，但林妈仍然会坚持一个人饭后散步。金黄色的光照在她身上，感觉不到暖，却跟羽毛一样轻盈地掉在她身上。

　　她走过广场舞的队伍，大家跟她打招呼，召唤她到队伍里去。林妈只是笑，摇摇头，指着前方说，去走走，去走走。

林妈来到一片湖边的空地，停下脚步。林妈望着斑驳的湖面，她张开双臂，闭上眼睛，左三步，右三步，一个人跳起舞来。

　　落日下，像一只蝴蝶。

空巢青年消消乐

录音①

"他啊?我跟他是同学,毕业之后一起找过房子,就一起住过一阵。"

"之后你就搬走了?"

"是啊,我换工作了。他后面也跟别人合租过一年吧,应该是的。之后就找了个开间自己住……对,应该是。"

"他自己住了多久?"

"这个就不大清楚,后面没怎么联系。只知道挺久的。"

"你觉得他是个什么样的人?"

"他啊？嗯……就跟我们一样吧，好像……没什么特别的。老实说吧，我当时跟他住就是因为毕业没钱嘛，有个人合租就不错了，没什么交情的。"

"他有什么爱好吗？"

"他好像没什么爱好吧……睡觉？打游戏？反正我跟他在家，最常做的就是打游戏，二十分钟一盘。他不爱出门，但有人约他出去他就出去。好像也不爱数码什么的，潮鞋啊，玩具啊什么的也没见他有喜欢的。"

"看来你们真的不熟。"

"是啊，哈哈哈。我们最多经常一起点外卖，为了凑起送费。之后我搬走了，我们出来见过一次，也没聊什么，就玩玩手机，再一起打打游戏，然后就回家了。不过他跟我抱怨，说他自己住没人跟他凑起送费很烦。"

"你们不在家做饭？"

"嗯，点外卖，很少做，几乎不做吧。哦，我想起来了，他经常熬夜！不是在熬夜就是在睡觉，经常熬夜到凌晨三四点，比我还能熬，好像有看点小说什么的。"

"网络小说？"

"哈哈，对，他可能喜欢看小说，但看啥我就不知道了。"

"多聊聊你跟他的那次见面。"

"真不记得了……当时……有点印象的是，当时他爸好像给他打了个电话，说那天是他妈生日。"

"他忘了吗？"

"他忘了。就……看上去有点难过，印象中。"

"他有跟你透露他工作上的事吗？"

"没有,他第一份工作干不久,后面好像没工作。你有他朋友圈吗?他朋友圈也很少发。"

"其他的还有什么印象吗?你跟他住一起那段时间。"

"真没有了……这么想起来,我们那时每天都在干吗啊?好像啥都没做啊!哈哈!"

录音②

"我们的对话应该不会发出去吧?我不想再跟他有什么瓜葛的。而且我现在已经不是他粉丝了。"

"你放心,只是一个记录。"

"那OK啊!"

"所以你是他粉丝对吧?"

"唉!虽然不想承认,但最开始确实是的,就一个小粉丝。他不是经常直播嘛,有一天我就刷到,觉得还挺有意思的就关注了。"

"他这个人很有意思?"

"现在想起来其实也不是!就是……长得挺好看的,然后他直播都是唱歌嘛,就还蛮宠粉的,很甜,偶尔还……哎呀就是露露腹肌什么的,女生不是都喜欢这一套嘛,好吧我承认我以前不懂事。"

"你跟他怎么认识的?"

"就我看他直播看久了,他就注意到了,可能看到我头像也去了我主页,给我发了消息。"

"他给你发的消息?"

"是啊,他说他心情不好,问我要不要见面,我就去了。"

"你觉得他人如何?"

"就跟直播间里有点不一样,他说他都是装的,因为跟MCN(艺人经纪）机构签了经纪约，要被迫营业什么的。我觉得他现实中挺爱发牢骚的，负能量有点重。"

"可是你们还是在一起了。"

"嗯……就是我以前不懂事，就还有一点小粉丝的幻想。"

"你们发生了关系？"

"这么直接吗？就……第二次见面的时候，觉得第一次见面感觉还不错，所以去了他家。"

"你觉得他家里怎么样？"

"很乱！我当时惊呆了，就只有直播的那里一小块是干净的，其他没被拍到的就是一个狗窝你知道吗？我真的有点，怎么说，幻灭？"

"你本来幻想他是爱干净的人？"

"其实也不是，就是跟自己想的不一样！好吧，这么说吧，他每天除了直播就是睡觉，睡了播，播了睡，以前在手机前看他觉得还行，现场看他就觉得……有点无聊你知道吗？一个人在那里自说自话和唱歌，我就在旁边看，他还在直播间里让我给他发礼物。"

"你现在是不是很不喜欢他？"

"是。"

"你提的分手？"

"对，我跟他在一起之后，才发现他全身的品牌都是假的，自己还做代理，就是微商什么的，卖假货，所以他自己也穿。他不是签了公司嘛，实际上他非常穷，粉丝达到500万之前，收入有八成是要给公司的。"

"你觉得他很虚荣？"

"他说他也不想，说圈子就是这样，不然别人会瞧不起他。他说他送我的东西保证不是假的，但唯一送我的一个包，难得一次，也是假的。还有一点，他喜欢花别人的钱。"

"怎么说？"

"经常找理由，比如说我过去找他，就让我顺带给他带饭、买鞋什么的。然后从来没提钱的事。"

"他花心吗？"

"我承认是我先爱上的他，恋爱期间他倒是不花心。分手后，我听说他又认识了几个女的，都是先约对方，对方先爱上他，然后回家，然后女的提出在一起，他都答应，没有拒绝，然后花女生的钱。一样的套路。最后，女生都自己走了。"

"说说他的优点。"

"他？优点？优点都在镜头前了吧，装的。"

"现实里真没有吗？"

"嗯……实话说，我偶尔觉得他挺温柔的，眼神里有点稚气，对你是好的，人不坏，但也让人摸不透。不知道！我总觉得我看不透他。其他的吧，实话说，活儿挺好的。但是……这些能当饭吃吗？等等，好像可以？哈哈。"

录音③

"我二十分钟后有个会议，所以可能要快一点。"

"明白，几分钟就好。"

"我就简单明了聊一下，我跟他是在一个品牌的晚会上认识的，因为都比较喜欢喝酒，后来就偶尔会约一下酒。说说我对他的印象，我觉得他很精英，其实在上海金融圈里多半都有点精英主义，他才二十八岁，挺优质的。我跟他共同认识的一些女生朋友，都说他是优质男。"

"他家庭环境怎样？"

"他不是富二代，是自己打拼起来的。我可能说得比较直接，不喜欢他的人，背地里说他是凤凰男，说他很装。西装革履，牛排红酒，梳着油头，说着英文，但我能理解往上爬的人其实都希望自己能提高自己的生活品质。怎么说呢，就是'精致'。但大部分的人是喜欢他的，他长得不错，人缘算很好的了。"

"他是一个人住对吧？"

"那必须的啊，看他朋友圈，家里很精致，植物啊，花啊，夕阳灯啊都有。总体而言，至少在外表上，在上海已经很体面了。但可能也有伪装，比如说，这样可以吸引一些女生上床。"

"他私生活如何？"

"说起来我都想笑，他其实就是个炮王。很爱约炮，每天约炮！偶尔喝酒时见到他，身边都是不同的女生。我身边就有女生朋友跟我说过，说他人品不行，一有女的说要跟他谈恋爱，他就不联系了，玩消失。所以听说动不动就有女生去公司堵他。"

"他不谈恋爱？"

"不谈，他说谈恋爱麻烦。他这种人，也很典型吧，估计觉得谈恋爱成本太高。或者只想往上走还是有什么顾虑。难说，我们没法知道别人在想什么……我觉得，我们这个时代可能就是这样，我们不知如何去爱。"

录音④

"我们公司有这个人吗？小茹你记得吗？"

"不知道啊，我也不记得有这个人。"

"我们大公司人太多了，你可能得去问下别人。"

"还是你知道她叫什么花名吗?你知道我们公司都是有花名的吧?"

"不知道花名的话,真名是没人知道谁是谁的,有没有照片?"

"啊,我可能跟她拼过一次车。只是可能,因为我也没什么印象,我很脸盲的。就算一起拼过车也没什么特别的,交流特别少,大家平时都忙。"

"你可以去问下别人,但我觉得,如果不知道花名,很难有人知道她的。"

"对,我们一般早上九点上班,晚上十点才下班,能顾得上自己就不错了。"

录音⑤

"他是我们以前的文学主编,你不用去问别人了,真的,我们都聊过他,评价都非常一致。他饱读诗书,满腹经纶,我知道他家里堆满了书。真的,他一天都在看书,除了书还是书。平时打扮你也能看得出他是个很文艺的人,背着一个帆布袋,喜欢穿亚麻的裤子,经常去逛书店啊咖啡店啊,偶尔拍一拍很小清新的照片,一般都是探店。然后也会经常参加一些线下的新书见面会,一些文娱活动,最夸张的是听说还参加诗歌会。对!我也跟你一样的表情,诗歌会……怎么说呢,我们都觉得他有点太羽化而登仙了,就是下不来,一直活在自己的世界的样子。真的太文艺了,有时候你都不知道他在想什么。偷偷跟你说,我们都知道他有个念念不忘的男朋友,但是得二十年前了吧!因为他经常在一些文字里透露这件事情,就感觉很……苦情。他现在肯定是单身的,很久很久很久了,而且听说他都没什么'那个',你也很难想象他'那个'的样子吧。也确实是没看到他身边有什么朋友,还是有什么桃花,因为他喜欢看博尔赫斯和卡尔德隆,要么就是塞万提斯，就是我说过的羽化而登仙。不知道你有没有了解他们那个圈子，其他人都是喜欢出去玩啊喝酒啊蹦迪啊，他这种文艺的就比较吃亏，而且心高气傲，跟其他人不一样，也不知道他自己喜欢还是被迫形单影只，要么就是……毕竟年龄到了？不清楚。"

"这阵子，你们对他印象最深的是什么？"

"经常听他被催婚。其他的……那天朋友圈好像又提到他怀念以前的那个人，还有就是……我记得他还分享过陈寅恪的一句诗吧。"

"哪一句？"

"一生负气成今日，四海无人对夕阳。"

录音⑥

"我是她上司。但她其实不是我招的，因为我进来的时候她已经在了，我也不好意思开除她。实话说，我是来顶替她的，我来之前，她是原先的主管。"

"如果可以，你想开除她？"

"对，她就是所谓的职场老油条。我年龄比她小很多，小十岁有吧，她今年三十八。但实话说，她能力真的很差，你说她自己不清楚吗？她自己其实清楚的。我们有一次团建，她喝了点酒，有点自说自话，就说自己很差劲但还得混什么的，还说自己每天被欺负。"

"同事们瞧不起她？"

"也不是欺负，是她自己也不思进取，不提升自己，跟不上别人的节奏，所以总觉得所有人在否定她。我觉得是她的认知问题。你看，她平时就喜欢看一些耽美的东西，漫画，影视剧，磕CP，她都三十八了！你能想象这是一个职场女性吗？"

"除此之外，你对她还有什么印象？"

"她养了只猫,是个猫奴,朋友圈里全是猫。然后听说,因为家里催婚所以她才来上海的,已经有三年没回过老家了。"

"过年也不回去?"

"对。"

"她哪里人?"

"她说过,但我忘了。"

录音 ⑦

"我跟他大学就在一起了,去年毕业后才分的手。"

"你提的分手?为什么?"

"挺无奈的,其实我也不知道怎么了。可能我们要毕业了,本来对工作啊对未来就比较迷茫嘛,我觉得大家都这样啊,但感觉他就彻底迷失了。"

"迷失了?"

"我们大四就一直在找实习,他一直没找到,毕业后也没找到工作。我都不知道他的钱都哪里来的,估计也是跟他爸拿的。那会儿,我记得他每天看一些什么线上课,然后一会儿说要考研,一会儿说考证,一会儿说要出国,一会儿说要创业,一会儿还是要工作,每天看一些乱七八糟的成功学或者名人讲堂。"

"他付诸行动了吗?"

"有看他去考证,没考过。然后就每天刷手机看视频,玩游戏,你还不能说他,动不动就发脾气,很暴躁。我觉得他不怎么上进,然后觉得他脾气原来这么差,一点小事都控制不住情绪,跟家里人关系也不好。我受不了这样的,就分了。我还不敢当面提分手,我是搬走了之后,才跟他说的。"

"他什么反应?"

"他把我骂了一顿,说我抛弃了他。"

"你觉得你算抛弃他不?"

"呵呵,他觉得是也算是吧。他也说过什么他爸抛弃他,学校抛弃他,社会抛弃他之类的,但我觉得,是他在抛弃所有。"

录音⑧

"他工作换太快了,我们这一行,健身教练嘛,确实工作地点会换得勤一些,但他来我们这就三个月。后面看他也动不动就跳,换了好多个工作室。"

"他业绩好吗?"

"别说,还挺好。他,哈哈,他脸白嫩,老受男的欢迎了。经常拍拍健身视频,好像有十几万粉丝,在上面卖卖蛋白粉。但也有客户投诉,说他课上得不好。对了有个事,他认了个干妈!"

"客户?"

"对!他生日的时候,干妈说要完成他三个愿望,他让干妈充了三十万的卡,那富婆二话不说就充了。我们都去问他怎么做到的,这家伙就笑,说富婆刚好喜欢他这样的呗。其他的,关于他我就不太清楚了,前两天跟同事说到他,有人说见过他在更衣室里哭,然后去打拳击,也不知道怎么了。"

录音⑨

"我们很久没见面了,不是不约,是他约不出来。他们编剧真的太苦了,有一次放假我们出去玩,在酒店里他说他被通知要改稿,然后就待在酒店里工作,我无语了。而且每天都在熬夜,晚上写,白天睡,后面慢慢地，联系就少了。"

"他一直都是这种状态？"

"编剧不都是这样吗？每次我问他在干什么，他就说在写剧本，也没什么好聊的。只记得去年春节前，我问他回家过年不，他说遇到麻烦，没钱回去。说又被拖欠稿费，然后制片人安慰他说让他把后面的稿子再赶出来，赶出来就可以给钱了。我后面才知道，他都吃了一星期的方便面了，我让他去告，他说他也不认识律师，然后也没钱。"

"后来拿到钱了吗？"

"他通宵了两天，整整两天两夜没睡觉，赶出来了。钱是拿到了，但缩水了很多，还没给他署名。"

"没署名？"

"听他说这也是编剧的常态。所以他说他不想做编剧了，但又不知道能做什么。再后面，我工作很忙，就忘了跟他联系。我感觉他变了，越来越孤僻，如果别人不联系他，他是绝对不会主动联系别人的，哪怕他已经吃了一星期的方便面。可能搞创作的人，骨子里都爱面子。"

录音⑩

"小林这人不错的啊！我挺喜欢他的哩！我的房子都租给他两年了！"

"他租房前有告诉你，他要做自媒体吗？"

"没有，小林是租了房后，有一天给我打电话，跟我说房东阿姨啊我可以改造你的房子吗，他才说他要拍视频，把房子装修得可漂亮哩！"

"他自己花的钱？"

"他自己花的钱。我一开始还害怕的咯，想说这小伙子会不会把我家弄得很乱，结果小林很爱干净，又自己住，我就放心咯。我看过他拍的视频，可有情调嘞！那个账号叫什么来着，那个那个，'一人一屋三餐四季'。他说他要跟城市里一个人住的人说，一个人住也很好的，那个简介写的就是啊，房子是租来的，生活不是。"

"你一直有关注他的视频吗？"

"我没事就刷一刷，点一点赞，想说这小伙子怎么这么乖，你看他多自律，起床跑步工作，养了只猫，回家做饭自己吃。"

"自媒体是他主业吧？"

"这我知道，有时候要效果嘛，实际上他是不需要上班的嘞。现在年轻人真好啊，不像我们一样。我看小林还喜欢旅游，他去过云南，那文案写得美啊，我还记得，'生活不只是眼前的苟且，还有诗和远方'。"

"那其实是一个作家的话，不过这不重要。"

"这样啊，我看的书少嘞，阿姨只喜欢一个作家，阿姨只看大冰。小林推荐的。"

录音⑪

"你找到我，我有点惊讶，因为其实我都不知道他长什么样子，我们只是网友，也没有其他联系方式，就只是在这里偶尔聊两句。"

"你们都没提过要加对方好友？"

"没有。我觉得他跟我是一样的吧，我们都社恐，网上有人能说说话就是最好的关系了。"

"你们平时会聊什么？"

"并没有刻意聊天，只是我们各自发一些状态，然后会在评论区里回复一下。"

"比如说？据你的了解，你能拼凑出他的生活吗？"

"他不喜欢出去社交，公司里的聚餐他经常不去。他说，就算去参加了聚会，也没人会注意到他，索性就不去了。他说他一个人住很久了，偶尔回家会有点寂寞，比如他一个人下班后孤零零地做饭，然后一个人吃完，会在桌前坐很久。他偶尔会发一些状态，说他又收藏了什么新的玩具，但又觉得不好玩，冷冰冰的，说是消费主义陷阱，说玩具是给透明人自娱自乐的陷阱。"

"他有什么朋友吗？"

"他说我是他朋友，但我们都知道，只是说说而已。他说过他想谈恋爱，说他喜欢隔壁的一个女生。好像是，女生搬来半年多，他一直暗恋她，两人偶尔有接触，有说有笑，有点恋爱的苗头。女生也是一个人住，貌似有一天晚上，女生给了一个外卖员差评，结果外卖员上门威胁她，女生很害怕，后来就搬走了。他发状态，说他感到很落寞。"

"他没留住那个女生？"

"这也是他说他落寞的原因，觉得自己那晚没有能力帮到她，导致女生走了。又说，他没有跟女生表白，是因为他已经开始计算得失，他想表白，又觉得女生不会看上他，细数了自己的种种不好，最后连试都没试。"

"女生走后，他有什么变化？"

"他发状态说，松了一口气，生活恢复了常态，觉得之前的悸动才是非常态，他又开始一个人生活。我能想象到他一个人坐在房间里的那种寂寥，太冷清了。"

"你们最后一次聊天聊了什么？"

"那天，他好像叫了个小姐。他说他一年没有做爱了。"

录音⑫

"吓我一跳,还以为你是警察!不是警察早说嘛!我是认识她没错啦,都很久没人找她了。"

"经常有人找她?"

"当然了,她是个捞女!没事就有一大堆人上来找她算账,我就说她迟早要出事,让她别那么狂,她偏不听!"

"你跟她很熟?"

"还行吧,平时我跟她一起在酒吧里,就是卖酒,卡座里卖得越多,提成就越多。然后里头就有一些大哥,她就偶尔骗骗人家。啧,也不算骗吧!就是看谁有钱,就跟谁处对象,让对象给她花钱。"

"比如?"

"大哥你是真不知道还是装傻?一般就买衣服啊,买名牌包包啊,然后真包拿去卖,再买个假的用。如果发现对象装阔,或者不给她花钱了,她就换掉。所以她经常一会儿来卖酒,一会儿不卖的,我老板都快烦死她了!"

"她业绩好吗?"

"还行,出来混的多半想荣华富贵,又没什么本事,只能靠外表。但她长得是大哥爱的那一款,也挺能装,业绩不错的。"

"你知道她老家在哪儿吗?"

"鬼知道,我只知道她二十九岁了,一直跟别人说她二十岁。她还有个孩子,老公也离了。她以前消停过一段时间,就是找了个男的,好像谈出了真感情,朋友圈里都是新老公和孩子,但后面又开始每天夜生活的照片,可能还是这种生活比较适合她吧。"

"你知道她真名吗?"

"不知道啊,我们都是叫小名的,身份证保密,估计她身份证也不会弄真的吧?"

"那你知道她那个新老公的联络方式吗?"

"你想找他啊?算了吧,逢场作戏而已,你觉得有人真的爱过她吗?或者,她真的爱过别人吗?"

录音⑬

"我们只是普通的工作关系,每天工作忙,大家都有自己的事,没怎么交流。每天见她,她都坐电脑前,只记得她不是很爱说话,有几个小跟班,好像住挺远的。对了,群里也没怎么见她说话。其他不太清楚,怎么了?"

"她已经四天没来上班了。"

"是吗!我都没发现啊。嗯,主要工作没什么交集。"

录音⑭

"哪个啊?"

"他说是文案,写文章的。"

"长什么样子啊?"

"我有点印象,就那个经常喜欢穿裙子的,草裙女。"

"哦哦,我记得了,那个棉布裙子。"

"哈哈哈,不好意思啊,因为经常记不住公司的人,所以我们就起了个外号。"

"对对对,上面是碎花花纹。"

"是墨西哥风吗?"

"不是吧,是扎染的吧。"

"你们对她有什么印象吗?"

"不知道，我只记得她的裙子。"

"我也是。"

"怎么了，她离职了？"

【采访】

"最后一个问题，他／她消失前，你知道他／她去哪里了吗？"

"不知道。"

【新闻】

"近日，一款名为《空巢青年消消乐》的休闲游戏掀起一股热潮，引起网友的热烈讨论。有媒体报道称，此款游戏旨在为城市里的独居青年提供放松娱乐的方式，玩家通过移动图像位置凑够3个或3个以上相同图像即可消除。但最具争议的是，游戏中消除的对象为真人头像，记者走访图像中相关人物的亲友，发现所有人物在现实生活中确实是已经不知去向的独居青年，所有人物均已失踪，下落不明。此款游戏的开发背后，究竟是公益性质的寻人启事，还是故意为之的炒作，游戏开发商还没做出回应。也有相关律师称，游戏开发商还将牵扯到背后的肖像权法律责任……"

【末班车】

他终于赶上了最后一班地铁。

车厢里像一个宇宙，只有他一个宇航员。他疲惫地点开了手机里的游戏——《空巢青年消消乐》。欢快的音乐响了起来，他刚准备开始，手机里弹出了领导的消息。

"今晚的新闻不错，这两天的采访辛苦了。"

他回了一句,应该的。

随后,他继续手中的游戏,逐渐陷入其中。游戏里的那些人像,被他拖动着,一个连着一个,三个便能成行,碰撞出愉悦的声响,宛如消失的气泡。

"Bravo!(干得好!)"

今天也是想当咸鱼的一天啊

[伊甸浴盐]

甄沛荣决定搬到山林里去。他收拾行李，天蒙蒙亮便出发了。下楼，出门，右拐，他正朝公交车站走去，突然，在他的背后，一个包裹从天而降。

"嘭——"

甄沛荣好奇地回过头去，赫然看到大街中央有一个包裹。他先是盯着那个来向不明的纸盒子，再抬头望天，继而左顾右看，附近除了他，一个人都没有。

甄沛荣第一反应，那或许是一个危险的东西。说是炸弹可能有点夸张，但肯定不是什么好东西。他拖着行李躲在一辆私家车后,蹲了半晌,包裹毫无反应。他这才走到包裹前,看到纸盒子上面写着"甄沛荣收"。

他吃惊地拆开包裹,里头有一张字条,还有一包浴盐。字条上写着:先别走,回家去,用这包浴盐泡澡,你就能成为一条咸鱼。

一时间,甄沛荣心里有很多疑惑——到底怎么回事?什么破广告!这包裹从哪里来的?为什么这个人知道我想成为咸鱼?只要泡澡就能成为咸鱼?什么意思?太离谱了吧!但又有点想知道是怎么回事。

他翻看纸盒寻找线索,只看到盒子上印着一个绿色 Logo:御兔纳米。

难道是一家公司?

街上开来一辆车,朝甄沛荣按了一下喇叭,他缓过神来,赶紧让车。天亮了,他在路边看着自己手中的浴盐,决定回家去。

"用浴盐泡澡就能成为一条咸鱼?居然还有这种好事?"半信半疑中,甄沛荣有点兴奋。

甄沛荣想当咸鱼已经不是一天两天的事了。

甄沛荣是一名根正苗红的小镇做题青年,曾经对未来充满无限憧憬的他,随着浩浩荡荡的高考人马挤过独木桥,却在梦寐以求的大学和城市里吃尽了苦头。从小品学兼优的他第一次感到吃力,不管是学习上,还是生活上,他都跟不上别人的节奏。

大学毕业后,甄沛荣又一头扎进了招聘浪潮,经过了一番残酷的淘洗,他找了一份与预想相去甚远的工作。日子只是上班途中越发热烈的太阳,人挤人的地铁车厢,空调运转不畅的沉闷办公室,家常便饭的加班,不断重复。

四年后的一天，甄沛荣从写字楼里出来望着眼前的车水马龙，突然感觉一切都没什么意义。

　　"那么努力996①，还不是韭菜？还不是干一辈子都买不起房？"

　　他顿悟，自己的起点太低，城市里并没有他的一席之地。他宛如一只妄想撼树的蚍蜉，望而却步，不再盲目。

　　从此，甄沛荣把自己的人生目标从"靠自己打拼有车有房的人生赢家"变成了"活着"。他获得了短暂的安宁和幸福。

　　但很快，他感到内心的安宁和幸福无时无刻不在面临威胁，变得岌岌可危——

　　每天他打开朋友圈和各类网络APP，营销号和博主们都在竭尽全力地给他制造焦虑，那些《我是如何做到二十五岁年薪百万》《时代正在抛弃不努力的你》《你所有的穷都是因为你不够拼》和《学了这门课我成了CEO》的文章，无时无刻不在企图掏空他。甄沛荣要窒息了。他感觉自己正在被营销号谋杀。

　　很快，他便决绝地关掉朋友圈，甚至还删除过社交软件，妄想断绝跟朋友们的联系。因为总有朋友想劝他努力——每次约会，朋友们都满嘴欲望。

　　"我刚报了一个产品经理和运营总监的线上课，你要一起吗？拼班打折。"

　　"内卷是时代所需，抵抗是无效的，做人要有点价值，不然老了会后悔，人老了没钱就是原罪。"

　　"躺平是富二代的权利，你没有，我也没有！"

---

① 996：指早上九点上班，晚上九点下班，每天总计工作十小时以上，并且一周工作六天的工作制度。

每次跟亲友聊过近况，甄沛荣都心如死灰。他这才发现，在这个时代要不受打扰地自处是那么难。没人听到他内心的怒声大喊："不打扰是你们的温柔，求求你们，放过我，让我做一条咸鱼吧！"

他不想上班，不想早起，不想出门，连恋爱都不想谈，也不想听成功学理论，他心如磐石，也灌不进心灵鸡汤。他很丧，但丧得心安理得，自得其所，矢志不渝。

要是真的可以变成一条咸鱼呢——如此梦寐以求的幸福，他想都不敢想！

甄沛荣鬼使神差地拖着行李回家，室友大川已经在餐桌边吃起了面包。甄沛荣问他："你怎么这么早起？"

大川狼吞虎咽："我起来赶业务啊。"

甄沛荣看了下时间，现在是星期天早上七点。他吃惊地问："什么工作这么着急？你是不是疯了？"

"没办法，外包的业务嘛。"

"老铁，你只是一个会计啊！"

"老板说这个业务做得好，我就可以去大厂了。"

甄沛荣已经连朋友都不想见了，但至今没躲过大川。大川是甄沛荣的室友，也是他的同事。最近公司扬言要调整企业文化，宣扬狼性精神，提倡加班搞事业，甄沛荣原本是当耳边风的。谁都没想到，大川第一个响应。上周老板召开会议，将甄沛荣他们部门狠狠骂了一顿，说他们还不如搞会计的大川积极。甚至，老板还以裁员做威胁，让大家响应公司的新型企业文化。

甄沛荣不想再跳槽了，他心想，还不如去山上种田。这么说起来，大川才是迫使甄沛荣去隐居的罪魁祸首。

"我去外面吃早饭。"

那些妨碍他内心平衡的人，都是他的敌人。甄沛荣一刻都不想跟大川再待在一块，他心想先出去散个步，再回来泡澡吧。

于是，甄沛荣将浴盐放在桌上便出门了。

二十分钟后，甄沛荣刚回家，鞋子还没脱，只听厕所里传来一声"救命啊！"。他奋力地撞门，里头的大川却说："你直接踹门吧！"

甄沛荣一脚把门踹开，奇怪的是，厕所里一个人都没有。这时，浴霸下传出一声"甄沛荣，救救我"，甄沛荣凑近一看，地上竟然躺着一条鱼。

鱼说："我是大川啊！"

甄沛荣吓得往后退了开去，当下他才发现梳洗台上被用过的只剩下四分之一的浴盐袋。他纳闷地问："你是不是用浴盐洗澡了？"

"是啊，我洗着洗着突然发现自己躺在了地上。"

"妈的。"甄沛荣骂了一声。

甄沛荣差点忘了，大川平时就喜欢乱用他的东西。按大川的话说，就是把甄沛荣当自己人。可谁能想到他连一袋浴盐都不放过呢？

"去你的大川，我真的宁愿你加班到死，也不愿让你比我先变成一条咸鱼，这真的便宜你了！"甄沛荣一拍大腿。

"什么意思啊？我变成什么了啊？"

甄沛荣啼笑皆非，他无法想象眼前的鱼竟然还会说话。他捡起那条鱼，摆在镜子前让它看。大川咆哮了："怎么办！我怎么变成了一条鱼！我是不是在做梦？甄沛荣，你快报警！"

甄沛荣也慌了，他将那条鱼放在洗手池里，先把剩下的浴盐袋收好。正掏出手机要报警时，大川突然说："等等……为什么我越来越觉得心里很平和？"

"什么意思？"

"我的内心莫名构建了一种平静，好舒服啊，我从来没有这么舒服过，我……我想晒太阳！"

甄沛荣不置可否地看着那条鱼。鱼又说："别报警了，求求你，带我去海边晒太阳。"

一个小时后，甄沛荣坐在海边，他身边躺着变成了鱼的大川。阳光普照，大川躺在沙滩上，突发感慨："阳光照在我的身上，懒洋洋的，暖烘烘的，我好久没有这种炙热的感觉了，好舒服，好祥和。原来，当一条咸鱼这么美好！好想就一辈子这样过。"

甄沛荣不敢相信自己的耳朵，他给鱼翻了一个身："你醒醒，我们要想办法，看怎么把你变回人。"

"我不要！"大川说，"我给你我的银行卡密码，所有的钱当作酬劳，你只管每天带我来晒太阳，可以吗？"

"不行，我自己还想当咸鱼呢，还让你晒太阳？想得美！"

"你从哪里搞的那个神奇的东西？甄沛荣，你是在造福人类你知道吗？你可以做一下这个生意，要是能让我未来的老婆孩子跟我一起躺在这里晒太阳，该多好啊。"

甄沛荣戳了戳那条一动不动的正在享受日光浴的鱼："你不想做会计了？"

"会计？去他的吧！要是能躺平，谁想那么拼呢？我现在才知道，原来我的梦想不是大厂，是大海。"

听着大川的话，甄沛荣陷入了沉思。一直以来，甄沛荣想当一条咸鱼，可是没人认同他，每个人都想往前奔，每个人都想拼，每个人都想拥有自己的意义，好像只有甄沛荣没有。仿佛一条咸鱼迟早会被大海抛弃，只能被冲上沙滩，被晒干，沦为鱼肉，化为虚有。

难道咸鱼就没有价值吗？

如今，大川的话点醒了甄沛荣。是的，咸鱼本身没有意义，有意义的是大海。

看来浴盐真的能让人变成咸鱼。但那家公司为什么偏偏选中了他？这难道是一种试验吗？

"还有你别忘了，原本该是我躺在沙滩上的！你偷走了我的人生！"

甄沛荣生气地将大川收在了干盐缸里，安置在家里。在干盐缸里头，大川说它找到了家。

甄沛荣望着最后的四分之一袋浴盐发愁，他究竟该去哪里得到一整袋浴盐？

他开始上网搜查关于"御兔纳米"的一切，那四个字是留给他唯一的线索。然而，全网都没有关于那家公司的任何信息。

在家闷了一天，一筹莫展的甄沛荣决定回到捡浴盐的地方寻找线索。他下楼，出门，到大街中间苦等，然而一整个下午都没有出现异常。到了傍晚，饥肠辘辘的他决定先去吃饭，他的脑子已经被"御兔纳米"四个字占据了一天，以至于他现在想吃手撕兔。

他右拐直走，经过了平时常去的公交站，余光扫到了广告栏上的一张海报，正眼一看，海报上面赫然写着"御兔纳米"四个字。

甄沛荣迎上去，发现那是一张招聘启事。"零基础培训，终身就业，只要通过，高薪入职……月薪四万？"

甄沛荣犹豫了一会儿，最终还是拨通了上面的联系方式。

第二天，甄沛荣按照地址抵达了郊区的一家破旧的工厂。甄沛荣到人事处签到，进入内部，却发现工厂内部焕然一新，高科技的仪器和电脑排成了长长的四列，员工们井然有序地操作着机器。二楼是一个又一个的开放区域，以组为单位，隔成了一个又一个的实验组。三楼也是跟二楼相似的产品组。四楼是未开放机密部。

经过重重面试和考试，甄沛荣进入了实习试用期。培训第一天，甄沛荣逮着培训导师问："老师，这东西是你们生产的吧？"

甄沛荣从口袋里掏出一小把浴盐。

"这是什么？"导师面无表情。

"浴盐。"

"不是我们的产品。"

"那公司主要生产什么？跟人相关吗？就是能把人压缩成……"

"你在说什么？公司做什么是机密，只有录取的人签订了终身协议才能知道一些前端产品，而只有进入了最终的技术层，才能得知最终的产品和战略。"导师指了指指示牌上的第四楼。

说完，导师不再理会甄沛荣，转头呼唤大家集合。甄沛荣泄气地收起浴盐，随着大家一起上课。他翻开保密课件，快速地扫了一眼，目光停在了"复制技术"那一栏。顿时，甄沛荣来了兴致。

两个月后，甄沛荣偷偷在家尝试复制浴盐。他没日没夜地劳作，心里只有一个目标："我很快就可以成为咸鱼了！"

就在甄沛荣用四分之一袋浴盐复制了另外一袋浴盐后，他在厕所里脱光了衣服，准备变成一条咸鱼。但他心里很忐忑，毕竟他对自己的复制术没有自信。

"算了，大不了就是泡了一个澡。"甄沛荣不再犹豫，他躺进浴缸，正准备倒浴盐，家门却在这时候响了。

咚咚咚。

"家里有人吗？警察！"

听到"警察"两个字，甄沛荣不敢怠慢，他裹着浴巾便去开门。

开门的瞬间，两个警察就冲进来将他押住了。甄沛荣喊冤："警察大哥，你们是不是抓错人了？"

一名胖警员说："李裕川是不是你室友？他失踪两个月了，经过我们调查，是你帮他跟公司提的离职，办的手续，而且从监控显示来看，他两个月前就没离开过这间屋子。"

"我没杀人，他还活着！"

甄沛荣跟他们解释了一通，引得两人笑他荒唐："你是说他变成了一条鱼？"

"不信你去掀开那个缸！"甄沛荣说。

两位警员对视了一眼，彼此的眼神里透露出一丝恐惧，他们默契地点了个头，仿佛坚信甄沛荣已经疯了，缸里其实正藏着大川的尸体。

胖警员战战兢兢地靠近干盐缸，他吞了吞口水，猛地一掀开盖。只见一条鱼躺在一堆干盐上面，张口跟他们打招呼："嗨！"

"玩具鱼？"胖警员说。

"不，我是李裕川本人，哦不，现在是本鱼。"

两个警员都被吓到了。甄沛荣无计可施，只能跟胖警员说："不信你放了我，我试给你们看。我已经在浴缸里放好了水，正准备放浴盐。"

胖警员将信将疑地望着甄沛荣："让我来。"

"别，别！"

胖警员挑眉，一副"我想看你耍什么把戏"的神情，吩咐瘦警员押好甄沛荣，随即关上了厕所门。

"啊！"

五分钟后，厕所里传来了一声惊恐的喊叫。甄沛荣和瘦警员推开门，发现浴缸里躺着一条咸鱼。瘦警员吃惊地捧起那条咸鱼问，你没事吧？

胖警员感慨："哇，这感觉好爽啊。"

这时，客厅的干盐缸里传来了大川的一声喊叫："欢迎来到咸鱼的世界！"

甄沛荣望着被瘦警员捧在怀里的咸鱼，顿觉又被别人夺走了先机，他气得想撞墙。更令他没想到的是，瘦警员直直地盯着怀里的咸鱼，又突然猛地抓住了甄沛荣的手："哥，你还有浴盐吗！"

瘦警员年龄看上去比甄沛荣大，突如其来的恭敬让甄沛荣感到拘谨。他摇头："只剩下一点了。"

"你能再做一包吗！我买！多少钱都行！"

"不行。"

"你不会有事的！我们可以拍视频，说我们是自愿的，我们没有消失。你要多少钱我都给你，大哥！"

"我自己都还没机会呢！"

甄沛荣受宠若惊地将瘦警员和他怀里的咸鱼赶了出去。关门之前，他还好心地吩咐："想要更爽，就让他去晒太阳。"

"虽然不知道那位警员经历了什么，但看他很有成为咸鱼的决心啊。"大川在缸里哈哈大笑，"你摆脱不了他了！不信我们打赌！"

甄沛荣不以为然，之后便又开始躲在家里复制浴盐。第二天，瘦警员便又前来敲门，在门外直呼甄沛荣大哥。

"你瞧。"大川扬扬自得，"没有人能摆脱得了这样的诱惑，甄沛荣，实在不行你就卖给他吧，我早就说过这是一门好生意！"

"别想了，等我自己变成了咸鱼，我谁都不想管！"甄沛荣拒绝了大川的蛊惑。

一周后，甄沛荣完成了一袋浴盐的复制工作，瘦警员又再次拜访。

见甄沛荣没有吭声,瘦警员"砰"的一声踹开了门,他右手拎着一个行李箱,左手拿枪指着甄沛荣。

"快把浴盐交给我!不然我就把两条咸鱼藏起来,将两宗失踪案推到你身上!"

甄沛荣见瘦警员红了眼,他不明所以地举起了双手。瘦警员二话不说,迅速抢过桌上的浴盐跑进了厕所。

几分钟后,瘦警员说:"你可以进来了。"

甄沛荣望着浴缸里的那条鱼,无奈地说:"你满意了?"浴缸里的咸鱼说:"行李箱里是林哥,还有我给你的钱,你数一下,我只要求你每天把我和林哥放到沙滩上去晒太阳。另外,视频我也录好了!"

"还有我!"客厅里又传来了大川的声音。

甄沛荣打开行李箱,里头是胖警员变成的咸鱼,另外还有一个U盘以及现金。他数了下现金,足足有三十万。

他愣住了。

对上班族来说,这是甄沛荣的第一桶金。他摸着那些现金,心里溢出一股前所未有的满足感。他没想到,原来不需要天天加班,他也可以赚这么多钱。

甄沛荣带着三条咸鱼到沙滩去,阳光下,三条咸鱼异口同声:"好爽啊!"

"人类要是早一点有这种科技,世界该多美好。讲真,甄沛荣,你要是成为咸鱼就可惜了。你应该卖浴盐,打造一个海边的伊甸园。"

大川的话再次让甄沛荣醍醐灌顶。甄沛荣拿着现金回到了老家,将钱交给了妈妈。妈妈又惊又喜:"你从哪里拿这么多钱?"

"我赚的!"

"我怎么不知道你这么会赚钱?"妈妈的眼神安抚了甄沛荣的心,仿佛在说他果然没有辜负父母对他的培养和期待。

甄沛荣下定决心:"妈,我要开始创业了。"

"做什么?"

"卖浴盐。"

"妈当初给你起这个名字,沛荣,沛荣,'沛'代表发展非常顺利,而且能够越做越大,'荣'是荣耀繁荣的含义,沛荣寓意着你能够有一个很好的发展,还能获取一些荣誉,整个人的生活条件也会很好,一辈子都不会为了物质而发愁。妈相信你!"

甄沛荣浑身充满了干劲:"我一定会出人头地的!"

甄沛荣仿佛一夜之间开了窍,一周之后,甄沛荣开了自己的小作坊。他生产了第一包浴盐,并注册了"伊甸浴盐"的商标,定价三十万,目标客户是富人们。

大川和两位警员帮他录了视频广告,广告词为:"没人想成为咸鱼,可能是因为当咸鱼很奢侈。"

甄沛荣到五星级酒店敲门推销,当天便成交了。

一夜之间,"伊甸浴盐"便在上流社会的圈子里传开。富人们吃尽了山珍海味,玩尽了人间游戏,开始对浴盐跃跃欲试,想尝试新的快感。甄沛荣收到了四十多个订单,他掐指一算,他已然成了千万富翁。

甄沛荣兴奋得胃疼,浑身发抖,最后跑到厕所里呕吐。

为了满足富人们的要求,甄沛荣不得不提高产能。他当机立断,办起了工厂,招聘了员工。不到两个月,订单翻了两倍,他的员工已经达到了两百人。公司正在以惊人的速度成长,伊甸浴盐公司很快就引起了御兔纳米公司的注意。

御兔纳米公司向甄沛荣提出高额并购计划，甄沛荣自然不肯，御兔纳米提出投资参股，也被他拒绝了。

为此，甄沛荣提高了警惕，为了避免公司混进御兔纳米的内奸，公司成立了机密部，产品最后一步的步骤由甄沛荣完成。工厂上下班也实行严格的人员安检。

公司的订单成倍增长，伊甸浴盐引起了市场的巨大反响。越到浴盐交付时间，甄沛荣越是严格巡逻，逮到在工位上消极怠工的员工，一律开除。工人们也是人心惶惶。

一天，甄沛荣抓到了一个刚成年的少年在玩手机，少年直言不讳："你就是在做一个血汗工厂！"

"一个从没吃过苦的人，有什么资格评价你的工作？"

他痛心疾首地望着眼前的少年，觉得少年不可理喻。少年面红耳赤地盯着他，扬言要举报公司，继而甩手走人。

甄沛荣忍无可忍，捡起一包浴盐便跟着走进了少年的寝室。十几分钟后，甄沛荣拎着一条咸鱼出门："既然你那么想当咸鱼，我给你花三十万成全你，让你白捡便宜。"

"你凭什么判定我不想做人，想做咸鱼？"

甄沛荣全然不顾少年的哭诉，将手中的咸鱼扔到了公司的干盐机器上。他继而双手叉腰，俯视着自己正在崛起的庞大的工厂，底下是密密麻麻的流水线上的工人。有那么一刻，甄沛荣心想，要是科技能发展到由机器人操作，他的产能该有多大的增长？

"真是人不如机器！"

最后，甄沛荣只能计划，从明天起，工厂开始实施日夜班轮流制度，必须保证机器二十四小时运作，最大限度提高产能。

谁都没有想到，不到一年时间，伊甸浴盐公司成了全国顶级的科技公司。一名叫甄沛荣的草根青年，一夜之间跻身富豪排行榜，家喻户晓。在电视台的采访中，甄沛荣向全世界展现了公司创造的伊甸园——

每天清晨，太阳升起，在一望无际的海滩边上，立着一座巨大的梭子形状的铁皮房屋。按下按钮，随着铁皮盖子的层层掀开，露出了层层叠叠的晒鱼架。架子上无数的咸鱼依次晒到太阳，海滩上异口同声地响起了一阵长叹和欢呼。

"好爽啊——"

"又可以晒太阳了！"

咸鱼们躺在架子上，每隔十分钟，机器会给它们翻身。它们的余生便在太阳每日的炙烤下，找到了属于它们的意义。金色沙滩犹如它们的盛世。

随后，甄沛荣被电视台问到公司的后继计划，甄沛荣打算走向国际。在电视机前的许多互联网企业的老板，正恶狠狠地仇视着甄沛荣。因为互联网企业已经受到了严重的打击，公司里那些平日"996"的工薪阶层消失了一大半，多数都放弃了奋斗，购买了伊甸浴盐，变成了一条余生拥抱太阳的咸鱼。

阶层的向下辐射，有积蓄的工薪阶层的加入，使得伊甸浴盐公司的业绩蒸蒸日上。而其他刚入社会的普通员工，只能更加卖命地加班。

"没办法，只有加班才能赚到钱，有钱了才能变成咸鱼，实现咸鱼自由，一直在海滩边躺平。"

一名接受电视台采访的普通员工坦言，"咸鱼自由"已经成了社会的方向标。

就在伊甸浴盐公司成立一周年之际，甄沛荣已经成了全国首富。甄沛荣终于用一己之力向妈妈证明了，妈妈的名字起得真好。

"儿啊，你现在已经够有钱了，是不是可以好好休息了？多陪陪妈妈。"眼看儿子没日没夜地扑在公司业务上，甄沛荣的妈妈劝诫说，"钱花不完了。"

甄沛荣摇头。

他获得了金钱，但还没有获得名声。最近，伊甸浴盐公司遇到了前所未有的公关危机，甄沛荣一刻都不能松懈。

"据有关媒体称，伊甸浴盐公司被专家评为缺少社会公德的企业，社会工作人员的减少，咸鱼的增多，本质上是一种人性的剥夺，甚至是一种生而为人的歧视。人变成咸鱼，虽然生命体还在，但这算不算一种人性的谋杀。有专家提出，人性谋杀的概念也许会写入法律，禁止伊甸浴盐这样毁灭人性的产品流入市场，甚至将人性谋杀视为一种犯罪，也许是接下来的法律重点。届时，市场也将受到国家的有效监管。"

看着相关报道，甄沛荣在顶级豪宅的落地窗边俯瞰着底下的车水马龙，犹如俯瞰着一个被踩在脚底的世界。他好不容易站在了世界之巅，站上了海上的灯塔，他必须跟命运做抵抗。

第二天，甄沛荣召开了发布会。

"有媒体说，伊甸浴盐公司是一家没有公德心的公司，我感到很痛心。人权，让人选择当人，也可以让人选择不当。曾经的人不当人，他们会自我了断生命，我们只能劝诫，让他们珍爱生命，但有时我们无能为力，我们留不住他们。现在的人不当人，他们选择当一条幸福的咸鱼，只需要阳光，他们就能感受到快乐，他们选择当知足的人，那是他们的选择，何为没有公德？我希望大家可以看看我手中的这份统计，自从伊甸浴盐上市，全国的自杀率下降了百分之九十，这难道不是伊甸浴盐对社会的贡献？"

甄沛荣此言一出，记者们哗然，他嘴角微微上翘，大义凛然："伊甸浴盐公司一直遵循着社会责任感前行，我们的目的是为人类铸造伊甸园。我宣布，伊甸浴盐公司即将为社会开放两项福利。第一项，伊甸浴盐为公检法机关免费提供，方便对违法分子、重罪犯人的管理；第二项，伊甸浴盐为所有植物人免费提供，让不幸患重病的植物人重新获得尊严，让他们的余生在沙滩上享受生命，而不是只能望着天花板度日。从现在开始，伊甸浴盐不再只是浴盐，咸鱼不再只是咸鱼！"

发布会结束，甄沛荣买通所有营销号，漫天的称赞堆满了所有信息渠道，瞬间控制了舆论导向。甄沛荣看着《咸鱼不再只是咸鱼，而是尊严》《再不努力，你就不能成为一条咸鱼了》《社会的安定，从犯罪变成咸鱼开始》的文章标题，他心满意足地开了一瓶拉菲古堡，气定神闲地喝了起来。

由伊甸浴盐公司掀起的公益行为，获得一片好评，植物人家属纷纷发文感谢甄沛荣，感慨他是时代的英雄。

可是舆论一过，又过了一年，面对断崖式下降的堪比战争年代的人口数量，伊甸浴盐又面临着新一轮的讨伐和抵制。

在伊甸浴盐的诱惑下，人类似乎开始放弃抵抗压力的能力。许多家庭的一家之主突然消失变成了咸鱼，留下老婆和孩子，家庭破碎；有的父母直接消失，剩下一堆孤儿，大部分孤儿偷偷投身工厂当童工。

一天，甄沛荣的豪车被人砸了鸡蛋，他透过车窗认出了对方，是那位曾经在御兔纳米工厂里给他培训的导师。甄沛荣饶有兴趣地摇下了车窗，那名导师想扑上来打他，被保镖们拦住了。

"甄沛荣,你这个万恶的资本家,你就是在报复社会!你怎么会变成这样!"导师声嘶力竭。

"御兔纳米倒了?"甄沛荣耻笑。

"我们御兔纳米真正是在为人类发展谋福利,是你的出现,让所有工人都消失了,社会丧失了劳动力,是你害我们公司没了!"

"不不不,不是没有劳动力了,你一个月给工人开十万,你看有没有劳动力。工人只是来我这上班了,而不是没了。"

"甄沛荣,你以前面试时说你想当咸鱼,你到底是赚不到钱想变成咸鱼,还是因为真的向往慢生活而想变成咸鱼?希望你想清楚,好自为之!"

导师被拖走了,自始至终,甄沛荣都不记得他叫什么名字。但他的一番话,点醒了甄沛荣。

如今的甄沛荣已经是制造焦虑的高手,为了拯救疲软的新季度业务,他想到了无与伦比的广告词:"你到底是因为害怕抵抗压力而想变成咸鱼,还是因为真正向往慢生活而想变成咸鱼?你的生活本可以不用紧绷!在伊甸园,每个人都有向往慢生活的权利。来吧,阳光普照的慢生活!"

在一个大家都想成为咸鱼的时代,你已经无法幸免地也想成为一条咸鱼。你只需要制造一种焦虑,发放一种焦虑,便能让那股焦虑渗透到所有人的心里去。

"慢生活内卷焦虑,开始吧!"甄沛荣几乎带着一股恨意,又带着一丝舒适感,他按下了发送键,将新季度的广告词发了出去……继而倒头大睡。

甄沛荣做了一个奇怪的梦。在梦里,甄沛荣如同波涛汹涌的海浪,一股又一股地翻腾着,他游着,最后看到一座梭子般的铁皮房屋,高高地耸立在沙滩上。

甄沛荣惊醒了。他梦到自己是一片大海。

而他还不知道,外面的世界已经闹得人仰马翻。甄沛荣看了眼手机,显示几十个未接电话,家里的保姆们也都不在了。

"昨晚伊甸浴盐工厂经历了一场大洗劫,所有伊甸浴盐被情绪高昂的人们洗劫一空……"

客厅里,电视传来了新闻播报声。甄沛荣猛地下床,目瞪口呆地望着屏幕里呈现的工厂现状。电视里,人们如同疯了般地砸玻璃、砸墙,蜂拥而入,打成一团,纷纷抓起浴盐就跑。

甄沛荣惊慌失措地跑到了海滩边,只见沙滩上被海浪卷上来很多咸鱼,其中夹杂着许多人类的残肢。他仿佛能想象到,昨晚人们浩浩荡荡地捧着浴盐跳进大海,用浴盐擦拭自己的身体,经历了一场暴乱的狂欢。

此时,海里密密麻麻全是咸鱼,还有很多因为浴盐不够而只变了一半的身体,有的人失去了手,有的人长着鳞。

甄沛荣万万没想到,一夜之间,世界变成了咸鱼之地。

他俯视着大海,按下了房屋的按钮,顿时,铁皮盖子掀开来,阳光照着架子上的咸鱼们,沙滩上一阵欢呼:"好爽啊,又可以晒太阳了!"

甄沛荣孤零零地,一个人面对着眼前的海洋。有那么一刻,他感到孤立无援。这时,他脚边的一只咸鱼开口说话了:"世界真美好啊,甄先生,谢谢你给我们带来的生活,你真是英雄。"

"但我现在感到孤独,我身边一个人都没有了。"他说。

"哎呀,英雄都是孤独的嘛。"咸鱼安慰他。

甄沛荣望着眼前的咸鱼们，犹如曾经望着大厦前的车水马龙，有点犯恶心。他觉悟了，没有人，他存在的意义就没有了。

于是，他又被点醒了。

第二天，清晨，甄沛荣按下按钮，铁皮盖子掀开来，阳光洒在晒鱼架子上，咸鱼们感受着阳光的温暖，与此同时，它们发现海洋上赫然出现了一个巨大的门架。

"咸鱼们！生活不是只有一种，生活不只有眼前的太阳，还有诗和远方！有红酒，有美人，有高楼大厦，只要一直躺着，就没法想象飞着的感觉！当所有人的生活都一样，你可以不同！只要大家拼命往上跑，就能过上与众不同的生活。为此，我开办了一个比赛……跳龙门。"

"哇！"咸鱼们一阵惊叹。

"躺累了，只要你跳过了龙门，优胜者就可以过上与众不同的生活，跟我一样，成为生活的强者！"

顿时，浩浩荡荡的咸鱼们，开始疯狂地往上跳……

[御兔纳米]

甄沛荣决定搬到山林里去。他收拾行李，天蒙蒙亮便出发了。下楼，出门，右拐，他朝公交车站走去。

到了公交站，他看到了广告栏上的一张海报，海报上写着"御兔纳米"四个字。"零基础培训，终身就业，只要通过，高薪入职。"

原来是一张招聘启事，甄沛荣看了眼薪酬……月薪四万？

甄沛荣按照地址抵达了郊区的一家破旧的工厂，最后将信将疑地入职了。经过培训，他签订了终身协议，开始了日复一日的工作。

相对于之前每天加班却极其微薄的月薪，甄沛荣心甘情愿地在御兔纳米公司卖命，付出了自己的青春。

二十年的加班时光，拖垮了他的身体，但也让他晋升到了公司的机密部。在机密部，他才知道御兔纳米一直在研究时光机，想通过纳米技术将人类的身体传送到另外一个时空中去。

这是一项长久且无望的工作，甄沛荣知道，可能到他死去的那一天，时光机都不可能被人类创造出来。

五十二岁那一年，甄沛荣厌倦了自己只有工作的人生。他每天在工厂里，已经接近崩溃的状态，一天，甄沛荣用一年一天的假日出去给妈妈扫墓，就在回工厂的路上，夜已经深了，他坐上了地铁的末班车。

在车厢里，有那么一刻，甄沛荣后悔他当初签订了协议，他想：每天这样有什么用呢？就在那个时候，他看到车厢里有一个纸盒子，盒子里传来了一声叫声。

"喵——"

甄沛荣打开盒子，发现是一只猫，他抚摸着它，将猫咪抱在了自己的怀里。他看着那只猫，心想，我也想有这样无所事事的状态。

曾经心中的那份咸鱼梦，似乎被唤醒了。

于是，甄沛荣回到了御兔纳米，坐在了自己的工位前，开始专心研发一款产品。八十五岁那一年，甄沛荣终于研发成功了，那是一包看上去平平无奇的浴盐，他把它装在一个透明袋里，并随手从桌子上取过一个盒子，把袋子放在其中。

他在等一个机会。

又过了四年，甄沛荣感觉自己活不了多久了，而御兔纳米的时光机终于有了史上最大的突破——时光机或许能投送物品到其他时光中去。

一切只是"或许",但团队坚信,只要继续努力,可能再过一百年,再经历一代人就可以生产出真正的时光机。

可惜的是,甄沛荣见不到时光机诞生的那一天了。他已经身患重病,奄奄一息,临死前,他仍然坚守在御兔纳米的机密部里。那晚,他从工位上起身,抱起放着浴盐的纸盒,将纸盒放到了时光机中。

他怀着侥幸心理拨动机器上的时间,调到他的二十八岁,在出门离开要去山林的时候,在公交站看到招聘广告前。

甄沛荣按下了按钮,无力地闭上了眼睛。梦里,他变成了一只咸鱼,在沙滩上无忧无虑地晒太阳。

"叮。"

机器上意外显示:产品投送完毕。

厕所是爸爸的天堂

[奔]

　　马路中间即将驰来一辆大卡车,它在远处朝这边前进。陈延江盯着那辆大卡车,他想了很多,关于老婆,关于儿子,关于老爸,关于自己,唯独没想过自杀。人到中年,他是想体面一点的。可奇怪的是,他就是忍不住盯着那辆大卡车,脚下有那么一刻不听使唤,他不知不觉就迈了出去。

　　他六神无主,但他突然听到一阵摩托车的巨响,夹杂着一声刺耳的喇叭声。陈延江一扭头,便被一辆摩托车给撞了。

　　他被撞得在地上滚了一圈。

车主慌张地下车,朝他跑了过来:"哥们,你没事吧?"陈延江站起来,双眼直愣地望着眼前的那辆摩托车。车主以为陈延江被撞傻了,但恰恰相反,陈延江被撞回了魂。他指着那辆摩托车问:"哈雷……这是一辆哈雷啊?"

"是啊,哈雷,硬汉883,你也玩哈雷吗?"

陈延江摇摇头,朝那辆哈雷走去。他站在哈雷面前端详起来,似乎将所有疼痛抛诸脑后。

半晌,他才说:"以前是很想玩的。"

陈延江今年四十八岁,被哈雷撞了的那天其实是他的生日。他有一个老婆,但老婆今年忘记了他的生日。他有一个十七岁的儿子,但儿子成绩很差,现在还处于叛逆期。有一个老爸,但上个月刚被测出老年痴呆症前兆。有一间在郊区的房子,但每个月需要还房贷。原本有一份稳定的工作,但半个月前他被开除了。

他像什么都有,又好像什么都没有。

这种似有似无的状态,折磨了陈延江很长一段时间,直到他最近迷恋上了家里的厕所,他才终于找到了心灵的港湾。老婆跟孩子吵架,他会躲到厕所里去。不想说话时,他会躲进去。吃饭前躲进去,吃饭后躲进去,出门前躲,回家后也躲。

那天早上,陈延江换好了西装,便如常躲到厕所里抽烟。他在等儿子出门上学,直到听到关门声,他才从厕所出来,跟老婆说,我去上班了。

他在楼下往家里的窗户看,发现老婆并没有在看他,他才朝平时上班的反方向,坐地铁到附近的一家叫泽沐缘的茶室。

至今,陈延江都没跟家人说他失业了。要是说了,这会让他们怎么看他？老婆会觉得自己没有用，儿子会觉得他的没出息是遗传自老爸，而自己的老爸会说，不听老人言吃亏在眼前，谁让我以前让你找份事业单位的工作你偏不听？

他想找人说，但实在是什么都不能说。

这么一瞒，日子就过去了半个月。之所以选择泽沐缘这样的茶室，是因为可以免费续茶。半个月来，陈延江每天带着电脑在茶室里假装工作，实际是在投简历，但很少有回应。难得一次回应，HR 直接问他，你的直属上司比你小很多岁，你同意吗？

不管同意不同意，最后他都没有被录取。

陈延江知道自己是没有机会了，他是做电商网站策划的，自觉已经比不过年轻人。他羡慕年轻人啊，脑力好能熬夜，还不用被骂。反而是他们这种上有老下有小的社畜，常常成为老板的出气筒。尽管他心里一百个不服，不服老，不服气，但世界仿佛已经抛弃了中年劳动力。从两个月前开始，老板更加疯狂地骂他，挑刺，每次都莫名其妙地把陈延江骂得狗血喷头。他每天眼皮都在跳，感觉有被辞退的预兆。没想到眼皮不是跳着玩的。离职那天，老板都没有出面送他，而是给他发了五百元钱红包。

他没拿，现在有点后悔。不然，这半个月来的茶费，就可以抵了。

那天，陈延江一坐下就开始投简历，他让服务员上来续茶，服务员不情不愿，脸色不是很好，眼睛对他一会儿瞅一会儿瞪的。那眼神兜着一股恨，泄出一丝怜悯，又透露出一种轻蔑，它似乎将陈延江的行为定性为赖皮和没羞没臊，等同于对中年男人判了死刑。陈延江脸红了，像是尿了裤子般羞辱难当。

陈延江也熬不住了，眼看时间一日一日，茶一杯一杯，他正在经受前所未有的焦虑。昨晚，老婆林彩华跟他提了一嘴，说老丈人的生日就要到了，他们即将面临一笔小开销；又说陈延江的老爸陈楚葛被查出老年性痴呆后是越来越糊涂，是不是得考虑送去养老院了。

"陈延江，你爸中午又骂我为什么不给他吃饺子，说今天除夕！你倒是说说，今天六月三号是哪个除夕嘛！你爸是不是想过儿童节？"老婆在床上跟他嚷嚷。

"你就多提醒一下他，多点耐心，不就好了？"

"你爸可是老年痴呆！说了就忘了！"

"别你爸你爸的，我爸不是你爸？还有什么老年痴呆？不是查出才前兆而已吗？只是健忘，健忘！"

"你们全家都一副德行，说好听是健忘，说不好听就是痴呆，你就自我麻痹好了！按我说，前兆早点准备，就有备无患！住在一起真的很不好，谁有那个精力啊？况且明年孩子就高三了，要让孩子住得静心。"

"养老院开销很大，小果那成绩能看吗？还住得静心？不行高三就住宿。"

"你就破罐子破摔了是吧？说的比唱的还好听！那行，住宿也需要花钱。"

吵来吵去也没吵出一个结果，最后两人自觉没趣便蒙头大睡。但说起来，对于老爸送养老院的事，陈延江也不是没考虑过，一个人要是什么都记不住了，住养老院比住家舒服。

只是，全家靠陈延江一份工养家糊口，每个月还有房贷，几乎月光。最要命的是，儿子陈小果一旦读大学，还需要学费；按小果的成绩，能考上私立的大专院校就不错了，到时还需要昂贵的生活费。所以，囊中羞涩之余，还要兜着点花钱，一分钱要拆成两份花。

陈延江想过借钱应急,他给朋友打电话,低声下气,朋友直接说了不行。"我钱都我老婆管啊,拿不出来。"但陈延江知道,对方是知道他没了工作,怕他还不了。

挂完电话,陈延江像是掉了一层皮。

如今,陈延江已经无路可走。

为了尽快找到工作,陈延江想到了去做网约车司机。网约车司机几乎是每一个中年男人的退路,但陈延江没有车。买车需要车贷,还需要二十万元的车位费,陈延江当年一犹豫,如今便少了一个职位。

他悔不当初。

今天的泽沐缘生意不错,人满为患,有些茶客还找不到位置。陈延江被服务员盯得面红耳赤,他看着手中捏着的一张名片,最后收拾东西,起身走了。

既然开车不行,只能走下策了。

他循着名片上的地址,抵达指定的地点后,便给名片上的人打电话:"喂,请问你那边招快递员吗?"

"招的,干得好一个月上万不成问题,你在那里等,我让负责人去找你。"

陈延江松了一口气,心想快递行业对中年男人至少是和气的。他正在原地等,突然被人叫住了名字。"陈延江,是你吗?你怎么在这儿?"

陈延江一看,竟然是自己的老同学丁磊。陈延江忙说:"好久不见,我出来见客户。"

"这样啊,我出来面试。"

"面试?"陈延江顿觉不妙。

丁磊果然说，是啊，有人要面快递员。陈延江寒暄了几句便要走，但他走了几步，回头看到丁磊正在东张西望地找人。陈延江咬了咬牙，又折返了回去。"丁磊，不瞒你，是我想找工作。"

"是你啊？那你刚才怎么……"丁磊顿了一下，嘴角上扬说，"不是，陈延江，你也有今天？当初在同学会上不是很吃香嘛，还说什么大公司。怎么，现在不好意思啦？"

"哎呀，人都有有难处的时候，您多担待。"陈延江勉为其难地笑了笑。

"你客气什么呀？"

"对，一直把你当兄弟，我就不客气了。"

虽说陈延江不是不会客套的人，但如此没脸没皮，他还是第一次。但丁磊却说："是兄弟才跟你说，这活儿啊你做不了，不适合你，你们哪受得了风吹日晒，你们还是适合坐办公室！"

陈延江不笑了。

"实在不行，你去送外卖，外卖好送，一份饭很轻的，快递都是重活儿！"丁磊拍了拍陈延江的肩膀，又胡诌了几句，便得意扬扬地走了。

走之前，还不忘嘱咐陈延江："今年过年的同学会，你记得要来啊！老同学们很久没聚了！该聚聚！"

陈延江漫无目的地走在路上，他握紧了拳头，松了拳头，又握紧了拳头。他生气，羞愧，面如土色，心想送外卖也不是没想过，只不过是他的下下策。

"混了二十多年，我真的要沦落到去送外卖？"陈延江咽不下那口气，送外卖真的太难为情了，他实在做不出来。

那么，就彻底无路可走了。

陈延江望着即将开往马路中间的大卡车,他恍惚间险些入迷了。就在这时,一辆哈雷将他撞倒了。

"哥们儿,你没事吧?"

"哈雷……这是一辆哈雷啊?"他盯着那辆哈雷,像是被撞傻了。

车主无措起来,他不知道自己是不是真的将陈延江的脑子碰坏了。只能试探性地问:"是啊,哈雷,硬汉883,你也玩哈雷吗?"

这句话,像是一道电流蹿过陈延江的身体。又像是老天爷用一个心脏除颤器,按在他的胸口上狠狠地一电……

陈延江觉得自己活了。

[奔]

曾经的陈延江有个哈雷梦,童年的陈延江想要一辆哈雷玩具车,高中的陈延江梦想要一辆哈雷。他做梦都是哈雷,梦里他跟哈雷已经走过千山万水。大学时候,他努力赚钱却还是买不起便搁置了。再后来有了积蓄,但因为结婚和买房又搁置了,紧接着就是到儿子陈小果的出生,他已经忘记了。

他忘记了,但被那么一撞,他仿佛又想起了梦中的那辆哈雷。对他而言,那是奇妙、诡异、幸福的一天,犹如神启。

晚上,陈延江去二手车行买了一辆破旧的摩托车。"破的就好,送外卖用的。"陈延江直截了当地说,已然不顾什么面子不面子的了。

等他坐上了那辆摩托车,他抚摸着车把手,有那么一瞬,他闭上眼睛,想象自己摸着未来的那一辆哈雷。他眼睛一亮。

他十分激动。

陈延江已经好久都没活着的感觉了。"意义"这个词对一个中年男人来说，没有意义。但此刻，陈延江像是有了第二次活着的意义，有了奋斗的意义。陈延江再次感到流着热血的感觉。

生活似乎有了盼头，他又想奋斗了。

夜晚，陈延江开了很久的摩托车，在马路上吹风，最后把车藏在了小区的车库里。他推开家门："我回来了！"

陈小果窝在沙发上打游戏，看了他一眼，没有叫他。老婆已经吃完饭了，只剩下一点饭。陈延江自顾自地坐在餐桌前，吃起了冷饭。

"今天怎么这么晚回来？你吃快点儿啊，我早点洗碗，还要去公园散步。"老婆吩咐。

"嗯嗯。"

陈延江快速地吃饭，老婆随口问他：工作如何啊？陈延江却来了劲，回她说："嗯嗯！今天接了个新项目，我又有激情，又找到了年轻的感觉！"

老婆听笑了。

"年轻的感觉？你就吹牛吧！"

"你不信？"

"哦，有激情就行，多赚点钱，把咱爸养老院的事办了。"老婆开始收拾碗筷，"你好了没，我先去洗碗！"

这时，陈延江的老爸从房间里走出来，指着林彩华和陈小果说："你们怎么把饭都吃了？延江还没吃呢！"

陈小果抬起眼皮瞅了爷爷一眼，冷哼了一声，继续玩游戏。

林彩华收起碗筷，嘴里骂骂咧咧："老糊涂，一天只知道胡说八道！"

但这一切影响不到陈延江的心情，他躲进厕所，哼着歌，高高兴兴地洗澡。越洗越兴奋。

曾经的他将梦想抛诸脑后,没有人替他记得,连他自己都忘记了。但现在,陈延江想拥有一辆哈雷。

他想着自己曾经一无所有的样子,历尽艰辛才找到了第一份工作,随后忍辱负重,吃尽苦头,才有了晋升,之后又一番奋斗有了房子和家庭。万事开头难,但都可以从无到有。

他现在只有一辆破旧的摩托车,之后就一定会有属于他的哈雷。这仿佛成了陈延江的信仰。

于是,陈延江开始送外卖。

每天,陈延江早出晚归,将骑手服收在后备厢,再将车藏在车库。然后回家,躲在厕所里抽一根烟,洗澡睡觉。第二天,他在厕所里抽烟,等陈小果出门上学,他再出门。

但今天出门前,老婆阴沉着脸,陈延江让她帮忙递双袜子,她看着也不情愿。陈延江问,怎么了。老婆这才又提起养老院的事:"你爸的事怎么说啊?"

陈延江一听,不言不语。

老婆叹了口气:"我也不是要逼你,我也知道他是你爸,你对他好,不舍得他。但你不知道……"

"怎么了?"

"他傻了。"老婆摇摇头。

陈延江到房间里去见老爸,只见老爸躺在床上听收音机,扭头问陈延江:"你谁啊?"

"爸,我啊,陈延江。"

"哦,你是我儿子。"

陈延江坐在床沿望着老爸的脸,心里难过、愧疚,又顿觉危机四伏。他害怕，再也没人记住自己了。

不得已，老爸送养老院的事提前排上了日程。为了更好地给老爸养老，陈延江列了一张计划表：每个月百分之八十五的钱给家里开销，剩下百分之十攒起来买哈雷，剩下百分之五给自己吃午饭，同时，陈延江把烟给戒了。

他开始疯狂地赚钱，白天送外卖，凌晨过后跑代驾。

老婆林彩华并没有察觉陈延江的异常。每天陈延江回家，老婆早已熟睡，平时跟她说加班，她也信了。

直到一天晚上，陈延江送外卖到一栋陌生的大楼里。他匆匆地跑着，按门铃，把一袋烤鸭送进去，开门的是一个女人，身后沙发上隐约是一个男人，但陈延江只是瞥了一眼，就匆匆离开了。

他走得那么匆忙，以至于那个女人，也就是他老婆林彩华，都不知道他是否看到了她。

那晚，林彩华第一次没有早睡，而是在等陈延江下班，发现了陈延江骑着摩托车进车库的身影。夜晚，林彩华趁陈延江睡了，她去车库取走骑手服，帮他洗完烘干，再偷偷送回去。

从此，林彩华便每天帮陈延江换洗着脏衣服。林彩华以为，陈延江总有一天会发现的，但奇怪的是，陈延江从来没有提起过这件事。

眼看自己的老公每天睡得那么沉，林彩华终于忍不住爆发了。她在一个晚上，摇醒了陈延江："你想瞒我到什么时候？"

"怎么了？"陈延江稀里糊涂。

"你为什么不问我那天的事？"

"什么事啊？"

直到此刻，陈延江才知道，原来那天他送外卖碰见老婆在其他男人家里。"我没注意。"陈延江平淡地说。

林彩华不知道，陈延江的眼里早就只剩下哈雷了。

"你怎么可以这么冷淡！"林彩华愤怒地拿起枕头砸他，"好啊你，为了瞒自己把工作丢了，宁愿为了保住自尊，也不愿意承认你看到我了，也不愿质疑自己的老婆是不是跟别人跑了是吗！你的尊严比你老婆还重要是吗！"

林彩华坐在床尾，背对着陈延江，呜呜咽咽地哭着。

"那男的确实对我有意思，但我们真没什么！我们在公园跳舞认识的，我那晚已经拒绝他了！陈延江，你别跟我离婚，你和陈小果都需要我！"

"别哭了，要吵醒小果就不好了，明天他还要上学呢。我知道你操持这个家不容易，也没过过好日子，就算是你跟那男的有什么，我也理解。都怪我没本事，没让你过过一天舒服日子。你辛苦了，老婆。"

"我跟他没什么，没什么！去你妈的！"林彩华泪流满面地瞪着他。

陈延江笑了，抱住她说，就知道没什么。

"还算你有点良心，知道我不容易。"林彩华欣慰。

"我相信你的，不相信老婆大人林彩华，还能相信谁？"陈延江说。

林彩华破涕为笑。

陈延江这才跟林彩华坦白，他被公司开除了，丢了工作，并直接说他想买一辆哈雷。林彩华愣住了。

"哈雷？一辆哈雷最便宜也得十万？你是不是疯了啊？你想骑哈雷送外卖还是怎样？买哈雷还不如买点保险和基金呢！"

林彩华躺在床上喋喋不休，直到陈延江的打鼾声响起，她才知道老公已经呼呼大睡。林彩华踹了陈延江一脚，自己也睡了。

但这事还没完。

自从知道陈延江要买哈雷，林彩华便每天跟他提起养老院的事，并让他交钱。她实在不知道，哈雷有什么好买的，到底有什么用？哪个交通工具不是工具？

林彩华只要逮着机会，便变着法地在陈延江面前唠叨。

"唉，最近你爸什么都记不清了，真可怜，老了还得跟我们挤一块。"林彩华假装漫不经心，"他每天来回在桌前走来走去，一会儿梳头发，一会儿唱戏。忘记吃饭，忘记上厕所，什么都忘记了。真羡慕你啊，延江，每天一出门什么都不用操心了。"

陈延江听得心烦，只能又躲到厕所里去。

林彩华不仅自己阻挠，还想让陈小果也发挥点能耐。

那天，陈小果跟林彩华要钱，陈延江就在他们面前，林彩华使个眼神说："我没钱，你去跟你爸要，你爸有小金库，要不要得到看你本事。"

陈小果便扭头跟陈延江伸手："爸，学校补课费。"

虽然陈小果学习成绩差，但在补课这种事上，陈延江从来没有怠慢过他。陈延江爽快地掏了钱。

只是，陈延江没想到，陈小果拿了钱，出门之后便去商场里买奶茶，在网吧玩了一小时后，回家路上，陈小果被两辆哈雷堵住，两个不良少年截拦了他。

"哟，陈小果，今天看你有没有好果子？"老大痞里痞气地下了车，揪住了陈小果的衣领。

老二上手，开始搜身，掏出了陈小果身上的钱。

"交了钱，大家就是朋友，我们以后还可以带你玩。"老大继续说。

"你这车又没法载人。"陈小果不以为然。

"嘿，你踩上来不就行了！托着我。"

"不会很危险吗?"

"娘炮!"

老大一声令下,将抢过的钱收入囊中,呼唤陈小果上车。陈小果便别扭地踩着车管,半坐着一边屁股,驮在了老大身后。

"傻×,脚放好,踩着排气管要烫死你这个臭傻×!"

话语刚落,哈雷便嘭嘭嘭地出发了。

他们在路上狂飙,东走走,西跑跑,他们聚集了一堆玩伴,一泡就是一下午。傍晚时分,一群人还各自开着摩托车在路上招摇过市,陈小果让老大送他回家。"行,兄弟们一块送你。"老大招呼所有人跟着他,浩浩荡荡地按着扰民的喇叭。

他们来到了马路的红绿灯处,一辆外卖摩托车着急右拐,差点蹭到了老二的哈雷。

"妈的,追上去。"

老大叫嚷着,加速冲了上去。陈小果不知道,那辆送外卖的摩托车是自己爸爸陈延江的。那天是中秋,陈延江刚发工资,想快点送完那一单回家吃晚饭。

陈延江还在匆匆地开着。

老大的车开到了陈延江的车旁,一直往他那边挤。陈延江让着,老二加速上去,随即一群人也轰隆隆地围了上去,陈延江下意识地一个猛拐弯,顿时狼狈地摔到了地上。

"哟嗬!"

一群人叫嚣着围住了陈延江,陈延江盯着眼前的哈雷,跟陈小果对视了一眼,瞬间认出了彼此。但彼此都没有说话。

陈小果的眼神飘忽起来,猝然偏过脸去,怕陈延江喊他的名字。老大见陈延江的外卖撒了一地,心满意足地招呼大家动身。老大丢下一句:"送外卖的臭老头!下次长点眼睛!"

自始至终,陈小果认出了陈延江,但都没有叫他。

晚饭期间,陈延江回到家,陈小果已经坐在餐桌前了。林彩华摆好碗筷,吩咐陈小果:"小果,去叫你爷爷吃饭了。"

陈小果一动不动,像在怄气,突然他气冲冲地大喊:"妈!爸爸去送外卖,不要脸!"

"你怎么知道了?"林彩华问。

"我就知道!"陈小果红了眼眶,犹如发现了见不得人的事。

"送外卖怎么了?什么不要脸?不然谁来赚钱养你个没良心的?"林彩华臭骂。

"什么都可以,就是不能送外卖,丢人现眼!"陈小果面红耳赤。

"不赚钱……你爸买不了哈雷。"

林彩华嘴角微微上扬,为自己的机灵嘚瑟不已。陈延江却一声不吭,只是疲倦地看着他们。

陈小果一听,忙问,爸爸为什么要买哈雷?

"你爸就想要。"林彩华挑眉。

"哈雷有什么好的?我同学们都有一辆了,咱们买一辆车吧!明年我高三了,家里有车可以接我上下学,那不是很好吗?"陈小果缓和了许多。

陈延江猛地拍了一下桌子,林彩华和陈小果被吓得打了个激灵。

"你会什么?要给你配车?你只会败家!"陈延江怒不可遏。

见陈延江吼了一声,陈小果也不甘示弱,他喊说:"别人都有车!别人的爸爸都能赚钱!"

陈延江气得发抖,他大发雷霆,反手就扇了陈小果一巴掌:"你问你自己，你有什么梦想吗？每天浑浑噩噩，你只会跟风，你有你真正想做的事，你想画画，你想干吗，我都会拼全力支持你，但是你有吗？你活到现在你有吗？！"

陈小果两眼发直，他捡起自己的碗筷就往地上摔，随即起来撞墙。头朝墙上撞。

林彩华痛哭着拦着陈小果，一边说："你别这样，你儿子也是依靠你才会这么说的。你一家之主怎么可以这样，儿子也没错，买哈雷还不如买车！"

"行，我不买了！"

陈延江生气地从包里取出一张卡和一沓钱，放在了餐桌上，将现金分成三份。"这一份，给你，我老婆！拿去养家，想买车就买；这一份，给你，我儿子！补课和上大学用；这一份，给爸！明天就去养老院！我所有的钱就在这了！"

陈小果还在哽咽着，陈延江扭头喊道："爸！出来一下！"

房间里却一点动静都没有。

陈延江跑到房间，发现老爸没在里头。"爸人呢？"陈延江察觉异样，诧异地望了林彩华一眼。林彩华颤抖着声音说："做完饭的时候他还在啊！"

他们着急地跑到门口一看，发现门开了。

"爸！"

陈延江歇斯底里地在街上喊着，乱走着，寻找着自己的老爸陈楚葛。林彩华和陈小果也纷纷出动。林彩华逢店逢人便问，有没有看到我家公公。陈小果给他的老大打电话，带着哭腔求他说："我爷爷走丢了，求你让大伙帮我找爷爷！"

夜晚，街上响起了轰隆隆的摩托车声，一群不良少年在马路上呼啸而过。

而老年性痴呆的陈楚葛却坐上了地铁的末班车，他在车厢里打了个盹，望来望去，忘记此刻他正在哪里，要去往哪里。

眼看时间一点一点过去，陈延江正准备报警，万般焦灼之下，陈延江瞪大眼睛，在小区门口的马路上看到一个熟悉的身影。

"爸？"

陈延江奋力跑上去，牵住了老爸的手。"爸！"

他们两人站在街上，街边路灯昏黄。陈楚葛迷糊地看着陈延江，从兜里掏出了一个哈雷玩具摩托车："我给我儿子买玩具，他一直说他想要一个哈雷。你带我去找我儿子，我儿子叫……哎哟，我忘记我儿子叫什么了，也忘记我住哪里了。"

陈延江拿过老爸手里的哈雷玩具车。

"我儿子想要一个哈雷。"陈楚葛嘴里念叨着。

陈延江哭了。

他想起，那是他八岁的时候，他跟老爸经过一家玩具店，他望着橱窗里的哈雷车跟老爸说："爸爸，我长大了想要一辆哈雷。"

陈延江没想到，老爸还记着。

林彩华和陈小果跑到了小区门口，远远地看到陈延江跪在陈楚葛面前，哭成了泪人。他声嘶力竭，喊着："爸爸，你不要忘记我。"

那是作为老婆和儿子的他们，第一次看到陈延江，哭得像个孩子。

[奔]

"老板，我想租车。"

两个月后，陈延江在一个哈雷车行里，租骑了一辆梦中的哈雷。

他骑着哈雷行驶在高速公路上,一路迎着风,无忧无虑地驶往不知方向的前方。

半路,他开上了堤坝,旁边是一条在阳光下闪闪发光的小江。

陈延江一时性起,将哈雷停在了路边。他肆意地一路奔跑,脱光衣服,一跃投进了江中。

他用力地蜷曲着身体,深深地沉入江水中。随后便是舒展,畅游。

江水里滚起圈圈气泡。陈延江浮出水面呼吸,洒水,身体又像一条海带,自在又雀跃地融入水中。

他就那么游着。

宛如投入母亲的羊水,旁若无人。

哪　吒

· 序幕 ·

哐！

戏台右侧，说戏人手持一个喜锣，叮当地一敲，抑扬顿挫道："有军政官报入府内：'外面有三公子，脚踏风火二轮，手提火尖枪，口称老爷姓讳，不知何故，请老爷定夺。'李靖喝曰：'胡说！人死岂有再生之理！'言未了，只见又一起人来报：'老爷如出去迟了，便杀进府来！'"

一阵锣鼓声响起，戏台上那孩童哪吒手持一根火尖长矛，朝眼前的小厮和仆从一挥，铿锵有力地喊了一声：嘿！小厮和仆从们往后假摔一地，哀号着哀号着，李靖便从后台迎了上来。李靖定睛望着哪吒，与哪吒一起绕了戏台一圈，李靖做吃惊状，愤然说道："你这畜生！你生前作怪，死后还魂，又来这里缠扰！"

哪吒叉腰，咬牙切齿："李靖！我骨肉已交还与你，我与你无相干碍，你为何往翠屏山鞭打我的金身，火烧我的行宫？今日拿你，报一鞭之恨！"

说完，哪吒将火尖枪晃一晃，朝李靖劈头刺去，李靖手持画戟相迎。

哐！

说戏人手遥遥一指："李靖将轮马盘旋，戟枪并举。哪吒力大无穷，三五合把李靖杀得人仰马翻，力尽筋输，汗流浃背……"

哐哐！

"李靖只能往东南避走，哪吒大叫曰：'李靖休想今番饶你！不杀你决不空回！'"

戏台上的李靖在地上爬着，哪吒一脚踩在李靖身上，两人便分外用力地彼此仇视起来。

哐哐哐！

说戏人捋起了自己的假胡子，摇头晃脑道："哪吒为何如此下手？他说不出心中快意，但旁人看来就好说罢，那便是……报仇！"

· 第一幕 ·

李天明抓起柳樱霞的头就往墙上撞，女儿李红潭就在窗边的木质桌上写作业。木桌上，有李红潭刻下的一个字：早。

柳樱霞凄然地尖叫着，呜咽着，摆手求饶。李红潭全神贯注地抄写着课文，仿佛沉浸在书本的乐园里。李天明总是如此，时不时下班回家就要喝酒，喝醉了酒就要打柳樱霞。有时候，是因为晚饭里的空心菜放多了盐；有时候，是因为白天送货不顺心；有时候，连李天明自己都说不上来为什么，反正他酒醒之后就什么都不记得了。

但今天，李红潭是知道的，她放学跟柳樱霞去买菜，在家附近的戏台边看戏看得痴了，柳樱霞疼她，想让她多看会儿，结果忘了给李天明买配酒的花生米。

小时候，李红潭问过柳樱霞，为什么爸爸要打妈妈。柳樱霞说，因为爸爸喝了愤怒之水。愤怒的药水就像黑女巫梅尔菲森特在纺车的梭子上抹的毒药，喝了便沉睡不起，但毒瘾会让人梦游。爸爸就是在梦游。李红潭倒不那么觉得，她心想那只不过是妈妈的童话，她知道那是酒，李天明不过是酒品差劲。

不过，今天李红潭看了戏，她在回家路上想起了课堂上新教的类比修辞。她学以致用地想，村民向龙王祈求雨，龙王就要吃小孩，爸爸就是龙王，小孩就是酒。一个又一个小孩，就是一碗又一碗的酒。

吃不饱，要打人的。

这会儿，李天明打累了，任由柳樱霞颤抖着蜷缩在墙角。柳樱霞长时间地静默着，只是拨了拨披散在脸上的头发，眼神涣散地望向窗外。李红潭想让李天明和柳樱霞高兴，她从书包里抽出一张折得整整齐齐的奖状："爸爸，我上次的数学竞赛拿了奖。"

"哟嗬。"

看到奖状，李天明梗着脖子红着脸，眉角弯弯，嘴里说着好样的。他接过奖状端详，把奖状折了两回，撕完胶纸就往窗上贴。他贴得慢，贴得细。一边贴，李天明一边往街道对面瞅。他想让对面的惠玫红和启泽林知道，女儿李红潭又拿奖了。

他总是选好饭点，好让对面那一家人瞧见。每一次拿奖，李天明就撕掉旧的，贴上新的。虽然够得着，但李天明喜欢踩着凳子贴，对面那一家住得比李红潭家矮两楼，李天明踩着凳子，看他们就更矮了。

李红潭站在窗边，看到对面那一家在其乐融融地吃饭。她喜欢街对面的玫红姨和泽林叔，因为他们很温柔。但豆豆是他们的儿子，李红潭又很讨厌豆豆。

此时豆豆扭头看到了李红潭，他将手比成一个望远镜，与李红潭对视。随后，豆豆朝李红潭做鬼脸，气汹汹地跳起来拉起了窗帘。

第二天，豆豆在上学路上瞅见了李红潭，仿佛气不过般，他跑上去又拽了一下李红潭的马尾，李红潭嗷叫了一声，豆豆叫嚣着"叫你炫耀"，朝她吐了个舌头跑了。

"下次再让你爸贴奖状，小心吃我拳头！"

李红潭站在原地，望着豆豆跑得飞快的背影，心里恨他。到了学校，语文课上分发试卷，李红潭又考了第一。课间，豆豆坐在椅子上晃腿，他盯着坐在原位上背课文的李红潭，撇了撇嘴，上前抢过李红潭的笔盖就往鼻孔上塞。

李红潭的同桌茵茵见状便急了，伸手说："豆豆，那是我借给红潭的，还给我。"

"那算你倒霉！以后就是我的鼻孔盖！"

豆豆将笔盖在鼻孔里转来转去，男孩子们哈哈大笑。茵茵趴在桌上哭了。李红潭站起来喝令说："还给她，不然我就叫老师。"

"哟哟哟，好学生叫老师咯，老师的跟屁虫。"

李红潭阴着脸，扑上去就抢。两人扭打在一块，大家起哄着说，打是情骂是爱。混乱中，豆豆用手肘一拱，将李红潭重重地推倒在地。豆豆还喊说："李红潭，她爸是酒鬼欸，酒鬼的女儿，她妈妈是被撞头的尖叫鬼！"

李红潭站起来，什么话都没说，只是恶狠狠地，直勾勾地瞪着豆豆，眼神带着愤懑，仿佛要瞪出血来。豆豆被瞪得发怵，问她，你干吗啊。李红潭仍然紧闭着嘴唇，豆豆将笔盖朝她扔了过去，骂道："一家都是疯子！"

昨晚拉起窗帘，豆豆又被惠玫红骂了。惠玫红教训豆豆，说给他吃的用的都是最贵的，但他就是不争气，是个不折不扣的笨蛋。惠玫红问，别人家的孩子奖状一张又一张的，你呢？豆豆骂说，别人家的妈妈不会打孩子的。惠玫红反手就给豆豆的脑袋瓜一叩。

豆豆咽不下这口气，今天他要好好跟李红潭算账。

下午第二节课，豆豆在课桌底下掏出放大镜，将太阳光折射到李红潭的脸上。李红潭晃眼，看到豆豆正在阴笑。李红潭突然哇的一声捂住了脸："老师，豆豆用放大镜照我的脸！"

"给我出去罚站！"老师朝豆豆怒吼，扭头细看李红潭的脸，"你的脸怎样了？"

"老师，我自己去下医务室拿点药膏涂一下就好了。"

老师要送她去医务室，李红潭推托着，自己出了教室。豆豆在走廊里瞪她，她什么话都没说，下了教学楼，便朝校门的方向跑。五分钟后，她来到最近临时搭建的戏台下，聚精会神地看着台上的哪吒。

哐！

说戏人正说到戏眼上，他神采飞扬，句句铿锵有力："哪吒抢一步赶上去，一脚踏住敖丙的颈项，提起乾坤圈，照顶门一下，把三太子的元身打出，是一条龙，在地上挺直。"

台上的哪吒背对着观众，看似掐着一名男子的脖子。哪吒说："打出这小龙的原形来了。也罢，把他的筋抽去，做一条龙筋绦与俺父亲束甲。"

话毕，哪吒抽出了一根发亮的皮筋，宛如抽出了龙身上的筋。李红潭看得激动不已，拳头握了又松，松了又紧。正流连忘返之际，身旁一位老爷爷问她，有没有兴趣学唱戏？

"什么？"

"这里有班报。"

汗水流到了李红潭的脖颈上，真是个炎热的酷夏。李红潭不知如何回应，她抿了抿嘴，又擦了擦汗，最后将手心里的汗也往身上揩了两下，走了。李红潭匆匆赶回教室时，已经放学了。她收拾书包，却怎么都找不到自己的数学作业本。

傍晚，李红潭回到家，发现柳樱霞正站在窗边望着对面那一家人。最近柳樱霞总是会在窗边站上好一会儿，有时出神，有时眼睛渗着一丝动容。今天李天明下了班，冷哼一声说："怎么，羡慕人家比咱家有钱是吧？"

柳樱霞懒得理会李天明，只是默默走开，踱到厨房里去。柳樱霞走后，李天明会在窗边站上一会儿，如同在看一处难看的长满杂草的风景，他眼里带着镰刀。晚饭过后，李红潭搬出木桌子，写作业前，她会在窗边站上一会儿。

豆豆趴在窗台上，一见到李红潭，豆豆掏出她的作业本放在窗台上，然后他爬上去脱裤子，朝她的作业本撒尿。

柳樱霞唤李红潭写作业，李红潭这才拿出新的作业本，随后用削笔刀削笔。李红潭望着削笔刀，又望了眼对面的豆豆，削笔刀在白炽灯光下蒙了一层光辉，李红潭想起了哪吒手里的那支火尖枪。

· 第二幕 ·

饭菜刚上齐，惠玫红领着豆豆上门了。听到敲门声，柳樱霞脱下围裙，擦拭双手后开门。惠玫红倒是带着笑说，事情是这样，我们豆豆说你们红潭借了他的钢笔,吵着要要回来。

见外人总是要体贴些,惠玫红用的词是"借"而不是"偷"。这不,豆豆更正说辞,嗓门大开说:"她偷我钢笔!还给我!"

李天明一听便不乐意,他明知故问:"谁家的孩子啊?你说谁偷你东西了?"

他领着李红潭来到门前,李红潭摇头说,我没有。豆豆说,不信你们翻书包。李红潭起红了脸,她下午刚攒钱买了戏服,不知道放哪里便放书包里了,这会儿还没藏好。她哪知道豆豆偏偏选这时候污蔑她。

"红潭她爸,咱们也别生气,小孩子嘛,借来借去或者拿错东西很正常的,有的话就还给他,没有的话就算了。"惠玫红说。

柳樱霞问李红潭,有没有?

李红潭笃定地摇头。李天明拎过书包,李红潭身体僵直着,低着脑袋。只见李天明开始翻书包,掏出了一套戏服,他审视般地望了李红潭一眼,李红潭不敢动弹,他继续摸索着取出了一支钢笔。

李红潭唰的一下便掉下泪来。她在想着怎么跟爸爸说戏服的事,还来不及反应,李天明便给了李红潭一巴掌。"红潭她爸,红潭她爸!"无论惠玫红怎么劝阻,李天明扯过李红潭的手臂又掐又打。

"我说你最近成绩怎么那么差,我看你都把心思花哪里了!"

李天明将戏服在李红潭面前撕得稀巴烂,李红潭扯着戏服尖叫。柳樱霞见状,将钢笔塞还给豆豆,跟惠玫红说了句抱歉,便匆匆关上了门。

惠玫红领着豆豆下了楼,见豆豆得意,惠玫红反手就给他的脑袋瓜一叩,教训说,别以为我不知道是你污蔑人家,以后再这样我懒得理你!

李天明不过是想做点什么，好让自己下得了台阶。想要李天明或者让自己的女儿跟街对面那一家说抱歉，那是不可能的。只不过，戏服没了，李红潭是真的伤到了心窝。她吃不下饭，只是干坐在餐桌边抽泣。

　　李天明开始喝酒，他给李红潭夹菜，突然咧嘴大笑："不愧是我女儿，抢一下他儿子的钢笔怎么了？好样的，爸爸不生你气，爸爸还要夸你。"

　　李红潭摇摇头，红着脸大叫说，不是我偷的！

　　"女儿说了，她不是贼。"柳樱霞说。

　　李天明猛地一拍桌，手指指着窗外，脸红得像个火球："那个启泽林，要不是以前抢我的工作机会，现在还轮得到他住好房子，我去开货车？抢他儿子一个钢笔怎么了？我女儿成绩比他儿子好，还要抢他钢笔，我女儿怎么这么棒！"

　　李红潭恶狠狠地仇视着自己的爸爸。柳樱霞叹了口气说："别在孩子面前说这些。"

　　"我还不能说了！"李天明吼了一嗓子，将酒杯一摔，柳樱霞护着李红潭，将她推到了卧室里关上门。李红潭又哭了起来，只听门外的柳樱霞歇斯底里地说："我真的好后悔嫁给你，远嫁到这里，现在娘家我也回不去了！你喝死算了吧，李天明！"

　　随后，一阵又一阵尖叫和哀号，听得李红潭打战。她的拳头紧紧地握着，久久无法松开来。

　　不知道过了多久，柳樱霞开了卧室的门，才看到李红潭蹲在柜边，脸埋在双膝间。柳樱霞的脸脏了，蹭着很多灰，李红潭帮妈妈擦脸，柳樱霞抱了抱她。之后，柳樱霞跟李红潭一起洗澡。李红潭时不时望着柳樱霞身上的伤痕，眼神又闪躲开。柳樱霞给李红潭放水，李红潭坐在浴盆中，将毛巾浸湿，往自己身上擦。她慢慢地洗，轻轻地抹，像是脱下一层骨，一层肉。

淋浴头在昏黄的灯光下，如刀面般映着她的脸，李红潭又想起哪吒的乾坤圈。

第二天早上，豆豆走在上学的路上，撞见李红潭站在路边喝牛奶。豆豆龇牙咧嘴，双手握拳在眼前比画着，做哭泣状嘲笑她。李红潭却径直朝豆豆走了过去。

"豆豆，跟你商量个事。"

"走开，大家来啊，这里有贼啊！"

"你想考满分吗？"

"什么意思？"豆豆一听止住声。

"今天要考试，你给我钱，我帮你考满分。"

李红潭家的窗户上总是贴着奖状，豆豆早想让妈妈也贴一张。豆豆耻笑说，你是不是没钱买钢笔啊，穷光蛋！

耻笑归耻笑，几天后，豆豆拿着试卷，走在放学的路上身轻如燕。李红潭跟在他身后，豆豆开心地笑了，她也笑了。他们走到学校附近的堤坝上，在石堤边停下脚步，豆豆从裤兜里掏出钱，递到李红潭手中。

李红潭转身要走，豆豆喊了一声，喂，跟你说个事。李红潭走到豆豆跟前，豆豆将脸凑到李红潭的耳边，轻声地说着什么。

傍晚的余晖洒在堤坝上，热气未散，仍然腾腾。

一个老头骑着自行车停下，下到坝下去钓鱼。他踩着散落的石块，坐在江边放钩。堤上，李红潭又朝豆豆走近一步，双手突然用力一推，豆豆便往后一倒朝坝下摔了下去。

等到老头眯着眼睛再往上看，已经没有人了。

晚上，李红潭站在窗边，她看到玫红姨和泽林叔正在街道上穿梭，似乎逢人便问豆豆的去向。

· 第三幕 ·

惠玫红和启泽林在砸门，声响如重击的摆锤。李红潭被吵醒，恍惚中听到爸爸妈妈都起来了，她便也跟着起了床。柳樱霞开了门，惠玫红便指着她的鼻子叫嚣："你们家闺女是不是欺负我们豆豆！"

李红潭揉了揉眼睛，看到豆豆头包着纱布，身上还有多处擦伤，他躲在泽林叔的身后，唯唯诺诺地瞅着她。李天明甩开惠玫红的手，站上前问，大半夜你这疯婆娘乱吼什么呢？

"你看我们豆豆摔成什么样了，是不是你闺女推的？"

"小心点说话！你哪只眼看见了？"

"我看你们一家人都不是什么好人！"

眼看邻居们纷纷被吵醒，李天明跟惠玫红险些就要吵起来，柳樱霞往前推了推李红潭，启泽林拉过躲在他身后的豆豆。柳樱霞问，红潭，是你吗？李红潭直勾勾地盯着豆豆，豆豆把脸偏向一边去。李红潭不语，只是缓缓地摇头。启泽林问豆豆，男孩子要勇敢有担当，说实话，是就是，不是就不是。

豆豆瞥了一眼李红潭，眼神又闪躲开，他也摇了摇头说，不是。

"看吧，胡搅蛮缠，管好你们自己的儿子！也太皮了点，摔得皮开肉绽的！"说完，李天明砰的一声把门关上了。

第二天是周末，李红潭吃过早餐，站在窗边用削笔刀削着铅笔，一边望向豆豆一家。她看到豆豆家的窗户上贴了一张试卷。

午后，柳樱霞跟李红潭去菜市场买菜，她们正挑起一个大南瓜，李红潭听到有人叫了妈妈的名字，便看到了泽林叔。泽林叔会自己来菜市场买菜，而且他不喝酒，这便是李红潭说泽林叔温柔的原因。

"你也出来买菜？"泽林叔看了眼李红潭，又看了眼她们手中的南瓜，"昨晚的事真对不住啊，我老婆的性子你知道，就是那样，你别见怪。"

"是，是，误会。"

"今天天气不错。"

"是啊，天气不错，降了点温，之前人热得流汗，心里就烦躁。"

李红潭听他们客客气气地寒暄着，南瓜拨弄完了，继而敲起了摊上的冬瓜。恍惚间，李红潭看到泽林叔要塞给柳樱霞一袋刚买的红彤彤的、饱满的西红柿，柳樱霞推托着还是收下了。

"夏至很快就要到了，一晃又一年了。"泽林叔说。

"是，是，又一年了。"

"今年孩子暑假，你们家有什么活动吗？"

"没有，还是那样，夏天难熬，没什么活动，大不了等到秋分，要凉快些。"

"那可不行，看看戏也是好的。这中山街搭的戏台，下周一晚有新戏，你要不要去？"

"哪个戏？"

"《游园惊梦》，晚上十点，你过来就知道了。"

"我老公不爱看戏，我可能得找机会自己来，但老公睡得晚，我没这个机会的。"

"戏完之前，都是好看的，啥时看都来得及。夏天这么热，每天待在家里也不是办法，总得出来透透气的。我就爱看那出，一待就很久。"

"行，我再看看吧。"

柳樱霞牵起李红潭的手，让她跟启泽林告别。李红潭摆摆手，母女俩便往家方向走。李红潭一边走着，一边往回看，看到泽林叔也在望着她们。回到家，柳樱霞坐在客厅的小凳子上择菜，脚边就放着那袋西红柿。择完菜，柳樱霞拿起一个西红柿往衣角上擦了擦，然后端详着，凑到嘴边咬了一口，默默地吃了起来。

李红潭在木桌前写作业，倏忽偏头望着墙上的日期，又在草稿本上记下：下周一。

第二天，李红潭兜里装着从豆豆那里攒到的钱，走进了街边拐角的刀具店。她细心挑选了一把水果刀，长长的，好像哪吒的火尖枪。回家之后李红潭将它藏在了床底下，与昨晚偷来的酒放在一起。这会儿，李天明回到家找不着酒，臭骂说是被柳樱霞藏起来了。李天明重重地摔门，随后赌气般地带回了好几瓶，一瓶一瓶地从塑料袋子里取出来摆在餐桌上。晚饭后，李天明又要耍酒疯，柳樱霞跟李红潭躲进了厕所里，任李天明在外面大吼大叫。

她们又一起洗澡。李红潭帮柳樱霞洗发，她挤洗发水抹在柳樱霞的长发上有模有样地揉搓。柳樱霞被逗乐了，肩膀一颤一颤地乐，笑大了变成了抖，抖着抖着，李红潭听到了柳樱霞压抑的哭声。

李红潭从背后抱住柳樱霞，问她："妈妈，你的娘家在哪里呀？"

柳樱霞说，在南方。李红潭又问，那里最好吃的东西是什么呀？柳樱霞说，那里的夏天有很多很多荔枝。

"那我知道了，以后我长大了，就去夏天有很多荔枝的地方找妈妈。"

"你在说什么？"

柳樱霞吃惊地扳过李红潭的双肩，疑惑她到底在说什么。李红潭凑近柳樱霞的脸，说，妈妈你走吧。

柳樱霞眼神空洞地看着李红潭，眼角有泪流下来。李红潭却舀过一瓢水，从柳樱霞的头上淋下来，咯咯直笑。柳樱霞将李红潭抱得那样紧，仿佛要把她抓住。

　　又是新的一天了，李红潭看着日历上的日期，星期一。这天李红潭走在回家的路上，豆豆突然拦住了她的去路，说马上就要期末考了，让李红潭帮他考满分。李红潭原先不想理豆豆，却在走了两步之后，顿了顿转过身去。

　　"我想要一套戏服，你帮我买。"

　　"多少钱？"

　　"一百多块。"

　　"我没那么多钱，我攒一攒，暑假了再给你行不？"

　　"你让你妈妈今晚带你去买，商贸城里有一家卖的，我等你给我。"

　　"你想买什么戏服啊？好丑啊，像死人穿的。"

　　"哪吒。"

　　"哪吒不是男孩子穿的吗？你是女孩子。"

　　"那又怎样？"

　　"你们一家都是疯子。"

　　李红潭瞪了豆豆一眼，豆豆再次威胁李红潭，如果不答应帮他考满分就要揍她。李红潭吩咐说，那你今晚记得让你妈带你去买，我在窗边等你。豆豆跟李红潭拉钩。

　　晚饭过后，李天明看着心情不错，只是小酌，嘴里还哼着曲。李红潭见状，从床底端出那瓶白酒递给李天明。

　　"爸爸，这里还有一瓶。"

　　"你从哪里拿的？"

　　"我在厨房里看到的。"

李红潭帮李天明递杯子，放在餐桌上，又扭头跟柳樱霞说，妈妈，我作业都写完了，我想去睡觉了。柳樱霞在洗碗，手忙脚乱地应了声，好。

李红潭躲到了卧室里，她将房门反锁，拿出一本童话书便坐在窗边看了起来。房间外一会儿有动静，一会儿没动静。直到完全没有了动静，夜已经逐渐深了。李红潭在窗边，看到惠玫红牵着豆豆的手从街道一头走来，豆豆手里拎着一个袋子，袋子里应该是李红潭的戏服。李红潭望着，他们回家了。

李红潭推开房间的门，到李天明和柳樱霞的卧室里去，她再也看不到柳樱霞的衣物了。于是，李红潭从床底拿出那把水果刀，走到了烂醉在沙发上的李天明跟前。屋里没有开灯，客厅里透着窗户外的光，仿佛带着别人家的灯火气息，白净透亮。李红潭举着刀，安静地听着李天明的呼吸声。李天明正在翻身，眯着眼睛看见李红潭和她手里的刀，猛地打了个激灵。

李天明被吓醒了。他声音缥缈又黏糊地问，你干吗？李红潭凑到李天明耳边，轻声地说："爸爸，妈妈跟那个泽林叔跑了。"

说完，李红潭邪魅地望着李天明。

那眼神深不见底，就像那天在堤坝上，豆豆也是用这样的眼神望着李红潭的。那天，豆豆也像今晚这般，凑到李红潭耳边，轻声说："你妈妈是荡妇，还想让我爸娶她。"

李红潭直勾勾地瞪着豆豆，豆豆得逞似的咧嘴笑，将手指搁在自己的嘴前做保密状。李红潭朝豆豆走近，突然用力一推，豆豆便往后摔下了堤坝。李红潭伏在石坝上，俯瞰堤下："你敢说是我推你的，我就说你考试作弊，是我考的。"

可能就是那个时刻，李红潭的眼神里透露着从未有过的邪魅。这会儿，李天明恍惚地跟李红潭对视着，半晌，李天明夺过李红潭的刀，朝楼下冲了下去。

李天明疯了似的，嘴里大叫着，咒骂着，往街对面那一家跑去。李红潭随后紧跟着。李天明砸门，惠玫红将门一开，撞见面红耳赤的李天明操着刀，当即嚷着要报警。只见李天明冲进客厅找人，李红潭看到了玄关处的那个袋子，她抱起袋子便跑回了家。

"启泽林你他妈给我出来！柳樱霞你这个婊子！"

惠玫红跟李天明拉扯着，李天明双眼通红，如同爬满了胭脂虫的尸体。他嘶叫着，指着惠玫红喊，你老公抢了我老婆！

"救命啊！"

豆豆家传出撕心裂肺的一声喊叫。李天明抓起惠玫红的头就往墙上撞，随后朝惠玫红一刀砍去，豆豆要往家门口跑，李天明转身朝他背后也砍了过去。

楼上，楼下，左边，右边，对面。那些楼栋上，家家户户的窗户都亮了。李天明浑身血迹地冲上了街道，手里提着刀，恶狠狠地喊说，启泽林你抢我女人！

李红潭回家关上了卧室的门，她取出袋子里的戏服，站在镜子前比画着，满意地转了一个圈。

地铁的末班车上，柳樱霞跟启泽林倚靠在一起，启泽林握着她的手，说以后再也不会有人打你了。柳樱霞双眼透出一丝动容，仿佛眼前反光的地铁车窗，就是一扇春天的窗户。

·终幕·

戏台垂着红色幕布，锣打鼓响，戏剧马上就要开始了。

李红潭的奶奶牵着李红潭朝戏台走去，戏座上的邻居们窃窃私语，有人说李天明被关起来了,李红潭现在都是她奶奶在带。有人感叹,这丑事也不光彩,估计过不久,李红潭那家就要搬走了。有人笑言,别太入戏,戏看看就得了。

哐!

只见那红色幕布被一分为二,说戏人坐在戏台右侧,手持一个喜锣,娓娓道来:"有诗曰:金光洞里有奇珍,降落尘寰辅至仁。周室已生佳气色,商家应自灭精神。从来泰运多梁栋,自古昌期有劫燐。戊午时中逢甲子,漫嗟朝野尽沉沦。"

哐哐!

"话说陈塘关有一总兵官,姓李,名靖,自幼访道修真,拜西昆仑度厄真人为师,学成五行遁术。因仙道难成,故遣下山辅佐纣王,官居总兵,享受人间之富贵。原配殷氏,生有二子:长曰金吒,次曰木吒。殷夫人后又怀孕在身,已及三年零六个月,尚不生产。李靖时常心下忧疑。一日,指夫人之腹,言曰:'孕怀三载有余,尚不降生,非妖即怪。'"

哐哐哐!

戏台上,李靖与夫人登场,两人于荷花池边望月。台下众人随着入了戏。李红潭的奶奶漫不经心地听着,深深地吸了一口烟。

直到说戏人说,哪吒年方七岁,身长六尺。台上的哪吒才现身,李红潭的奶奶探头望了望,可惜那是个男孩,不是李红潭。说戏人又说:"且说三公子哪吒见天气暑热,心下烦躁,来见母亲,参见毕,站立一旁……"

"孩儿要出关外闲玩一会儿。禀过母亲,方敢前去。"

戏台上的哪吒说着,戏台后的李红潭对着镜子,也在同步临摹着唱戏。

李红潭的奶奶又吐了一口烟:"哼,我早跟你爹说过,你要是个男的,没准还能成为角儿!"

奶奶又将烟头往地上一扔,脚底碾了碾,半晌嘴里才吐了两个字,烂戏!

晚霞中的红蜻蜓,你在哪里

"这次你要再搞砸,我炒你鱿鱼。"

手机里是老板的威吓,大蛋嬉皮笑脸地说,要的要的,给你安排得好好的。挂掉电话后,大蛋冷哼一声,心想这大尾巴狼,等我有钱了我才把你炒了呢!

但话说回来,大蛋这次还是想好好干的,要是真被炒了,换工作多麻烦呀,到哪儿的尾巴狼不是大尾巴狼呢,好死不如赖活着。

他循着手机上的地址,到小区门口一瞧,哟,这小区真气派!

自从入职这家叫"夕阳幸福港"的公司,大蛋就觉得自己不洋气了。公司的经营主业是给空巢老人提供陪伴关怀服务,大部分下单的都是远在外地的儿女,会让他们在自己忙不开时上门慰问自己的父母并送礼。

大蛋去过的地方大多是城市里的老破小,特别像他读书时经常逃课去玩的网吧根据地,虽有几分亲切,但也略显落寞了。

这次就不一样!

小区门卫给大蛋开门,朝他鞠躬。大蛋大摇大摆地踱进小区,他走过鹅卵石道,满意地环顾四周,在人工湖边抽了根烟,随即上了高楼的电梯,站到了指定的门号前。

在敲门前,大蛋有模有样地顺了顺自己的头发,整理领带。因为老板特意嘱咐过他,这次客户指定要高学识有涵养的人选,让大蛋装知识分子,装得像一点,千万别又收了差评,吃不消了。

今天,大蛋自诩要拿影帝奖。他昂首挺胸,优雅地敲响了房门。门却早在等着他似的,马上便开了。

"您是郝大爷吗?是您下的单吗?"大蛋让自己温声细语。

"欸,欸!就是我,快进来。"郝大爷忙应声,笑容可掬地招呼大蛋进门。

"好嘞!"大蛋不忘喊口号,"欢迎托付夕阳幸福港!"

大蛋进了门,心里惊呼,哟,豪宅!

有钱人寂寞他是清楚的,有钱的老人就更寂寞了。他环顾着客厅里的真皮沙发和扫地机器人,心想此次任务应该就是跟郝大爷聊聊天,问题不大,理想状态是早点下班。谁知道,郝大爷却冷不防地问他,你大学是985吧?

大蛋心里咯噔一声,他不懂,现在的人聊天消遣还得找有学识的,是要开大会呢?他扫了一眼郝大爷,六十岁的样子,在他见过的老人里岁数不算大,手里拿着一份报纸,不知道是在看新闻还是老年人保健广告。

虽然大蛋没有读过大学,但他提一提雅兴,行,今天跟你装个半小时的。"我学识可能比不上您的,郝大爷,只能尽量让您满意。"

郝大爷摆摆手说:"我满意不重要,重要的是我孙子满意。"

"你孙子?我跟你孙子聊啊?"

郝大爷忙解释,他其实是因为帮儿子和儿媳带孙子,孙子遇到一些他解决不了的功课,无奈之下,他想起"夕阳幸福港"说能解决老人的所有日常需求,便下单试试。

大蛋蒙了,到头来居然是要帮忙照顾孙子。他想,郝大爷真是一个大尾巴狐狸,精明得很,谁不知道带小孩是苦差呢。他最讨厌小孩子了,现在的熊孩子比皮球还皮,上次他在小区走路,一个小孩子把足球踢到了他后脑勺上,还特嚣张地喊他说:"喂,流氓,帮我捡下球嘛。"

大蛋二话不说就把足球踢飞了。

管他是谁的孩子,来一个就想臭扁一个。他灰心地问郝大爷:"您想我做什么?"

郝大爷说,没别的,就是辅导作业。

大蛋心虚了,他从小就逃课,就是不会做功课才沦落到来照顾老人,怎么现在照顾老人还得做功课?

"正正今天的任务是要完成一篇作文,还有练习一首钢琴曲。你能辅导他完成作文,再陪他练完琴就好了。"

大蛋听到辅导作文,瞬间便来了精神,眼里发光。他喜欢看网络小说，特别是看修仙文，已经看了好几本了，好歹也看了有几百万字。对待一篇小学作文，岂不是小瞧了他的小说涵养？

他胸有成竹，喜笑颜开地满口答应下来："作文我在行啊，郝大爷！"

大蛋跟郝大爷去了书房，书房很大，一面墙的书架上摆满了书，一面墙前摆着钢琴，一面墙的展示架上摆满了各种创客教育类成品和体育类产品，另一面墙前就是长长的书桌了。一个男孩和一个女孩正坐在书桌前写作业。

"正正、燕燕，看爷爷给你们请了一个辅导老师。"郝大爷说完，便跟大蛋介绍说，燕燕是正正的堂姐，两人同龄，都读小学三年级。燕燕偶尔会来家里跟正正一起学习。

"我不需要辅导。"燕燕盯着他们，双手捂着嘴笑，"我已经写好了！你们看正正，一个字都没写，一直在咬笔头。"

"你不要笑我！"正正趴在桌上，瞪了燕燕一眼。

"老师，你叫什么名字？"燕燕问。

大蛋转溜眼睛，说，你们可以叫我蛋侠。

正正一听，直起身子问他："蝙蝠侠，钢铁侠，闪电侠，你是蛋侠，是会下很多蛋吗？"

正正说完，跟燕燕一起哈哈大笑。

"你还真说对了。"大蛋读书时因为一直考鸭蛋，于是被封为蛋侠。但此时大蛋端正态度，故作严肃地说，"我经常下两个蛋，考一百分，所以叫蛋侠。"

"哇哦！"正正和燕燕鼓起掌来。

"那你们好好听老师的话，爷爷在客厅，不打扰你们。"郝大爷拍了拍大蛋的肩膀。

"我等一下就要走了！我写好了！"燕燕胜利地扬起她无形的旗帜。

大蛋关上书房的门，直呼了一口气，随即松了松领带，看了一眼他们的作文题目：我的梦想。

大蛋心想，又是这种虚伪的作文。他问燕燕，你写好了？你写的什么梦想？

燕燕不假思索："我写了，我的梦想是做一个科学家，我的偶像是屠呦呦，我长大想跟她一样，要完成作为女孩的荣耀，回报父母和老师的栽培，最后给国家作贡献！"

大蛋哑口无言地望着眼前的女孩。

燕燕继而自豪地说："我一定会拿高分。"

大蛋吃惊说："是很适合拿高分。"

"我不跟你们说了，我还要去参加小提琴的培训。"燕燕开始收拾书包。

"你们现在的小孩子都有这么多培训吗？"大蛋不解。

"不多啊，明天早上我还要参加舞蹈考级，下午有奥数培训，晚上就有我最喜欢的英语角，我的英语老师是一个外国人，叫 Alex！他来自澳大利亚，那里有很多树袋熊。"

"你们现在都这么用功吗？"大蛋难以置信，心里想，真要命啊。

"只要我好好学习，我妈说初中就送我去伦敦的学校读书，那里的初中会教马术和哲学。"燕燕身姿笔挺地背起了她的书包，宛如书包图案上的艾莎公主。

大蛋有点败下阵来。

临走前，燕燕安慰男孩说："正正，你就写医生吧，或者飞行员和宇航员。但我觉得，男生写消防员或者警察会比较能拿高分。"

大蛋觉得自己再读一次书，也无法跟燕燕一样有如此敏锐的高分战略和思维，他哭笑不得地目送燕燕离开，转头看向几乎被燕燕碾压的正正。

大蛋是过来人，没有人比大蛋更懂这种感觉了。他瞄了一眼正正空空如也的作文本。

"你为什么写不出来？"大蛋可怜他。

"我不知道我的梦想是什么。"

望着正正冥思苦想的样子，大蛋突然懂了，正正是在认真思考自己的梦想，在想以后要做什么，所以他写不出来。而燕燕只是为了写作业拿高分，没有放在心上，心无杂念便所向披靡。

大蛋心想，苦了这孩子，要是有我一半会糊弄也不至于此。

"蛋侠，我是不是很笨？"正正发问。

"至少比我小时候聪明。"

这时，郝大爷给正正端来一碗解暑的绿豆汤，站在一旁看他喝完，一边给正正出谋划策。郝大爷问，要不要当作家呢。下一秒，郝大爷又认真地摇头说，不行，作家不赚钱，他爸妈肯定不会同意的。

看着郝大爷当真的态度，大蛋想笑，转眼又觉得敬佩。"现在当网络作家就很好啊，挺赚钱的。"大蛋说。

正正和郝大爷都好奇地看着大蛋，异口同声："网络作家是做什么的？"

大蛋心想算了。

他看了眼书架，上面摆满了各种经典书籍，其中还有数学书，便问："做数学家？"

"我不要！"正正果断拒绝。

大蛋又看了眼展示架上的各种机甲玩具："要不然编程师，搞搞机器人？"

正正使劲摇头："那些是我拼出来的，一开始想玩，后面就不玩了，是上课用的，上创客课。"

大蛋差点忘了，房间里还有一架大钢琴！他一定喜欢！

"钢琴家！钢琴家好啊。"

正正烦躁地抱起脑袋，看起来快要哭了："我不知道！"

大蛋犯愁，现在的孩子真难搞，学了一大堆东西还不知道自己要干啥？

郝大爷收起碗，递纸给正正擦嘴，一边说："正正要快点咯，完成作文，还要练好钢琴，晚上还要去参加少儿击剑。要是没写好，正正要被爸妈骂，爷爷也要被你爸妈骂的。"

"我不想去击剑！我不要！"正正突然大喊，趴在桌上呜呜咽咽。

"孩子这样也太累了吧？"

"没办法，投了那么多钱，就看看他哪里比较有天赋。现在时代发展太快咯，竞争太大，不这样就没有未来，正正他爸妈也很紧张，头疼，说要掌握人生的竞争力，不能输在起跑线上。"郝大爷无奈。

"我要出去玩！"

"不是爷爷不让，是没法跟你爸妈交代。"

眼看正正要哭闹，大蛋见状，赶紧支走郝大爷，关上了房门。他凑到正正身旁，刚要开口说，小祖宗我帮你写吧。突然又良心发现，觉得不能教坏孩子，最后把话憋了回去。他走到书架前，取出几本小学作文书，翻了翻，拿到正正面前。

"这段，这段，再加这段，三段，融梗！"

"什么是融梗？"正正听不懂。

"算了,这样吧。我帮你写一篇,你也写一篇,一起写可以吗?有人陪你,你就不痛苦啦……你现在在想什么?"大蛋开始指点江山。

"我想出去玩。"

"那你就想象你出去玩,写你的梦想是去郊游,写一篇郊游的行程,中途最好做点好事,比如扫地。或者写你想当英雄?"

"英雄?"

"是啊,男生不是都想当英雄吗?比如,你这么努力学习,就是为了以后可以当英雄,保护爸妈、爷爷和国家。"

大蛋都快被自己说感动了,他觉得要是可以重读小学,他无疑会拿高分进尖子班。

"你小时候写过这样的作文吗?是不是也拿了两个蛋?"

"从小我爸妈就不在我身边,我不学好,逃课。但我也想做英雄,现在却做了普通人,我的梦想没有成真。"

正正陷入了沉思。

"你可以写你想当蝙蝠侠,我写我的,然后看谁写得好,就用谁的。"

正正点点头,拿起笔,在作文本上写下:我的梦想。

大蛋拿出他的笔记本电脑,也打开文档写下:我的梦想。

没一会儿,大蛋便洋洋洒洒地写了一篇——

我的梦想

一岁,我在北京出生了,爸妈给我入了北京户口。

四岁,我发现我能背下一百首古诗和一百个英文单词,妈妈奖励了我商场里的那款新出的机甲战士。

八岁,爸妈带我去了全世界最幸福的地方,迪士尼。

十二岁，我以全校第一的成绩小学毕业了。

十七岁，我考上了北大，四年后我拿到了双学位，同时考研成功。

二十六岁，我博士毕业，在北京三环拥有了一套房子。有很多女生追我，但我一心放在事业上。

二十七岁，我跟集团的千金结婚了，第二年生下了一对龙凤胎。

三十岁，我的公司上市了，市值九百亿。

三十二岁，我开始做投资，第二年就退休了。很不幸，我的老婆死了，还好我又遇到了爱人。

四十岁，我环球旅行完，决定写书。

四十六岁，我的女儿考上了伯克利音乐学院，我的儿子成为艺术家，而我已经成了大作家。

六十岁，我拿了两个诺贝尔文学奖，成立了作家基金，资助了所有有梦想的文学家，同年我开始研究四维空间，为成为科学家而努力。

七十岁，我发明了时光机，去到了外太空，在地球上，我已经死了。

大蛋兴奋地写完，给正正看。正正看完咯咯地笑了起来。

"怎么样，不错吧？不错的话，你在这张表格上打个钩，签个名。"按照公司规定，每次工作后，客户要在咨询表上打钩签名，任务才算完成。

"这里不符，我三岁就去过迪士尼啦，妈妈给我规划过，再过两年，我可能要去香港读书。"

大蛋目瞪口呆，心想算我失策，竟然写了一篇降级版的人生。

正正嘟着嘴巴，挠了挠头，后知后觉地说："我不想要这个！"

是啊，这种人生对有钱人的孩子来说已经司空见惯，怎么可能会稀罕呢？大蛋打了个响指，问正正："你是不是觉得每天上课很累？"

正正认真地点头。

大蛋说，有了。

我的梦想

"我们以不符合父母资格证的条款，正式拘留你们。"

爸爸妈妈一边喊叫着，不，不。警察叔叔把他们抓走了。

2050年，为了普及优秀父母的知识，国家颁布了父母资格证的条例。如果不符合父母资格证的要求，父母将会被取消资格，孩子回归自由。

爸爸妈妈被抓去考试了。监考官指着他们的鼻子说："你们经常吵架，闹离婚，对没拿高分的孩子严刑拷打。平时不会好好说话和沟通，经常拿孩子跟其他人做比较，孩子智商不行，你们经常揠苗助长，逼孩子读很多科目，押着孩子上培训班。离婚后，你们还把孩子丢给别人养。如果不会养孩子，没做好给孩子一个健康人生的准备，就不要生孩子嘛。你们太恶劣了，不配为人父母，你们现被你们儿子举报，考试即将开始，如果验证你们无法通过资格考试，将没收你们作为父母的资格！发放试卷，考试开始！"

爸爸妈妈这时还不知悔改，含泪说："我都是为了孩子好，为什么儿子要这么对我？"

监考老师听不下去了，喝令妈妈："所有为孩子好的理由，都是对孩子的酷刑！闭嘴，快考试！不准交头接耳！"

验证官说："父母资格证第一条，合格的父母不能说为了孩子好。不用考了，你们不通过，拖出去！"

一声令下，爸爸妈妈被拖出了考堂。他们后悔了，抱着我流下了悔恨的泪水，泣不成声。

"爸爸妈妈不离婚了，爸爸妈妈不逼你了。"

听着爸爸妈妈的话，我也流下了幸福又感动的眼泪。

大蛋帅气地敲了一个回车键，随即捧着电脑给正正展示成果。正正看傻了，突然又咯咯笑，说，写得真好。

"对吧！写得不错吧！"大蛋嘴角上扬，再次取出咨询表，"你在这里打个钩，签个字，这篇就归你了。"

"但我爸爸妈妈没有吵架，我不想爸爸妈妈离婚，因为他们没有离婚，也没有离开我。"

大蛋沉默了。

"哦，忘记你才是'别人家的孩子'。要不我给改改？"大蛋抿嘴思索，一拍大腿，"对了，突然想到……这里可以改掉！"

大蛋继续沉浸在创作中——

可是一切都太晚了，爸爸妈妈已经被剥夺了父母资格证，他们被拖了出去。

妈妈突然仰头大笑："哈哈哈，太好了，你们以为我想当父母吗？我们根本就不想！那孩子就很一般啊，长大了一定只是个普通人，我浪费那么多精力干吗呢？我忘了说了，你，不是我们亲生的！我只是为了有一个接盘侠给我养老。既然你这么不想我当你的妈妈，那你快滚！"

我听得后悔了。

我哭着抱着爸爸妈妈："你们不要离开我，我以后一定会乖的，如果时间再来一次，我会努力，长大了做一个让你们骄傲的大人！呜呜呜！"

正正仿佛不知道大蛋为什么要这么写，他看傻了。

"你不懂了吧，这个要反转才好看。"大蛋扬扬自得。

"反转是什么？"

"就是转折，意想不到。"

正正盯着这篇作文，看着看着突然大哭了起来："我如果不好好看书，爸妈就不要我了？"

大蛋害怕得捂住正正的嘴巴，慌张地安慰他说："别哭，只是瞎写的，作文而已，你爸妈不会不要你的！"

"可是爸爸妈妈就是这么说的。"

听正正这么一说，大蛋倒抽了一口冷气。正正继续追问大蛋："你是不是我爸请来的辅导员，来监督我的？你走！"

正正眼角挂着泪水，推搡要大蛋离开。

这时，郝大爷闻声进来，安慰一通，对正正说："你再闹，作文要写不完了！"

正正这才止住了眼泪，喃喃说："我已经写好了。"

"太好了！"大蛋有惊无险地拍了下桌子。

"但我不知道怎么办，不知道写得对不对……"

郝大爷刚要说话，大蛋便抢过话头说："蛋侠老师帮你批改，你可以去练琴了，练完就批改好了！"

"对，对。"

郝大爷应和着，牵着正正到钢琴前坐下，在一旁给正正扇风。

房间里开始被一阵断断续续的琴声填满。

大蛋如释重负，再次松了一下领带。他收起电脑，正准备摊开正正的作文本，突然被琴声吸引住了。

那是很熟悉的旋律。大蛋被琴声牵引着,仿佛陷入了回忆。半晌,大蛋才说:"这首歌,是我小时候的歌,《红蜻蜓》。"

郝大爷憨笑着,扬起眉毛:"这啊,也是我小时候的歌。"

原本在痛苦练琴的正正,停下手中的动作,饶有兴趣地问:"爷爷,你们都听过?"

"最早听到这首歌,爷爷才十多岁,好像是1955年,日本电影《这里有泉水》的插曲。我还记得啊,电影写了一个民间音乐团体在乡村田野为农夫、烧炭工人演奏的故事。想想,一晃都过去了六十多年。"

郝大爷望着墙壁,眼神炯炯的,沉浸在回忆里:"写这首歌词的是个诗人,不知道有没有记错,他小时候跟母亲失散,由姐姐带大,后来母亲死了,姐姐远嫁后便再无音讯,跟歌词里一样。那个年代……唉。爷爷跟他很像,爷爷也常想起姐姐,爷爷的故乡不在这里,姐姐也是远嫁到贵州去,父母走前一直惦记爷爷要找姐姐,找了好久,前几年日子过得好了,好不容易找到,才知道姐姐已经走了。"

郝大爷眼神迷离,一片湿润。他不敢再说下去,只是摆摆手中的扇子:"不说了,不说了。"

正正抱了抱郝大爷,又抬头问他:"爷爷,红蜻蜓长什么样子?"

"你不知道红蜻蜓长什么样?"大蛋惊讶,他掏出手机给正正搜图片,给正正看。但正正说:"我没抓过红蜻蜓。"

大蛋笑了笑。

大蛋想起他的童年,在农村,学校教过他们这首歌。那时,大蛋和小伙伴们常常在田间恣意奔跑,放学就去玩,抓红蜻蜓。爸爸买了一个收音机,常常放这首歌给大蛋听。大蛋跟爸爸到处晃悠,爸爸会拎着收音机在桥上,大蛋拿着铁皮铅笔盒和折纸船看着奔流不息的河面，两人遥望相视一笑。他们会去钓鱼，鱼被歌声吓跑，但头顶的红蜻蜓却像闻声而来。后来，大蛋的父母离婚了，把大蛋扔在乡下给外婆养。大蛋记得妈妈离开他那一天，妈妈在等车，跟大蛋一起坐在路边的长凳上，当时是夕阳西下，红蜻蜓飞啊飞，妈妈告诉大蛋，以后要懂事，做个有出息的人。然后妈妈就走了。大蛋追着车跑，一边哭，最后被车子远远地甩下，只剩下红蜻蜓还在飞啊飞。

大蛋不知道，为什么童年的那些红蜻蜓缠绕了他这么久。

大蛋也不敢再想下去。他只是恍惚，才想起问正正："城市里难道没有红蜻蜓？"

"我见过课本上的。"正正说。

正正走到房间里的音响前，按下音乐播放器，播了那首童谣，随即，悠扬的旋律在书房里响起……

晚霞中的红蜻蜓

你在哪里啊

童年时代遇到你啊

那是哪一天

提起小篮来到山上

桑树绿如荫

采到桑果放进小篮

难道是梦影

……

晚霞中的红蜻蜓呀

你在哪里啊

停歇在那竹竿尖上

是那红蜻蜓

他们三人沉浸在旋律中,相对无言。
只剩下窗外的光线静谧地照耀着房间。

一曲完毕,正正亢奋地说:"爷爷,我想去抓红蜻蜓!我也想有红蜻蜓!"

郝大爷跟大蛋对视了一眼。郝大爷面露难色,犹豫着说:"可是你钢琴还没练好,晚上还要上课。"

"现在要去还有机会,公园还没关门,我们只要去有池塘的公园就行。"大蛋看到了正正眼里的光,他劝郝大爷说,"也算给孩子长见识。"

郝大爷叹了口气,不知如何是好:"他爸妈要拿我这个老头算账的!"

"爷爷。"正正跟郝大爷撒娇。

郝大爷一拍大腿:"去吧!孙子高兴,算账就算账。"

"好耶!"

正正高兴得跳起来,对郝大爷又搂又抱。他们利索地在家里找出丝网和钢丝,利用竿子做了昆虫扑网。随即带着正正,兴高采烈地出了门。

他们先到了家附近的一个公园,结果发现里头的人工湖很小,湖边没有草地。郝大爷想起别人说,东边公园有池塘。

"那我们朝东边去。"

他们又辗转地打了车,下午五点多抵达时,公园已经关了。正正趴在栏杆外,望着公园里的池塘,在夕阳下倒映着丝丝金黄。

"爷爷，那是红蜻蜓吗？"正正兴奋地指了指池塘的方向。

郝大爷和大蛋眯起眼睛，使劲地瞅。

大蛋摇摇头："那是其他会飞的虫子。"

眼看夕阳渐渐沉下去，正正抱着双膝蹲在公园门口。郝大爷不知如何是好，大蛋看着沮丧的正正，提议："实在不行，我们去海淀！那边的公园不关门的，我知道一个，应该有！"

郝大爷望了望天空，夜幕快降临了。他咬咬牙，赶紧让大蛋叫车。

下班高峰期到了，他们一路堵车，正正左顾右盼地望着窗外，又在车里把玩着那个昆虫扑网。

"到了，到了，就这里！"

大蛋招呼着，大家下了车，大蛋看到郝大爷满头大汗，他可能是热的，也可能是紧张。大蛋看了下时间，傍晚六点了，天空还有最后一丝余晖。

他们加快脚步走到了池塘边，正在找好位置，郝大爷的手机突然急促地响了起来。他眯起眼睛一看，着急地擦汗，嘴里碎念着"是正正他妈"。

"爸！正正怎么没去上课？你们人呢？"郝大爷刚接听，手机里便传来了一声叫嚷。

"哦，莫慌莫慌，我带正正来公园了……"郝大爷有点哆嗦地解释道。

"你们怎么去公园了！你赶紧把正正送回来！让你带个孩子怎么带成这样，你太惯着他了！功课拖慢了就补不过来了你知道吗？一节课多少钱！"

"我……我带孙子来公园怎么了？正正想抓蜻蜓，为什么不能让他抓蜻蜓……"

"让正正接电话!"眼看郝大爷要跟正正妈妈吵起来,正正妈妈喊着要正正接听。

"妈妈,别怪爷爷。"

正正刚接听,妈妈便呵斥他:"正正,你给我回来!"

话毕,哇的一声,正正害怕地哭了。

"不哭不哭。"郝大爷生气地挂了电话,使劲安慰正正。

"爷爷对不起,让妈妈怪你。"正正呜呜咽咽地哭着,随即望了望天,又说,"天黑了,也抓不到蜻蜓了,算了,爷爷我们走吧,不然妈妈要怪爷爷。"

大蛋无措地看着他们,一句话都插不上。郝大爷叹了口气,无奈地跟大蛋告别,牵着正正的手离开了。

大蛋望着地上的昆虫扑网,又望着他们的背影消失在黑幕里,心里很不是滋味。

"等等。"

这时,大蛋才反应过来,正正的作文本还在他这里。他慌忙地从包里翻出作文本,想批改完送过去。于是大蛋借着最后的日光,看起了正正的那篇作文。

正正用歪斜的字体写道:

我的梦想

我的梦想,是做一个普通人。

一个勤劳工作,生活就可以很踏实的普通人。

一个善良对待所有人所以心安理得的普通人。

一个每次输了比赛也会为冠军喝彩的普通人。

一个不用一直朝着别人的后背奔跑的普通人。

一个不需要成为什么样才值得幸福，可以因活着就感到幸福的普通人。

我不想做拯救他人的英雄，因为所有人都想做英雄，谁来做普通人呢？

我的梦想，是做一个普通人。

夜幕降临，大蛋捧着作文本被裹在浓浓的夜色中。他合起作文本，泪流满面。

晚上十点，正正坐在钢琴前练琴，爸爸就坐在旁边。

"看到没有，落下的功课，还得花时间再补回来。"爸爸打开琴谱，是那首《红蜻蜓》。

"爸爸，今天我才知道爷爷也听过这首歌，你听过吗？"

"爸爸小时候也听过，学校里的大合唱，就唱这首歌。"正正爸爸苦涩地笑了，他暗暗地想起了自己的初恋，听着那句"晚霞中的红蜻蜓，你在哪里啊？童年时代遇到你啊，那是哪一天"，自问道，对啊，是哪一天呢？

他摇摇头，怕自己听了以后，想打电话给那个女孩，问她知道不知道答案。

郝大爷走到书房，看着他们在补课，便心安地关上门退了出来。这时，郝大爷接到"夕阳幸福港"老板的电话。

"喂？"

"喂，郝大爷，您对今天的服务还满意吗？"

"哦，满意，满意的。很好，这小伙不错！"

"满意就好，等他回公司了，我替您表扬他。以后还有需求，欢迎再找夕阳幸福港。"

"小伙子还没回去啊?"郝大爷既吃惊又不解。

地铁的末班车上,大蛋坐在车厢里,他怀里抱着一个透明的玻璃瓶。瓶子里,一只红蜻蜓停歇在瓶底,犹如开在瓶里的,一朵红色的花。

地铁载着大蛋,一路飞驰。

第二天是星期天,早上,正正出门上课时,看到门口有一个透明的玻璃瓶,瓶底压着他的作文本。

正正拿起玻璃瓶端详,抱着瓶子欢呼雀跃地跑回了家。

"爷爷,爷爷,你看,红蜻蜓!"

郝大爷望着玻璃瓶里的红蜻蜓,笑了。他仿佛看到了昨晚的公园里,大蛋一巴掌又一巴掌地拍打着叮咬他的蚊子。

仿佛又看到,大蛋小心翼翼地收起正正的作文本,将它放好。随即打着手机的光,在夜晚的池塘边,在黑暗的公园里,笨拙地跳动着,挥动着,扑来扑去,去抓夜空中的红蜻蜓。

(每个人心中都有一只红蜻蜓,希望你还能看见它。)